교보문고
스토리공모전
단편 수상작품집 2019

교보문고
스토리공모전

단편 수상작품집 2019

마카롱

차례

루왁 인간

"이 새끼야, 누가 너더러 생각하래? 생각은 내가 해!"

결산 시간으로 돌변한 연말 회식 자리는 그 어느 때보다 흉흉했다. 태평물산 설립 이래 키코KICO로 인한 환헤지 손실 이후 최악의 손실이었다. 애초에 거래처인 A식품의 하청업체 사장이 조언이랍시고 던진 말을 무시했더라면 이런 일은 없었을 텐데. 원두에 대해 무지했던 정차식 과장이 수송비를 아끼려다 저지른 일생일대의 실수였다.

"생두로 보내 달라면 생두를 보내면 되지 네가 뭔데 그걸 불에 그슬어서 사달을 내냐고!"

사건의 발단은 이랬다.

볼리비아 리튬광구 채굴 계약을 따내 연초에 태평물산의 영웅이 됐던 차식이 수차례의 남미 출장 끝에 눈여겨본 것은 다름 아닌 원두였다. 볼리비아 커피는 콜롬비아나 브라질 커피에 비하면 지명

도나 거래량이 떨어졌다. 하지만 인스턴트 커피에 주로 쓰이는 저급 원두 품종 로부스타의 경우, 볼리비아산의 생산량과 품질이 제법 일정하고 가격도 상대적으로 저렴해 대량 수주만 성사되면 상당한 이익을 낼 수 있다는 것이 차식의 계산이었다.

때마침 작년 겨울 엘니뇨로 브라질 원두 가격이 폭등해 인스턴트 커피 업계에 대체재가 필요했던 터라, 저가 믹스커피 시장의 절대 강자인 A식품이 거래에 관심을 보였다. 결국 일 차로 볼리비아 로부스타 생두 삼천 톤을 수입하는 백오십억 원짜리 계약이 체결됐고, 이를 성사시킨 차식은 연말 특별 상여 이백 퍼센트를 받기로 되어 있었다.

"로스팅을 해서 가져오시면 원두의 수분이 증발해 부피가 줄어드니 한 배에 더 많은 커피를 실을 수 있죠. 수송비를 이십 퍼센트 정도 절감할 수 있습니다."

A식품에서 제공한 회식 자리에서 가공 하청업체인 J사 사장은 수송비 절약을 할 수 있다며 차식에게 이런 정보를 흘렸고, 이것이 사태를 돌이킬 수 없는 데까지 몰고 갔다.

"로스팅을 하면 운반 중에 원두의 풍미가 떨어지지 않나요?"

"어차피 헤이즐넛 캔커피용 원두잖아요? 향커피는 원래 저급 원두를 쓰기 때문에 원두 자체의 품질은 전혀 문제가 안 돼요. 게다가 로부스타같이 태생적으로 싸구려인 품종은 생두로 들어오나 로스팅해서 들어오나 그놈이 그놈이죠. 누가 캔커피 마시면서 그런 걸 따지겠어요?"

하지만 사태는 생각보다 심각했다. 현지 로스팅 업자와의 소통

미숙으로 강배전(새까맣게 태우는 정도로 원두를 굽는 것)으로 로스팅한 삼천 톤의 원두는 한 달간 태평양을 건너면서 막대한 양의 탄산가스를 배출했고, 압력을 이기지 못한 컨테이너가 일본을 경유하기 직전에 그만 폭발해버린 것이다. 로스팅한 원두가 공기에 노출되면 다량의 가스를 배출한다는 커피 상식을 알지 못해 벌어진 대형 사고였다. 바닷속에 수장된 원두도 원두였지만, 더 큰 문제는 이 사고로 일본 근해에 함께 잠겨버린 S전자의 핸드폰 배터리용 리튬 원석이었다. 이로 인해 리튬 배터리 두 달치 생산량을 손해 본 S전자는 태평물산과의 거래를 즉시 중단했다. 태평물산은 회사 신용뿐만 아니라 주가에도 막대한 타격을 입었다.

"니들도 똑같아, 새끼들아. 주주의 이익을 대변하지 못하는 너희는 월급 도둑이야! 2018년은 오직 구습과의 단절과 변화만이! 급변하는 시장에서…"

사장은 다랑어를 앞에 두고 장장 십 분째 일장 훈계를 멈추지 않았다. 작년 초 취임식에서는 사람이 재산이라며 '한 번 실수는 병가지상사兵家之常事'를 외치던 이번 사장 역시 결국 조급하기가 조루증 수준임이 밝혀졌다. 입만 열면 변화와 차별화를 외치긴 하는데 실제로는 눈에 보이는 실적 올리기에만 여념이 없지 뭐가 변화고 뭐가 차별화인지 천경자 미인도의 진품 여부보다 알기 어려웠다. 해군 장성 출신으로 잠수함 소나SONAR(수중 음파 탐지기) 방산 납품 비리 스캔들로 파면된 그는 이후 소리 소문 없이 태평물산에 낙하산으로 들어왔다. 그가 A형 전투 식량용 저급 원료와 건빵을 해군에 덤핑으로 납품하고 있다는 건 태평물산 직원이라면 다 아는 공공

연한 비밀이었다.

"정 과장 너 이리 나와!"

헤매는 쥐 떼보다 정원에 매인 개가 낫다고 하던가. 한때 차식은 화학공학 전공을 살려 몸속의 유해 활성 산소를 제거하는 수소수를 생산해 국내 생수 시장의 판도를 바꿔보겠다는 야무진 꿈을 꾸었다. 삼십 대 초반, 벤처 사업가였던 그는 부푼 꿈을 안고 수소 이온 농도가 높은 샘물을 찾아 전국 팔도를 헤맸다. 그리고 마침내 충남 마이산 근처 약수터에서 가장 적합한 수원을 찾아 특허 출원까지 했다. 하지만 펀딩과 재정을 담당했던 동업자가 투자금을 가지고 해외로 달아나면서 업체는 도산했고, 일 년간 채권자들을 피해 은둔하면서 차식은 씹히고 뜯기고 무리에서 이탈한 젊은 수사자 꼴이 됐다. 결국 원천기술을 굴지의 음료 업체에 헐값으로 팔아넘긴 후 이 년간은 광야의 세월이었다. 그나마 전공 덕분에 취업한 이름도 없는 제약 회사 영업부와 다단계 화장품 회사 연구 계약직을 전전하다 카투사 시절 배운 생존 영어로 간신히 늦깎이 입사한 곳이 재계 4위 종합 상사 태평물산이었다. 재기에 실패한 왕년의 벤처 사업가. 가계 빚 일억 오천만 원. 올해 연봉 오천만 원을 간신히 넘긴 칠 년 차 과장. 좋으나 싫으나 이제 마땅히 갈 곳도 없는 중년남. 나름 치열하게 살아온 것 같은데 정신을 차려보니 마주하게 된 차식의 시시한 이력서였다. 시차 거래 때문에 생기는 새벽 야근과 종합 상사 특유의 지독한 군대 문화, 날마다 느끼는 모멸감과 만성 장염. 젊은 날의 도전이 가져온 대가는 혹독했다.

"너! 젊은 날의 과오와 결별하는 의미에서 여기 있는 커피 체리를 모두 씹어 삼킨다. 실시!"

"실시!"

군인 정신으로 무장한 사장은 매운탕 앞 빈 접시에 가공되지 않은 커피 체리를 거침없이 한가득 쏟아부으며 차식에서 모조리 씹어 먹을 것을 명했다. 치욕이었다. 하지만 차식이 틈틈이 읽어온 자기계발서에 따르면 이것도 '긍정의 힘'으로 이겨내야 할 일종의 보약 같은 것이었다. '넙죽 엎드려라.' '당신이 받는 월급에는 인격 모독이 포함돼 있다.' '당신은 상사의 노예다.' '오늘, 치욕으로 배를 불려라. 착실한 승진 끝에 임원까지 도달한 자신을 발견할 것이다.'

'그래, 임원이 되자. 임원들이 으레 겪는 검찰 기소와 납품 비리 스캔들만 견뎌낸다면, 스톡옵션으로 받은 주식을 급매한 뒤 박수 칠 때 은퇴할 수 있을 것이다. 그 후엔 유령 작가를 고용해 자서전을 출판하자.' 제삼 장 '고난의 행군'에서 차식은 아마 이렇게 고백할 것이다. '당시 회식 자리에서 커피 체리를 씹어 삼킨 사건은 돌이켜 보면 달고 오묘한 추억이자 글로벌 경영인으로 거듭나기 위한 값진 경험이었노라.' 그래, 긍정의 힘이다. 긍정이 이긴다. 긍정적으로 생각하자.

생애 첫 주택 마련 대출 오천만 원, 칠 년 만기 벤처 대출 잔금 칠천만 원, 아들 귀니 미국 원정 출산 대출 삼천만 원, 수익률 마이너스 삼십 퍼센트의 '차이나 적립식 천하제일 청룡 펀드 3호'를 생각하면 불평할 때가 아니다. 인질 경제의 볼모가 된 차식은 커피 체리가 아니라 콩나물국 먹고 싼 사장의 대변이라도 먹으라면 먹어야 할 판이다.

커피 체리의 맛은 살짝 달고 뒤로 갈수록 비렸다. 펄프라는 섬유 조직 때문에 미끌미끌한 식감이었는데, 입에 한 움큼 털어 넣고 씹을수록 역겨운 비린 맛이 들숨과 날숨을 오가며 구역질을 유발했다.

"저 꼴통 새끼 저거! 그걸 먹으라고 다 먹었어? 껄껄껄. 그래 인마, 정 과장! 우직해! 내가 그래서 널 좋아하는 거야!"

한껏 호방해진 사장은 폭탄주가 몇 순배 돈 뒤 거나해져서 사랑의 매였다는 듯 차식의 어깨를 두드리며 말했다.

"야! 정차식! 넌 주는 대로 먹는 거야. 생각은 내가 하는 거고. 알았어?"

"사장님, 사랑합니다!"

징계를 달게 받은 차식에게 여기저기서 격려의 박수가 터져 나왔고, 부장급부터 두 손을 정수리 가운데로 모으는 중년의 하트로 사장에 대한 애정을 수줍게 고백하기 시작했다. 마피아 영화에서 호된 신고식 후 부하의 충성을 확인한 두목이 흡족해하는 것처럼 사장의 분노는 이미 온데간데없었다. 대신 사장은 이 년 전 인천 모 제철소에 고철로 팔기 위해 헐값에 사들였다가 페루 연안에서 침몰한 십만 톤급 폐유조선 이야기를 늘어놓기 시작했다. 그는 오십 명의 현지 인부를 동원해 수중 용접으로 철판을 떼어낸 뒤 전량 납품을 기어코 완수했던 무용담을 떠들어대며, 5공 시대 '우향우 정신'과 '하면 된다'라는 복음을 미친 듯이 설교해대고 있었다.

현관문을 열자 극심한 복통이 밀려왔다.

피곤에 지쳐버린 아내, 아토피 때문에 울다 간신히 잠든 막내아들이 거실에 폭격 맞은 시체처럼 널브러져 있었다. 차식은 아내와 아이를 안아 침대에 눕히고 이불을 덮어준 뒤 소파에 누웠다. 짓밟힌 애벌레처럼 몸을 웅크린 채 식은땀을 뻘뻘 흘리며 신음 소리가 새어나가지 않도록 애썼다. 배가 너무 아파 잠들 수 없을 줄 알았는데, 발효되지 않은 커피가 소화를 방해해 위에 혈류가 모여들었는지 이상하게 졸음이 쏟아지기 시작했다.

차식은 중학교 시절 즐겨 했던 게임 '대항해시대'를 떠올리며 통증을 잊으려 애썼다. 이스탄불에서 산 대리석을 중국에 팔고, 인도에서 후추를 사서 유럽에 팔면 엄청난 이익이 생기지만 지구를 반 바퀴 돌아야 하는 문제가 있다. 그 사이에 아프리카를 돌면서 부가 수입을 올릴 수 있는 작물이 커피였다. 에티오피아의 항구에서 커피 종자를 사들여 바타비아(지금의 자카르타)에 심어 거래처를 트면, 이스탄불과 중국을 오가는 무역로에서 커피를 중간중간 팔며 꽤 쏠쏠한 이문을 남겼던 것으로 기억한다.

상사맨들에게 커피는 그런 존재다. 하루에도 열두 번 '좆같네'라는 말을 씹어 삼키며 시차와 싸우고 환율과 싸우면서 지구 반 바퀴를 도는 강행군 속에서, 본처 몰래 항구에 숨겨둔 애인들을 하나하나 만나는 비밀스러운 즐거움 같은 것이랄까.

삼 일만 밤새 게임하면 오대양의 패자가 되어 무역을 독점하곤

했는데 세상은 그렇게 호락호락하지 않았다. 차식의 무의식은 오늘 회식의 굴욕을 고양이가 자기 똥을 모래로 덮어버리듯 숨기고 싶은 모양이었다. 그는 게임 속 노예 갤리선에서 구출해낸 술탄의 딸과 선장실에서 사랑을 나누는 꿈을 꾸면서 천천히 의식을 잃었다.

결혼 후 처음으로 차식은 몽정을 했다. 괴이한 일이었다. 그도 그럴 것이 요즘같이 야근에 찌들어 있을 때는 발기가 되지 않을뿐 더러 관계를 하고 싶은 의지도 없기 때문이다. 출산 후 몸매가 망가진 아내 역시 자격지심 때문인지 전혀 요구를 하지 않는 탓에 결혼 선배들이 말하던 '가족'다운 분위기가 형성돼 있었다.

요도에 잔류한 정액 탓인지 전립선이 찌릿찌릿 쓰렸다. 오줌을 누면 정액이 씻겨나가면서 쓰라림이 덜해질지도 모르지만, 잘못하면 아랫도리 전체가 퉁퉁 부은 상태에서 면도칼로 베이는 것 같은 통증을 느끼게 될 수도 있다. 보통 몽정 뒤에 소변을 누면 채혈 전 대바늘에 찔리는 것에 준하는 고통이 따르니까.

쓰라림 끝에 소변이 쪼르르 흘러내렸다.

요산이 많이 섞인 오줌인지 노랬다. 쿠퍼선에서 만들어진 끈끈한 정액도 조금 섞여 있었다. 왠지 똥이 마려워 변기에 앉았다. 식이섬유를 듬뿍 섭취한 다음 날 배설하는 볼륨감 있는 똥이 아니라 장에서 퍼석하게 말라버린 가늘고 거친 똥이 나올 것만 같았다. 어제 먹은 커피 체리 탓인가? 변비에 좋다더니 오히려 제대로 씹히지 않은 커피 체리가 장 곳곳에 찌꺼기처럼 엉겨 붙어 떨어지지 않고 있을지도 모른다. 화장실에 오 분 이상 앉아 있어 본 적이 없는데 오늘따라 장기전이다. 가정의학 백과에서 본 대로 시계 반대 방향으로 배를 마사지해보았다. 이십 대에는 없던 뱃살이 이제 제법 러브 핸들을 만들어 당뇨가 걱정될 지경이다. '이러다 아랫배에 인슐린 주사를 매일 찌르며 살아야 하는 거 아냐?'라는 생각을 하는데 헛방귀와 함께 대변이 앙증맞은 소리를 내며 변기에 떨어졌다.

"뿡."

차식은 직장 동료들 사이에서 '대갈일성大喝一聲 정 과장'으로 불렸다. 거래처와 협상할 때면 늘 언성을 높이고 때때로 육두문자를 날리는 불같은 성격 때문이었는데, 실은 다 상사맨으로서 생존하기 위한 콘셉트였다. 어느 사회과학자의 연구에 따르면 힘이 약한 여중생 집단이 강한 척을 하느라 가장 거친 욕설을 내뱉는다고 하는데, 같은 이치라고 보면 된다. 차식은 밖에선 세 보이려고 허세를 부리지만 원래 소심하고 부끄러움이 많은 사람이라 이런 간극이 큰 스트레스였다. 차식은 결혼 십 년 차지만 여전히 아내와 자식들 앞에서 방귀를 시원하게 뀌지 않았다. 아침에 대변을 눌 때도 뿌지직 소리가 들리는 게 창피해 세면대에 수도를 일부러 틀어놓고는 했다. 더욱 수치스러운 것은 화장실에 가득 차는 냄새였다. 그래서 차식은 일을 보자마자 물을 내리고 그 뒤에 항문을 닦았다. 물내리는 동안에도 냄새가 스멀스멀 피어오르지 않게 양다리를 최대한 오므리는 주도면밀한 습관까지 생겼다. 하지만 오늘 아침은 뭔가 달랐다.

차식은 지하철 문이 열릴 때 플랫폼으로 밀려들어 오는 델리만쥬의 향기를 참 좋아했다. 그런데 거사를 치른 가정집 화장실에서 그 냄새가 나다니? 아내가 쇼콜라향 방향제를 미리 뿌려뒀나? 하지만 뭔가 달랐다. 인공적이라 하기에는 너무 신선했다. 델리만쥬의 부드럽고 달콤하지만 깊이가 결여된 인스턴트식 향기와도 달랐다. 일평생 화장실에서는 느낄 수 없었던 새로운 감각의 체험이었다.

차식은 무엇에 홀린 사람처럼 천천히 사타구니를 벌렸다. 중학생 시절 과학실에서 실험용 비커에 담긴 유해 물질의 냄새를 맡을 때 손으로 바람을 일으켰던 것처럼 조심스레 아래서 위로 손바람을 일으켜 냄새의 근원지를 찾아냈다. 설마 했는데 향기는 변기에서부터 피어오르고 있었다.

마약에 찌들어 있던 재즈 피아노계의 쇼팽, 빌 에반스나 권총 자살로 생을 마감한 예민한 빈센트 반 고흐였다면 이런 공감각적인 심상과 감각의 무한한 확장을 느낄 수 있으리라. 이것은 단순한 향기라기보다는 하나의 서사이고 역사였다. 눈을 감고 향기를 들이켰을 때 차식은 뚜렷이 느낄 수 있었다. 인도네시아 농장에서 하루 열네 시간 착취당하며 커피 체리를 따는 원주민 여성의 눈물과 인도양 바다의 오염되지 않은 해수가 증발했다가 물이 되어 쏟아지는 수마트라 섬의 빗방울. 고지대 특유의 물을 잘 흡수해버리는 건조한 토양이 토해내는 그 달콤한 향기. 구운 곡물의 은은한 향. 모진 토양 속 미네랄과 뒤섞여 화학 에너지로 저장되는 커피 체리. 지금 차식의 주공 아파트 110동 101호 변기는 그 장대하고도 거룩한 서사를 향기로 오롯이 담고 있었다.

자기 똥을 유심히 관찰해본 적 있는가? 보통 똥에서는 기껏해야 참외씨나 콩나물 줄기를 발견할 수 있지만 오늘 차식의 것은 확연히 달랐다. 금광에서 추출한 불순물과 금이 섞인 원석을 도가니에 넣고 가열하듯, 제련만 제대로 거치면 순수한 향기의 정수를 뽑아낼 수 있는 놀라운 원자재 그 자체였다. 색깔부터 비범했다. 어제 저녁 술자리에서 먹은 고기와 과일 안주가 분해돼 수치스러운 대변의 색깔을 띠고 있는 부분도 분명 있었다. 하지만 숭고함을 잃지 않고 초코바 속 하얀 누가와 같은 색을 간직한 채 타협을 거부하는, 반쯤 소화된 생두 덩어리들도 있었다. 마치 민중의 힘으로 새로운 세상을 열려 했던 파리 코뮌과 구태의연한 부패 권력을 답습하려던 왕당파의 한판 승부처럼, 불순물과 삭은 생두가 뒤엉킨 그것은 역사가 기록하는 통상의 배설물과 확연히 다른 계보의 형태와 향기를 뿜어내고 있었다.

　욕지기가 밀려왔지만 차식은 물을 차마 내리지 못했다. 막힌 변기를 뚫을 때처럼 고무장갑을 오른손에 끼고 변기 덮개를 들어 올렸다. 차이가 있다면 평소와 달리 숨을 참는 게 아니라 자기도 모르게 향기를 폐부 깊숙이 들이마시고 있었다는 것이다.

　차식은 마침내 무엇인가에 홀린 듯, 강보에 싸인 아기 예수를 품에 안은 성모처럼 그 원석을 오른손으로 건져 올렸다.

　"커피는 입에도 안 대는 놈이 무슨 커피를 판다 그래?"

"마약도 뽕쟁이가 중독되지, 약장수가 중독되는 거 봤냐?"

"입만 살아서는."

차식은 특별 근무나 당직이 없는 주말엔 '에스프리 커피 공방'을 찾았다. 가게 사장인 동석은 고등학교 시절엔 차식에게 감히 이런 식으로 말하지 못하던 소위 '빵셔틀'이었다. 차식은 동석을 괴롭히는 집단에 가담한 적이 딱히 없는데도 그랬다. DNA 옆에 비굴이 첨가된 것 같은 녀석이었다. 그랬던 녀석이 이제는 창업을 꿈꾸는 차식이 한 수 배우러 올 때마다 도인이 문하생을 꾸짖듯 떠들었다.

"십 년 하니까 이제야 커피를 조금 알 것 같아."

차식은 녀석의 십 대 시절을 알기 때문에 '너, 이런 말투 어울리지 않아'라고 속으로 생각했다. 당시 동석은 무슨 생각으로 사는지 정말 알 수 없는 녀석이었다. 늘 멍하니 앉아 합판 책상을 커터 칼로 긁어내 시시한 게임 보드를 만들거나, 배꼽을 후비다 검지에 묻어나온 배꼽 때를 떼어낸 뒤 손톱 냄새를 맡아보고는 얼굴을 찡그리는 행동을 강박적으로 반복하던 녀석이었다. 차식이 다녔던 팔학군 고등학교의 학부모들은 교사, 교수, 연구원, 대기업 부장급이 대부분이었다. 반면 동석의 아버지는 개포동에서 이십오 년 동안 제과제빵을 해온 빵 가게 주인이었다. 담임도 그런 집안 출신인 동석을 은근히 깔봤다.

"가업 잇는 것도 방법이지. 넌 공부하지 말고 가게 가서 반죽이나 쒀."

나중에 안 사실이지만 실제로 동석은 그때만 해도 희귀했던 호밀빵 반죽이나 초보적인 커피 로스팅을 하고 후 부모님 가게에서 배웠다고 한다. 빵셔틀이라는 별명도 중의적인 구석이 있었다. 딱히 일진들이 시키지 않아도 자기가 만들었다며 빵을 한 무더기 들고 오고는 했기 때문이다. 그때는 생소했던 치아바타나 달걀과 우유를 넣지 않은 비건 식빵 같은 걸 가지고 오면 체육 시간 직후나 점심시간에 반응이 폭발적이었다. 당시에는 쟤가 뭐가 되려고 아버지 가게의 밀가루를 저리 축내나 싶었다. 하지만 결과적으로 미적분이니 삼각함수니 어렵게 공부해 SKY에 들어가봤자 대형 로펌 변호사 정도가 되지 않는 한 월급쟁이 한 달 벌이가 밀가루 치대던 동석의 벌이만 못 한 것이 오늘날 대한민국의 현실이 됐다. 그런 면에서 동석의 의외의 성공은 차식에게도 약간의 통쾌함을 선사했다.

"고기도 숯불갈비가 맛있잖아? 커피도 숯으로 구워야 가장 내추럴한 맛을 내지."

동석은 다른 가게들과 달리 로스팅을 숯불로 했는데 이유가 그럴듯했다.

"가장 맛없는 고기는 물에 삶은 고기고, 중간이 프라이팬에 구운 것, 세 번째가 오븐에서 열기로 구워낸 거여. 그리고 최상급 고기가 숯으로 구워낸 고기인 거 알잖아? 커피도 그래. 하지만 숯불로 커피 전체를 균일하게 로스팅하는 건 아주 어렵지. 로스팅 기계는 생두에 열을 골고루 전달하지만 숯불 로스팅의 경우 타이밍을 제대로 못 맞추면 어떤 건 홀랑 타고 어떤 건 덜 익어서 맛이 떫어져. 그야말로 제사 차 산업 혁명이 일어나도 로봇이 대체할 수 없는, 장인의 감에 의존하는 작업인 거지."

동석은 혼자서 신나게 떠들더니 불쏘시개 장작이 열을 받아 쪼개지는 소리가 나자 언제 그랬냐는 듯 말 걸지 말라며 돌아서 버렸다. 차식은 녀석이 무엇인가에 열정을 가지고 집중하는 모습이 낯설었다. 하지만 서너 시간 꿈쩍도 하지 않고 불과 씨름하는 모습을 보면 부럽기도 하고 멋지다는 생각도 들었다. 그저 밥벌이가 된 회사 일에 애정과 즐거움을 가졌던 것이 도대체 언제였는지 이제 기억도 나지 않는다. 추기경이 "아버지시여, 신의 존재를 믿지 못하겠나이다"라고 고해 성사하자 교황이 그의 귀에 대고 "야, 믿는 척해"라고 속삭였다는 말이 떠올랐다. 열정 있는 척 살아가고 있다. 하지만 유사 휘발유가 엔진을 천천히 망가뜨리듯, 직장 생활은 차식의 인생을 천천히 마모시키는 중이다.

"자."

한참 후 동석이 걸쭉한 사약 같은 에스프레소를 내밀었다.

"온몸으로 느껴봐."

"독하지 않아, 이거?"

동석이 무심하게 설탕 두 스푼을 에스프레소에 타서 휘휘 저어 주었다.

"무슨 놈의 설탕을. 당뇨 생기는 거 아냐?"

"혀끝에 살짝 묻혀서 맛을 한번 느껴봐."

차식은 혀를 소심하게 내밀어 검은 캐러멜 시럽같이 점도가 있는 에스프레소를 맛보았다. 설탕이 쓴맛을 중화해서인지 아주 써서 못 먹겠다는 느낌은 들지 않았다. 쓴맛과 단맛의 치열한 대결 끝에 약간은 묵직한, 달콤한 듯한 탄 맛이 느껴졌다.

독한 커피가 속을 뒤집어놓을 것을 대비해 차식은 벤티 잔에 생수를 잔뜩 떠놓고 에스프레소를 한 모금 마셨다. 그러나 아무 일도 일어나지 않았다. 아마 미리 먹어둔 주먹 크기의 크랜베리 머핀이 위벽 구석구석에 엉겨 붙어 에스프레소와 위점막의 직접적인 접촉을 막은 모양이었다.

차식은 사실 커피에 대해 별로 좋은 기억이 없다. 기말고사 전날 한 잔 마신 아메리카노가 심장에 지진을 일으켜 밤을 꼬박 새우는 바람에 컨디션 난조로 시험을 망친 뒤로는 웬만한 자리에서는 마시지 않았다. 믹스커피는 마시면 이상하게도 입술이 꼭 헐어서 아예 입에도 대지 않았다. 게다가 마시고 난 뒤 위에서부터 올라오는 구취는 아무리 양치를 해도 하루는 족히 가서 마시기가 꺼려졌다. 그런데 이 에스프레소는 달랐다.

설탕 외 일체의 불순물이 섞이지 않은 순수한 커피 원액이 마치 느슨하게 풀려 있던 바이올린 현을 한 가닥 한 가닥 팽팽하게 당겨 올리는 것처럼 차식의 신경 조직체와 뉴런을 잡아당기는 기분이었다. 눈이 갑자기 밝아지고 환해지는 것 같았다.

"그래, 바로 그 느낌이야."

차식의 반응에 동석이 만족스러운 듯 빙긋 웃었다.

"좋은 원두는 거짓말을 안 하지. 눈이 밝아지는 것 같지 않아?"

동석의 말에 잠시 머뭇거리던 차식이 입을 열었다.

"동석아, 그래서 말인데 혹시 원두 좀 감정해주지 않을래? 최근에 좀 좋은 녀석을 구했는데 말이지…"

동석에게서 연락이 온 것은 차식이 변액 유니버설 보험 연금 전환 약관을 읽고 있을 때였다. 빨리 만나자고 성화였다. 커피 공방에 간 그를 맞이하는 동석의 목소리가 떨렸다.

"차식아, 이건 생두계의 강백호 같은 놈이다."

"뭔 소리야?"

"최고의 바리스타를 만나면 잠재력이 무궁무진해."

동석은 며칠 전까지 차식의 항문 속에 머물러 있던 생두를 만지작거리며 중얼거렸다. 생두에 끈끈하게 형성된 점액질의 물질이 마치 낫토의 낫토키나제 효소처럼 녀석의 엄지와 검지에 엉겨 붙었다. 녀석은 배꼽 때 냄새를 맡던 때와 똑같이 아무런 의심 없이 냄새를 깊게 들이마셨다.

"이 생두는 태초의 우주와도 같아. 생각지도 못한 맛의 스펙트럼이 농축돼 있어."

"너 너무 흥분한 거 아니냐?"

"나한테 팔아."

"뭐?"

"진심이야."

"그렇게 말해도 당장은 재고가 없는데."

"도대체 어느 농장에서 들여왔어? 인도네시아? 스리랑카?"

"인도네시아지. 코피 루왁이니까."

차식은 원두 수입 업무를 하며 얻은 지식을 긁어모아 간신히 대답했다.

"보르네오? 수마트라? 내가 현지를 열댓 번 오가도 이런 루왁을 수확하는 곳은 없었는데…."

"그러니까… 아주 희귀한 거야."

"희귀? 이건 네가 생각하는 것 이상이야. 전설 속 아서왕의 성배 수준이라고! 박이추나 안명규, 서덕식도 수만 번 생두를 씹어왔을 테지만 이런 희열을 느끼진 못했을걸!"

세 사람 모두 스페셜티 커피계에서 최소 여당 총재급 거물들이다. 차식은 녀석의 허풍이 지나친 홍분 탓이라고밖에 생각할 수 없었다.

"얼마에 팔래?"

"진심이야?"

"돈 문제가 아니야. 내 경력에 획을 그을 수 있는 생두다."

"최상급 블루 마운틴 백 그램 시세가 얼마지?"

블루 마운틴은 자메이카에서 생산되는 최고 품질의 커피 원두로, 생산량도 적어 값이 비싸다.

"이삼만 원 하지."

"루왁은?"

"국내에 들어오는 루왁은 구십 퍼센트가 가짜야. 유명해지니까 검증도 안 된 엉터리 원두가 판을 치고 있지. 진짜 자연산 루왁 중에 좋은 건 백 그램에 오십만 원도 쳐줄 수 있어."

동석은 잠시 머뭇거리더니 단호하게 말했다.

"아니, 그래. 팔십에 딜하자. 대신 독점으로 가는 거다."

루와 시범 생산을 시작한 첫 번째 달, 차식의 급여 통장에 백육십만 원이 부수입으로 찍혔다. 아내에게는 삼 분기 어닝 서프라이즈earning surprise 상여라고 둘러댔다. 몇 달에 걸친 숱한 시행착오 끝에 차식은 장을 발효에 최적화된 상태로 만드는 법을 터득했다. 하루 금식하고 대장 내시경 받을 때처럼 속을 비워내는 것이었다. 아침만 걸러도 오전 열 시부터 헛것이 보이는 체질이었지만 이 기회를 도저히 뿌리칠 수 없었다.

대장 내시경 예약을 하고 약을 받았다. 검사는 받지 않을 테지만 속을 깨끗이 비울 약이 필요했다. 대장 내시경을 받을 때 그렇게 많은 약을 마셔야 하는지 처음 알았다. 처음엔 레모네이드나 게토레이 같은 맛이라고 생각했는데 1.5리터를 마시고 나자 바닷물을 마시는 것 같이 역겨워 당장이라도 토할 것 같았다.

"당신 건강 검진 지난달에 하지 않았어?"

"대장 내시경을 안 했잖아."

"아, 그렇구나. 그 약 먹고 나면 잠도 잘 못 잔다는데 어째."

걱정되는 듯 말했지만 하루 종일 아토피로 온몸을 긁어대는 막내아들 귀니를 달래다 지쳐버린 아내는 그대로 의식을 잃고 잠들어버렸다. 새벽 한 시. 자려니 토할 것 같고 서 있자니 졸려 죽겠는 상태로 두 시간이 흐르자 장에서 신호가 오기 시작했다.

차식은 새벽 다섯 시까지 화장실을 총 열세 번 오가면서 장 속에 있는 모든 불순물을 제거했다. 맑은 물이 요도가 아닌 항문에서 꼴꼴 소리를 내며 쏟아져 내리자 발효에 이로운 물질까지 쓸려 내려 간 것은 아닐까 걱정이 될 지경이었다. 하지만 최대한 변수를 줄여야 하기 때문에 일체의 음식 섭취는 하지 않기로 했다. 상당히 고통스러운 과정이었지만 복통 뒤에 쏟아져 나온 커피 생두는 깊고 풍부한 향미를 띠었다.

약간의 어지러움을 느끼며 동석을 찾아간 어느 날, 녀석은 커피 공방 확장 공사를 진행하고 있었다.

"G-13이라고 알아? 극상품의 대마초인데 일 등급보다 일곱 배가 비싸지. 기분은 차분해지는데 환각 작용이 전혀 없어. 네가 제공하는 루왁이 그래. 놀라운 풍미를 갖고 있는데 가슴 떨림이나 카페인 과민 반응 따위가 전혀 일어나지 않아. 도대체 어디서 구해오는 거냐니까?"

동석은 차식이 올 때마다 원산지를 집요하게 물었다. 차식은 그때마다 답변을 피했다. 그런 사향 고양이, 애초에 존재하지도 않으니까.

"하지만 아쉬운 게 있어. 수수께끼기도 하고."

"뭔데?"

"이 루왁의 전체적인 발효 품질은 미스터리에 가까울 정도로 뛰어나. 그렇지만 생두 하나하나의 품질은 너무 들쭉날쭉하지. 야생 사향 고양이가 생산하는 루왁은 이럴 수가 없어. 하지만 양식 사향 고양이는 절대 이런 맛을 낼 수 없는데…."

"자세히 말해봐."

"보통 횟감도 양식과 자연산을 평가할 때 자연산을 훨씬 높게 치잖아? 희소성 때문이기도 하지만 강제로 주입하는 항생제나 좁은 공간에서 받는 스트레스같이 육질의 품질을 저하하는 다양한 요인이 존재해. 마찬가지로 야생 사향 고양이가 생산하는 루왁과 우리에 가둬 키우는 사향 고양이가 생산하는 루왁도 질이 달라. 둘의 결정적인 차이를 만들어내는 요인 중 하나가 바로 이 커피 체리야."

차식이 눈을 반짝이며 대꾸했다.

"야생 고양이가 더 좋은 커피 체리를 먹는 건가?"

"바로 그거야. 그 녀석이 최고의 커피 체리 감별사거든. 야생 사향 고양이는 최상급의 커피 체리만 뜯어 먹어. 인간이 A등급을 A+, A0, A-로 나눠서 식별할 수 있다면, 녀석은 A등급만도 A1에서 A30까지 세밀하게 나눠서 극상품의 커피 체리만을 골라 먹는 미식가 같은 습성이 있지. 자연산 루왁이 그래서 비싸. 배설물을 얻기도 물론 쉽지 않고. 그런데 네가 받아오는 생두를 만들어내는 사향 고양이는 그런 예민한 식성이 전혀 없어. 생두 자체의 품질이 들쭉날쭉해. 사실 어떨 땐 내가 로스팅 과정에서 이십 퍼센트 정도는 속아낼 정도야. 하긴 완벽한 게 세상에 어디 있겠어?"

남들이 어학 공부다 자격증이다 자기계발을 할 때 차식은 금식하고 채식하고 장세척하고 커피 체리를 감별하면서 고부가가치 인간으로 거듭나기 위해 동분서주했다. 생두 불량률이 십 퍼센트 이하로 떨어졌을 때쯤 동석의 삶에도 많은 변화가 있었다.

동석의 가게에는 연예인 사인이 늘었다. 전국의 내로라하는 바리스타들이 홍대, 상수 카페 거리에 숱하게 도전장을 내지만 임대료와 권리금, 인건비 삼각편대에 패해 '이 년 이내에 망한다'는 것이 정설이다. 그런데 동석의 커피 공방은 거기서 살아남아 각종 잡지와 언론의 주목을 받는 핫플레이스로 떠오르기 시작했다. 선정적인 편집으로 유명한 TV 프로그램 〈카페인 대첩〉에서 융 드립 루왁 커피로 삼 연승을 하면서 동석의 주가는 정점을 찍었다. 그는 이삭줍기하듯 달려드는 지상파 위클리 VJ 프로그램들의 러브콜로 연일 바빴다. 동석의 가게를 달인의 맛집으로 촬영하는 어느 날이었다.

"사장님, 왜 아무 말도 안 하시죠?"

"아이참, 편집점 잡아드리잖아. 거 선수끼리 왜 이래요. 한 번 더 드립할까?"

방송 몇 번 나가더니 카메라 앞에서 각도 잡는 데 익숙해진 동석은 아예 한술 더 떠서 좋은 그림 만들기에 열중하고 있었다. 촬영 나온 VJ 세 명은 각자 위치에서 핸드헬드 촬영으로 가느냐 삼각대를 놓고 찍느냐를 가지고 잠시 대화를 나누고 있었다.

"내가 거길 왜 나가?"

"수입업자와 인터뷰하고 싶대."

"나 투잡 뛴 거 걸리면 인사 조치당한다."

여느 때처럼 커피 공방에 들렀던 차식은 수입업자를 인터뷰하고 싶다는 요청을 거절한 뒤, 구석 테이블에 앉아 철 지난 잡지 한 권을 꺼내 읽었다. 마침 거기 실린 글의 제목이 '발효'였다.

'인간은 수천 년 동안 상상도 못 할 만큼 많은 발효 식품을 개발해 식문화를 발전시켜 왔다. 그중에는 박쥐의 똥을 걸러 소화되지 않은 모기 눈알을 채취해 먹는 모기 눈알 수프나 구더기를 사용해 발효시키는 이탈리아 치즈처럼 엽기적인 제조법을 택한 발효 식품도 있다…(중략)'

그렇다. 왠지 모르지만 문명이 발달한 문화권일수록 이런 음식이 하나씩은 꼭 있다. 배가 부르면 더 많은 진미를 맛볼 수 없다는 이유로 음식을 맛만 보고 뱉어버리던 제정 로마 말기처럼 극단으로 치닫는 서비스 과잉 사회에서만 볼 수 있는 맛의 종착역일지도 모른다고 차식은 생각했다. 하지만 그 어떤 문화권에도 사람의 배설물을 직간접적으로 이용해 만드는 음식은 없다. 그건 정말 생각만 해도 똥 같은 이야기다.

"동물 학대해서 우려낸 똥 국물, 그렇게 맛있습니까?"

MLB 캡을 눌러쓴 남자의 볼멘소리에 처음부터 반응한 제작진은 없었다. 아마 동석의 소리를 담기 위해 지향성 붐 마이크를 사용하고 있어서 가게 구석에서 나는 소리가 들리지 않았던 모양이다.

"사향 고양이 사육을 통한 루왁 커피 생산도 동물 학대입니다! 내 입의 즐거움을 위해 동물의 먹을 권리와 존엄성을 파괴하는 것, 정당하다고 생각하십니까?"

구석에서 종알거리던 남자의 목소리가 동석의 귀에 들릴 정도로 커지자 제작진들도 저희끼리 수군거리기 시작했다. 막내 VJ에게 고참이 '네 선에서 처리해라'라는 신호를 보냈다. 손님을 가장해 앉아 있던 남자는 막내 VJ와 커피 공방 알바생이 다가오자 모자 안에 감춰두었던 소형 고프로 캠코더를 꺼내며 자신의 정체를 밝혔다.

"저 그린피스에서 나왔고요, 미국 변호삽니다. 지금 페이스북 라이브로 현장 중계 중입니다. 현재 동시 접속자 수 삼천 명이고요, 저한테 물리적으로 위해 가하시려는 것 다 방송되고 있습니다."

"누가 위해를 가한다고 그래요."

"그럼 물러서세요."

"저기요, 아저씨. 저희는 사육되고 학대당하는 사향 고양이한테서 난 루왁이 아니라 야생에서 채취한 것만 사용해요."

SNS가 대통령도 끌어내는 세상 아닌가. 동시 접속자 수 어쩌고 하는 소리가 신경 쓰였는지 동석은 자기도 모르게 미소를 띠며 구차한 변명을 늘어놓았다.

"이 사장님 손님 속이시네. 야생 루왁 일 년 생산량이 오백 킬로그램인데 무슨 자연산을 써요? 하루에 열 잔은 파시는 것 같던데, 전 세계 자연산 루왁은 여기서 다 소비하시나요? 동물 학대해서 우려낸 똥 국물, 그렇게 맛있습니까?"

"어이, 찍지 말아요. 찍지 말라고!"

제작진과 남자가 실랑이를 벌이는 사이 뒤에서 달려든 차식이 고프로를 빼앗아 전원을 꺼버렸다. "영업 방해로 고소하겠다" "물리적 위해를 가한 게 누구냐"와 같은 고성이 오가면서 그날 촬영은 엉망이 되어버렸다.

차식은 페이스북 아이디 'Vulcan81'을 쓰는 그 남자의 소동이 찻
잔 속 태풍이 될 거라 예상했다. 어떤 게시물에도 그가 그린피스라
는 것을 입증하는 내용은 없었다. 삼천 명의 동시 접속자를 운운했
지만 국내 팔로워는 거의 없었고, 대부분 영어로 된 그의 게시물에
댓글을 단 모든 친구는 외국인이었다. 무엇보다 올라온 영상의 공
유 수가 형편없었다.

"잘나가다 보면 적도 생기는 거지 뭐."

"81년생이면 한참 어린놈인데. 살살 반말하더라."

"Vulcan81이라고 81년생이라는 증거 있냐?"

"됐고, 너 원산지 공개 정말 안 할 거야?"

동석의 이 질문에서 예전에는 '나 혼자서 다 해 먹고 싶다'는 탐
욕이 느껴졌다면, 지금은 '이거 진짜 자연산 맞아?'라는 의심이 짙
게 묻어나왔다.

"그걸 공개하면 나는 손가락 빠냐? 너 나랑 거래 안 하고 직거래
틀 거 아냐?"

동석이 약간 풀 죽은 소리로 말했다.

"솔직히 나도 찝찝해. 백 퍼센트 확신할 수 없는 걸 쓰니까."

"뭐?"

"Vulcan81 그 새끼 말이 틀린 건 아니거든. 매스컴도 타고 가게

도 점점 유명해질 텐데 확실히 해두는 게 좋겠어."

"못 믿겠으면 거래 끝내."

"그런 거 아니잖아. 또 왜 그러냐."

"나 못 믿는다는 거 아냐, 새끼야."

상사맨으로 산전수전을 겪어온 차식이다. 절실한 상태이면서도 상대가 의심할 때, 그 순간이 가격 흥정에 나설 수 있는 절호의 기회임을 차식은 잘 알았다. 미간을 찌푸리며 강공을 날리자 DNA 옆에 비굴이 붙어 있는 원조 빵셔틀 동석은 파블로프의 개처럼 자기도 모르게 움찔하며 뒷걸음질 쳤다.

"내가 너 친구라고 없는 루왁 긁어모아 가며 도와준 거 아냐. 네가 그런 식으로 나오면 내가 기분 좋겠어?"

"그게 아니잖아."

단기간에 체내에 쌓인 카페인 때문일까, 아니면 타고난 소심함 때문일까. 친구에게 욕을 하려니 차식은 가슴이 쿵쿵 뛰고 식은땀이 흘렀다. 그래도 어쩌랴. WBA 세계 챔피언이었던 유명 프로 권투 선수가 손찌검하는 장인에게 부지불식간에 '쓱빵(복싱에서 상대의 라이트 스트레이트를 피한 뒤 행하는 반격기)'을 날려 응급실로 보내버렸다는 일화도 있지 않은가. 궁지에 몰린 을에게 격하게 퍼부어 승기를 잡는 행동은 상사맨 차식에게 이미 체화되어 있었다.

"뭐, 뭐가 아니야, 쌔, 새끼야! 커피 한 잔을 원가 몇 배로 뻥 튀겨 팔면서 네가 나한테 뽀찌(많은 돈을 번 사람이 기쁨과 감사의 표시로 주위에 사례하는 것)라도 한 번 챙겨준 적 있어? 나, 나도 기분 더, 더럽고 너도 기분 찜찜하다니까 여기서 끄, 끝내!"

"야, 또 말을 왜 그렇게 해."

동석은 거칠어진 차식의 반응에 놀라, 파랗게 질린 차식의 입술은 보지 못한 채 싹싹 빌며 연신 고개를 숙였다. 반응이 이 정도까지 왔으면 게임은 이미 끝난 것이나 다름없었다.

"당신이 영업에 이렇게 재능 있는 줄은 몰랐네."

"나도 승자 독식이 이렇게 좋은 줄 몰랐어. 자본주의, 아름답네."

급여 통장에 천만 원이 찍힌 날, 차식은 가슴이 두근거려 잠을 이룰 수가 없었다. '소화되지 않은 커피 체리의 카페인이 체내에 흡수된 걸까?'라고도 생각해봤지만 그게 아니었다. 바로 돈맛 때문이었다.

위기를 기회로 이용해 국제 유가 상승을 빌미로 마침내 '백 그램에 백만 원' 시대를 연 차식은 우선 대리석으로 된 온랭 순간 전환 타입의 최고급 변기를 구매했다. 변기에 왜 필요한지는 모르겠지만 IOT 기능과 USB 슬롯까지 갖춘 최고가품이었다. 그리고 안방 화장실은 아내의 양해를 구해 혼자 사용하기로 했다. '치열한 일과를 마치고 혼자 있을 수 있는 공간을 마련해달라'는 황당한 이유였지만 아토피에 좋다는 편백 기름을 마음껏 살 수 있게 된 아내는 차식의 요구에 순순히 응했다.

변기에 앉아 《만화로 읽는 피케티의 21세기 자본》을 읽으며 차식은 생산 수단을 선천적으로 갖춘 자신이 노동자인지 자본가인지 아니면 신사업 모델을 구축한 지식 근로자인지 자문해보았다.

USB로 연결한 팻 메시니의 〈offramp〉 앨범이 화장실에 가득 울려 퍼졌다. 음악은 괄약근의 치욕스러운 파찰음을 가린 채 말 그대로 새로운 산업의 영역으로 인류를 인도하고 있었다.

씨알 굵은 생두가 직장에 생채기를 낸 것일까? 비데가 역류하는 물줄기로 연약한 항문 조직을 씻어내자 평소와 달리 전립선까지 저릿한 쓰라림이 느껴졌다. 기억나는 건 거기까지였다. 차식은 식은 땀을 흘리며 변기에서 의식을 잃고 말았다.

"이게 암이라고요?"

"초기라서 주변 조직만 절제하면 생존 가능성이 높습니다. 수술 날짜 언제로 잡으시겠습니까?"

암이라면 담뱃갑 뒷면에 인쇄된 구강암, 폐암, 후두암 말기의 처참한 괴사 조직만 봐왔다. 차식은 내시경을 통해 확인한 완두콩보다 작고 노란 여드름 같은 혹이 모든 것을 끝장낼 수도 있다는 사실이 낯설게 느껴졌다.

"초기라면 몇 달 정도는 버틸 수 있을까요?"

"무슨 말씀이신지?"

"제가 좀 바빠서 바로 수술받기 어렵습니다."

폐업은 아직 이르다. 월급을 제하고도 매달 천오백만 원씩 들어오는 수입으로 가게 고정비가 여간 커진 게 아니다. 딱히 사치를 한 건 아니었다. 수입 절반은 은행 대출을 갚는 데 썼고 나머지 반의반은 첫째 딸 학원비와 어학 연수 적금으로 충당되고 있다. 아토피로 고생하는 막내아들의 본격적인 요양 치료를 위한 길이 열리는 줄 알았는데 여기서 주저앉을 수는 없다.

"나이가 젊을수록 전이가 빠릅니다. 내일이라도 수술을 받으시는 게 좋습니다."

"혹시 제 장에서 특이사항이 발견되진 않았나요?"

"무슨 특이사항이요?"

"뭐, 장 속에 어떤 물질이 이상하게 많거나 다른 사람한테는 없는 게 검출됐다거나?"

사무적으로 서류를 넘겨보던 전문의가 흘러내린 안경 코를 끌어올리며 말했다.

"칼슘 침전도가 확실히 비정상이네요. 상당히 높아요."

"문제가 있나요?"

"아니요, 그 반대죠. 정설은 아니지만 장 내 칼슘 이온이 많을수록 대장암 억제 효과가 있다고 합니다. 물론 절대적인 것은 아니고요. 결석이 생기는 신장이나 요로가 아니라 대장에 칼슘이 다량으로 침전되는 건 흥미로운 일이죠. 여기 대장 표면이 하얗게 서리 내린 것처럼 보이죠? 융털에 단단히 붙어서 작은 결정들이 된 거죠."

"그럼 어떡하죠?"

"장세척을 해보죠."

"맛이 다르다고?"

갸웃하는 차식에게 동석이 가게 벽에 진열한 여성 셀럽들과 찍은 사진 옆에서 얼굴을 감싼 채 말했다.

"냉정하게 말할게. 맛이 다른 정도가 아니라 거의 쓰레기 수준이야. 거래처가 같은 곳이 맞나 싶을 정도로 급이 떨어져. 돈이 문제가 아니야. 이건 내 경력 문제라고!"

리모델링하느라 가게 문까지 닫은 동석이 그 어느 때보다 격하게 소리를 질렀다.

"일주일 후에 마티아스 사멧이 방문해."

"액션 영화배우냐?"

"세계적인 커피 브루어야. 자기가 발행하는 잡지에서 내 커피를 다루고 싶어 한다고."

동석이 무릎을 꿇었다.

"나 좀 도와주라. 로스팅은 거들 뿐, 커피는 재료가 칠 할이야. 일생일대의 기회다."

"정확히 뭐가 문제인지 알아야 도와주지. 같은 거래처에서 받은 건데."

"불량률이 높은 건 이해할 수 있는데 발효의 질이 예전 같지가 않아. 발효 품질을 어떻게든 예전 수준으로만 올려달라고 해주라. 값은 두 배라도 쳐줄 테니 꼭 좀 부탁한다고 전해줘."

오 일 연속 휴가를 낸 건 신혼여행 이후 처음이었다. 암에 걸렸다니까 사장은 잘 쉬고 오라고 말하면서도, 위암 수술 다음 날 출근해 내전이 일어난 라이베리아 영업점 철수를 진두지휘했던 자신의 무용담을 늘어놓았다.

차식이 도착한 곳은 횡성에 있는 한 기도원이었다. 일시적으로 속세와 연을 끊었다. 묵언 수행을 하는 곳이라 기도 외에는 말도 할 수 없었다. 오전엔 밭을 갈고 오후엔 목공예품 제조를 도왔다. 목공예품이라고 해봐야 갑티슈통 조립 정도의 단순 작업이었다. 채소로 이루어진 식사와 물만 제공되고 간식도 나오지 않았다.

'하루 머물면 일 년씩 더 살 수 있다고 생각하는 거야.'

스페인 예수회 수도사들이 운영하는 기도원에 머물며 차식은 자신에게 오 년만 시간이 주어진다면 어떻게 살 것인가를 생각했다. 착취당하며 산다고 늘 투정 부려왔는데 정작 자신이 스스로를 얼마나 착취하며 살아왔나 하는 생각이 밀려왔다.

공기는 맑고 음식은 거칠었다. 도정되지 않은 현미, 텃밭에서 직접 키운 치커리와 녹황색 채소. 흔한 소금 절임도 없는 푸성귀 식단에 얼음장같이 차가운 샘물을 한 바가지 마시고, 해가 떨어지면 잠드는 생활을 한 지 삼 일째가 되자 대장에서 조금씩 회복의 신호가 오기 시작했다.

'발효와 부패의 차이는 무엇일까? 화학적 변화라는 점에서 둘은 비슷하다. 생명력이 있으면 발효하고, 죽어가는 것이라면 부패한다는 차이일까. 발효건 부패건 자연의 이치다. 썩지도 발효하지도 않는 상태야말로 자연스럽지 않다. 무엇이 부자연스러운 것일까? 썩지 않는 돈? 인플레만 가중하는 유동성과 통화량? 오십 대 연예인의 방부제 같은 외모? 부패와 발효를 거부하는 대한민국 사회 전체가 비정상은 아닐까?'

할 일이 없으니 화장실에서 생각만 깊어진다.

'몸에서 나온 것의 냄새임을 부정하고 싶을 만큼 재래식 화장실의 악취는 고약하다. 저런 걸 배에 한가득 담고 사는 주제에 다들 겉으로는 얼마나 향기로운 척, 고상한 척, 점잖은 척하며 살아가는가. 자기 몸에서 나온 분비물을 비정하게 떨어낸 뒤 아무 일도 없었다는 듯 손을 씻고 비데를 쓰는 모습 또한 얼마나 위선적인가. "화장실 다녀올게." "손 좀 씻고 올게." "잠깐 실례." 왜 나이가 들수록, 마음에 드는 사람 앞에 있을수록 우리는 똥 싸고 온다는 말을 당당하게 못 할까. 오늘도 낮은 곳에서 모든 더러움을 혼자 끌어안고 중력에 순종해 똥에게 마지막 작별을 고하는 항문. 이에 감사와 존중을 표하기는커녕 쌍소리에 쓰는 인간의 이기심.'

생각이 거기까지 미치자 차식은 욕지기가 치밀어오를 지경이었다. 정말 똥 같은 이야기다. 위선에 대해 생각하던 차식은 어쩌면 그동안 만인을 기만해온 것에 대한 죄책감 때문에 생긴 마음의 병이 암의 근원일지도 모른다는 생각이 들었다. 그는 기회를 봐서 진실을 밝히겠다고 마음먹었다.

마티아스 사멧은 약속 시각에서 한 시간이 지나서야 카페에 도착했다. 꼭 맞는 셔츠와 베스트, 갸름한 턱선에서 한 치의 실수도 용납하지 않는 예민함과 까다로움이 느껴졌다.

"가게 주력 상품인 융 드립 루왁 커피입니다. 숯불로 약배전 로스팅을 하고 있죠."

"울트라 만델링 품종인가요?"

로스팅한 원두를 만져보면서 벽안의 젊은 대가가 물었다.

"쌀은 쌀집 주인이, 생선은 어부가 잘 아는 법이죠. 수입업자를 모셨습니다."

동석이 그렇게 발을 빼면서 차식을 소개하자 젊은 대가가 손을 내밀며 물었다.

"이 원두에 대해 설명해 주시겠습니까?"

"이건 사람 똥에서 추출한 겁니다."

작심한 차식의 답변에 통역가가 그와 마티아스를 번갈아 바라보며 '뭐라고?' 하는 표정을 짓자, 당황한 동석이 선수를 쳤다.

"농담입니다. 우리 루왁을 악의적으로 공격하는 사람이 워낙 많아서요."

"하지만 확실히 이건 루왁이 아니군요."

원두를 한 움큼 집어 향을 깊이 들이마신 대가가 눈을 날카롭게 번득이며 말했다.

"내가 당신이라면 내 앞에서 이걸 루왁이라고 하진 않겠어요. 이

건 사향 고양이 똥에서 채취한 게 절대 아닙니다. 그걸 진짜 모르고 있었다면 당신의 부족한 재능을 저주하세요. 하지만 어찌 됐든 이건 정말 흥미롭군요. 묵직한 바디감을 갖고 있으면서도 농밀한 듯 부드러운 곡물 향. 이런 황금빛을 띠는 크레마는 처음 봐요. 블렌딩해도 내기 어려운 자연스러운 달콤함도 느껴집니다. 이름이 뭐지요, 미스터?"

젊은 대가는 존경의 마음을 담은 눈으로 차식을 바라보았다.

"정차식입니다."

"무슨 수로 이런 원두를 손에 넣었는지 모르지만 당신께 경의를 표하고 싶습니다. 이건 내 손으로 직접 융 드립해보고 싶은데 허락해 주시겠습니까?"

이후 시작된 십 분간의 퍼포먼스는 동석과 차식, 그리고 그 자리에 있던 관계자들이 넋을 잃게 만들기에 충분했다. 그라인딩에서 머들링까지, 때로는 한 편의 잘 짜인 파드되(두 사람이 추는 춤)처럼 아름다웠고, 때로는 진 켈리의 탭댄스처럼 경쾌했다. 원액 한 방울의 낭비도 용납하지 않으면서 마티아스는 루왁 커피 한 잔을 융 드립했다.

"자요."

직접 드립한 커피를 자기에게 권하는 마티아스를 보면서 차식은 디스커버리 채널에서 본 골프채 장인의 이야기를 떠올렸다. 오십 년 경력의 수제 아이언 제조 장인인 그는 단 한 번도 자신의 아이언을 사용해본 적이 없는 사내였다. 내 몸에서 나온 발효의 정수를 다시 내 몸으로 받아들이는 기분은 도대체 어떨까? 커피를 마시려는 차식의 입술이 떨렸다. 하지만 그 순간, 촬영 현장에 경찰과 식품의약품안전처 직원이 들이닥치면서 차식은 그 걸작의 맛을 느낄 기회를 얻지 못했다.

"경찰입니다. 정차식 씨, 식품위생법 위반 혐의로 체포합니다."

차식과 동석을 고발한 것은 그린피스가 아니라 동석의 카페 아르바이트생이었다.

"마이바흐 끌고 다니시는 양반이 최저 시급을 꿀꺽해요?"

"제가 사장이긴 하지만 경리 총괄 매니저가 있고요, 인건비는 걔한테 맡겨서 정말 몰랐다니까요!"

"그라인딩한 커피를 정밀 분석한 결과 인간 상피 세포가 나왔어요. 뭐라고 설명하실 겁니까? 원두 출처 똑바로 안 밝혀요?"

석 달에 걸친 검찰과 수사 기관의 집요한 심문과 추궁 과정을 장황하게 설명할 필요는 없을 것 같다. 결론만 말하자면 커피 공방이 판매한 원두는 인간의 소화 기관과 배설 기관에서 제조된 이 차 가공품이라는 판결이 났다. 차식은 대한민국 법조계 창설 이래 유례가 없어 판례조차 살펴볼 수 없었던 이 희대의 사건에서 '인간 루왁 커피'를 직접 시음한 배심원단과 부장 판사의 결정에 따라 무죄를 선고받았다. 이유인즉 간단했다. 제조 과정에 대한 사회적 혐오의 정도가 아닌 세균 검출량이 유무죄 판단 기준이었기 때문이다. 여기 판결문의 일부를 옮겨본다.

'사회적 관습에 반하는 엽기적인 제조 방법이 소비자에게 심리적인 저항감을 줄 수 있으나, 전 세계적으로 다양한 발효 식품이 존재하며, (중략) 최고의 원료를 생산하기 위해 주기적인 장 청소를 실시했다는 점이 피고의 주치의를 통해 확인되었고, 간헐적 금식과 식이조절을 통해 제품 가공 과정에서 불량률을 최소화하려는 생산자로서의 도덕적, 사회적 의무를 다하였다고 사료된다. (후략)'

 법적인 부분에서는 기사회생했지만 '루왁남'이라는 별칭으로 포털 검색 일 위를 차지한 순간부터 사회 생명체로서의 차식의 삶은 끝장이 났다. 회사 이미지를 실추했다는 이유로 권고사직당해 퇴직금도 두둑이 받지 못해서 마이너스 사십 퍼센트의 수익률을 기록하고 있던 차이나 적립식 천하제일 청룡 펀드 3호를 눈물을 머금고 깨야만 했다. 안방에 있던 비데는 격분한 아내와의 부부싸움으로 박살이 났고, 그 길로 아내는 주님만을 의지하겠다며 아이들과 함께 오산리 금식 기도원으로 들어가 버렸다. 하지만 그게 끝이 아니었다.
 '루왁 인간' 사건 이후 차식은 대한민국 사회 갈등과 분열 조장의 아이콘이 되었다. 그런 짓을 벌였으니 여론에 일방적인 린치를 당하고 사장되지 않겠냐는 예상과 달리 뜻밖의 지원군이 나타나 루왁 논쟁을 혼전 양상으로 몰아갔다.

'성경 속 예수님도 사람 입에서 나온 것이 더럽지, 사람 뒤에서 나오는 것이 더럽다고 하지 않았습니다. 저는 동물 학대를 방지하기 위한

대안적 생산의 모범적 사례를 보여주신 차식 님을 지지하고 옹호합니다.'

Vulcan81은 한 기독교 교단의 총회장을 지낸 강남 모 대형 교회 담임 목사의 장남으로 밝혀졌다. 그의 아버지는 교단 회장 선거 당시 "독사의 새끼들을 성전에서 쓸어버려야 한다"며 용역을 불러 투표함을 수호하고 정적들에게 가스총을 시전한 것으로 유명한 사람이었다. 부친의 역발산기개세力拔山氣蓋世를 이어받은 Vulcan81은 자기 뜻을 관철하고 선동하는 능력이 무시무시한 청년이었다. 그는 SNS를 통해 끝없이 떠들었고, 글을 말 그대로 '쌌다'.

'스타트업이나 다름없는 불알친구의 사업을 위해 희소한 원자재를 헐값에 납품했으니 사회적 기업으로서의 자기희생이었다. 누구도 생각지 못한 생산 방식의 전환으로 동물 학대에 경종을 울린 것은 기타 히어로 지미 헨드릭스가 베트남전 당시 우드스톡 콘서트에서 피드백 주법으로 네이팜 폭격기 소리를 재현해 반전을 외친 이후 최고의 대對사회 메시지를 담은 아방가르드의 에센스 그 자체였다.'

괴상한 논리 전개에도 많은 사람이 그의 신앙적, 감정적 호소에 넘어갔다. 일부 극우 언론사와 유명인들도 커피는 맛으로 판단해야 한다며 그를 옹호했다. 논리나 인과 관계 검증은 뒷전이고 '너는 어느 쪽이냐'라는 프레임 논쟁의 이 라운드가 시작될 판이었다. 정작 커피는 뒷전으로 미룬 채 '댓글 부대' '국정원 아르바이트'라고 서로

욕하며 상대에 대한 인신공격성 비난과 감정 배설의 혼전 상태로까지 치달았다.

종편에서는 싸움닭이나 다름없는 보혁 논객들을 연이어 출연시켜 커피 유통 구조의 맹점과 위생 관리의 허술함을 지적하며 갑론을박을 벌였다. 하지만 이것은 겉치레였을 뿐이고, 곧이어 차기 대선 후보의 커피 기호를 언급하며 서로 깎아내리기 바빴다. 야당은 여권 후보가 '퇴행적인 기득권 수호 의지만 가득한 고종황제 스타일의 커피 애호가'라고 깎아내렸다. 그러면 여당은 '비위생적인 제조 과정을 묵인하고 맛만 좋으면 된다는 식으로 커피 공방을 애용한 야권 단일 후보야말로 수단과 방법 가리지 않고 정권만 창출하면 된다는 식의 막가파 권력욕을 여지없이 드러내는 인물'이라고 맞받아쳤다. 이제 차식의 루왁 커피는 한 알의 밀알이 되어 대한민국 사회라는 토양에서 썩어, 백 배, 천 배의 갈등과 분열을 낳는 실체 없는 아우성이 되고 말았다.

☕

"넌 타고난 장을 가지고 있어."

문병이랍시고 와서 하는 동석의 말이 무슨 헛소리인지는 모르겠지만 묘하게 수긍이 갔다.

"노력하는 놈이 즐기는 놈 못 이기고 즐기는 놈이 타고난 놈 못 이겨."

개소리 같지만 틀린 말도 아니다. 세상은 늘 불공평하기에 누군가는 행복을 누리는 곳이니까.

"그냥, 평생 남의 다리나 긁다가 가고 싶진 않았어. 생각나? 나 예전에 수소수 만든다고 꼴값 떨면서 돌아다닌 거 말이야."

자조적으로 웃으며 옛일을 회상하는 차식을 부축해 화장실 변기에 앉히면서 동석이 대꾸했다.

"너 잘했어, 그때. 열정도 있었고. 여러 가지로 때가 아니었던 거지."

"수소수는 못 만들고 똥 찌꺼기를 팔게 되다니. 대체 어디서부터 꼬였던 걸까."

"그래도 넌 은총을 입은 장을 한때나마 가졌었잖아. 지금은 암 덩어리지만."

"야, 그래도 너도 내 덕에 재미 좋았지?"

"문이나 닫아. 냄새나."

"뭐 어때? 내 똥 냄새 예술이잖아."

문을 닫던 동석이 그간의 일을 생각하니 어이가 없는지 킥킥거렸고, 차식도 가쁜 숨을 몰아가며 웃었다. 비록 '루왁 인간' 사건으로 가게를 접고 나락으로 떨어졌지만, 동석은 차식이 시한부 판정을 받은 후로 매일같이 호스피스 병동을 찾았다.

"야, 루왁 인간. 한순간이었지만 최고의 커피를 만들 수 있어 영광이었다."

"나도 덕분에 즐거웠다. 살아 있음을 느낄 수 있어서. 어찌 됐든 최고가 되어본 기분이랄까? 아내에게 전해줘. 좋은 남편, 좋은 아빠가 되고 싶었다고."

그게 화장실 안에서 두루마리 휴지 뜯는 소리를 내며 기운 없는 목소리로 전한 차식의 마지막 유언이었다.

화장실에서 아무 소리가 나지 않아 동석이 문을 두드린 것은 그로부터 십 분이 지난 후였다. 사람을 불러 화장실 문을 부수고 들어갔지만 이미 때는 늦었다. 차식은 변기 아래 차갑게 식어 있었고 목적지를 상실한 비데의 물줄기는 분수처럼 허공을 가르고 있었다.

동석은 변기 안을 내려다보았다. 초코바 안에 알알이 박혀 있는 땅콩처럼 차식의 변에 반짝이는 무언가가 엉거 붙어 있었다. 이상하게도 더럽다는 생각은 전혀 들지 않았다. 〈타이타닉〉의 주인공이 죽어가는 장면에서 쿨의 〈해변의 여인〉이 흘러나오는 것만큼이나 똥이라는 이미지와 전혀 어울리지 않는, 일종의 그로테스크함과 숭고미가 뒤섞인 최후였다.

하얀 엉덩이를 드러낸 채 차식은 온화한 표정으로 숨을 거뒀다.

이번엔 화장실 안에서 그 어떤 향기로운 냄새도, 달콤한 향도 느껴지지 않았다. 대신 단단히 조여 있던 괄약근이 고된 의무에서 영원히 해방된 채, 고이 간직하고 있던 차식의 유산을 세상에 아낌없이 공개했다.

차식의 새하얀 엉덩이에는 길고 씨알이 굵은 진주알들이 봄날의 환풍구를 타고 나와 부서지는 햇살에 영롱하게 반짝이고 있었다.

코
의
무
게

그날 역시, 소년은 살인을 피해 달아나는 중이었다.

간파쿠(천황을 보좌하며 정무를 총괄하는 일본 최고위 관직)의 명령으로 조선을 점령하기 위해 떠난 원정군은 모두 십사만 명이었다. 그중 오만 육천 명이 해 저물 무렵 남원성에 도착했다. 부산포에 도착해 온갖 살육과 착취를 벌이며 진격한 그들은 긴 창에 딱딱한 가죽 갑옷 차림이었다.

남원성 성가퀴로 언뜻언뜻 수비군이 보였다. 붙들린 정찰병들은 조선인과 명인이 뒤섞인 수비병 사천 명이 성안에 머문다고 자백했다. 발이 부르튼 원정군은 늘어진 깃발을 땅에 꽂고는 밥을 양껏 지어 먹었다. 화살의 사정거리 밖 맨바닥에 불을 피운 그들은 구부린 몸을 바짝 붙이고 잤다. 그러고는 치솟는 새벽 냉기에 선득 놀라 깨어 어금니를 덜덜 부딪었다.

그 새벽에 깬 사람 중엔 묘겐明元과 나오야直哉도 있었다. 빼빼 마른 묘겐은 가느다란 목에 주름진 얼굴을 지닌 종군 승려였고, 수더분한 인상의 나오야는 어린 아시가루(평시에는 잡역에 종사하고 전시에는 보졸步卒로 뛰던 일본 전국시대의 졸병)였다. 두 사람은 부산포 법회에서 처음 만났다. 당시 나오야는 노승의 설법에 큰 감동을 받았고, 묘겐은 어린 아시가루의 단단한 신앙에 깊은 인상을 받았다. 부산포에서 들었던 묘겐의 불같은 설법을 간혹 떠올리던 나오야는, 어깨너머에 자리한 본진 장막에 노승이 머물고 있다는 사실을 짐작하지 못했다.

당번병이 모닥불을 다시 지피곤 어제 걸어둔 솥에 물을 부어 굳은 밥을 묽게 끓였다. 모두들 잠자코 먹었다. 항아리에 담겼던 무짠지에선 쉰내가 났고 그릇에 담긴 죽은 터무니없이 적었다. 나팔이 울렸고 당번병들이 식기를 걷어갔다. 조장들이 아시가루 사이를 오가며 태세를 점검했다. 나오야도 조원들과 함께 열을 지어 섰다. 오래 걷고 한뎃잠을 잔 그들은 꾀죄죄했고 발과 겨드랑이에선 지독한 군내가 풍겼다. 그러나 창을 잡고 쇠 고깔을 쓰고 줄을 맞춰 서니 제법 엄정한 기색이 흘렀다.

장막에서 나온 사무라이들이 말을 타고 언덕에 올라 시동들이 마련한 의자에 앉았다. 전공을 올릴 생각에 그들은 달뜬 표정이었다. 사무라이들의 발아래엔 남원성을 공격할 아시가루들이 열을 지어 서 있었다. 공격하는 이쪽과 성벽 뒤의 저쪽 사이엔 고요한 바람뿐이었다.

남원성을 올려다보는 아시가루들의 마음에는 근심이 가득했다. 성에 틀어박힌 조명朝明연합군은 수가 적었지만 기치가 반듯해 호락호락하지 않아 보였다. 뿌리 깊은 성벽은 두터울 성싶었고 물이 뿌려진 성문은 단단히 보강된 것 같았다. 사무라이들은 아시가루의 절반을 시켜 성벽 맞은편에 흙산을 쌓게 했다. 절반씩 교대해가며 그들은 구령에 맞춰 종일 흙을 날랐다.

밤이 되자 흙산은 성벽만큼 높아졌다. 텟포(일본군이 임진왜란 무렵에 사용한 화승총) 부대가 꼭대기에 올라 밤새 탄환을 쐈다. 아시가루들은 총성에 문득문득 깼다. 죽은 모닥불 속에 남은 바싹 마른 가지는 육탈肉脫된 정강이뼈 같았다.

새벽에 깬 침략자들은 지난밤 우뚝했던 성가퀴가 탄환에 갉혀 뭉툭하게 깨진 걸 보았다. 아침 햇살에 드러난 성가퀴는 삭아버린 유치乳齒 같았다. 조명연합군의 사기가 바닥으로 떨어졌다고 판단한 사무라이들은 아시가루들을 세워놓고 총공격을 명했다.

진 안에 머물던 묘겐은 다른 승려들과 함께 언덕 위로 나아갔다. 사무라이들이 앉은 곳에서 멀지 않은, 전장이 한눈에 들어오는 장소였다. 거기서 묘겐은 동료 승려 수십 명과 함께 승전을 기원하며 목탁을 치고 염을 외웠다.

사무라이가 부채를 내뻗자 아시가루들이 내달리기 시작했다. 수

천 명이 든 칼날이 공중에서 하얗게 빛났고, 그것은 흘러가는 강물의 윤슬처럼 보였다. 쇠 고깔 끈을 질끈 동이고 창을 바짝 안은 나오야는 양옆을 돌아보았다. 키가 껑충한 쓰키야마月山와 땅딸막한 쇼지昇地와 가타이花袋 조장이 대숲처럼 내달리는 사람들 사이로 언뜻 보였다. 북소리가 아시가루들을 성벽으로 밀어붙였다. 나오야는 함성을 질렀다. 그러나 두려움은 사라지지 않았다.

맨 앞을 달리던 아시가루들이 함께 메고 있던 사다리를 세워 성벽에 걸쳤다. 뒤따르던 아시가루들이 그리로 우르르 기어올랐다. 침략자들의 머리로 돌이 날아들었고, 성가퀴에서 몸을 내민 수비병을 흙산에서 쏜 탄환이 때렸다. 끓는 기름이 사다리에 부어졌고, 끝에 홈을 판 장대가 사다리를 저 멀리 밀어냈다. 대나무 사다리에 달라붙은 수십 개의 몸뚱이가 와락 떨어졌다. 그러나 뒤로 물러난 파도가 남긴 바위 위 포말처럼, 살아남은 자들이 있었다. 성가퀴를 경계로 날 선 금속음이 챙챙 울었다. 성벽 오목한 곳에 갈고리가 걸리자 아시가루들이 밧줄을 타고 올랐다. 칼날이 밧줄을 찍었고, 거기를 붙들었던 자들이 덩어리져 떨어져서 함께 으깨졌다. 물에 적신 가죽 방패를 머리 위에 빼곡히 세운 자들이 큼직한 쇠망치로 성문을 갈겨댔다. 사람만 한 돌덩이가 떨어져서 방패와 그걸 든 자를 뭉갰지만, 누군가 다시 달려들어 망치질을 계속했다. 사다리는 턱턱 끝도 없이 걸쳐졌다. 행주로 솥 테두리를 붙든 수비군이 끓는 물과 기름을 쏟아붓자 몸을 덴 자들이 갈퀴진 손으로 제 옷을 잡아뜯었다. 뒤돌아 달아나려던 아시가루 몇몇이 말을 탄 사무라이들에게 살해당했다. 성벽과 사무라이들 사이에 놓인 아시가루들은 악을 쓰며 전진했다. 타고 흐른 기름으로 성벽은 번들거렸고 그 아래 쓰러진 자들이 죽음에 이르지 못하고 자꾸 꿈틀거렸다. 흙산의 마루는 텟포에서 피어오른 연기로 자욱했다.

나오야는 정신을 차릴 수가 없었다. 가타이 조장도 조원들도 보이지 않았다. 손바닥으로 쇠 꼬깔을 덮으며 나오야는 헐떡였다. 포성이 천지를 진동시켰다. 진격하라는 고함과 외마디 비명이 깊이 번졌다. 사방에서 피가 흘렀고 잘린 사지가 진창 속에서 펄떡였다.

"나무아미타불! 신불神佛이여! 부디!"

사지를 떨며 내뱉는 어린 아시가루의 염불은 새된 비명 같았다.

오후가 되자 연이은 망치질을 견디지 못하고 성문 빗장이 부러져 버렸다. 얼마 못 가 누각이 점령되었고, 그 아래로 조명연합군의 시신이 던져졌다. 전장을 향해 온종일 목탁을 두들겼던 승려들도 그제야 쉼을 얻었다.

그러나 살육은 이제 시작이었다.

들보에서 인 불길이 문루를 삼켰다. 누가 질렀는지 분간 못 할 불이었다. 적의 피를 머금은 아시가루들의 눈동자가 붉디붉었다. 매캐한 연기가 태양을 가렸고 가장자리에 고인 핏물이 성벽을 타고 흘러내렸다. 죽어가는 자들을 승자들은 찌르고 또 찔렀다. 그러고는 살아남은 자를 찾아 성안을 휘저었다. 남원성은 비명을 담아 끓이는 거대한 솥이었다.

나오야는 저쪽 구석에 쓰러져 있었다. 다친 척 괴로워하던 나오야가 고개를 살짝 들더니 벽을 짚고 섰다. 성벽 바깥에서 함성과 요란한 나팔 소리가 들렸다. 바닥에 고인 핏물을 두어 주먹 떠 가슴

팍에 문지른 나오야가 쇠 고깔 묶은 끈을 풀고 다시 쓰러졌다. 어떤 이들이 우르르 한꺼번에 몰려갔다. 눈을 살짝 뜬 나오야가 몸을 일으켰다. 연기와 먼지 속에서 쇠들이 날 선 소리를 울리며 부딪치고 있었다. 누군가가 진격 명령을 내렸지만 우두커니 선 나오야는 어디로 나아가야 할지 알지 못했다. 아비규환 속에서 수십 명의 아시가루가 어디론가 우르르 달려나갔다. 창을 끌어안은 나오야가 그들을 따라가며 허정거렸다.

언덕을 넘자 마을이 보였다. 물고기 비늘 같은 기와를 곱게 인 집들이 처마를 잇대고 있었다. 들보에 목을 맨 여자들이 공중을 맴돌았다. 죽창을 치켜든 늙은이들은 순식간에 제압당했다. 어린것들이 울었고, 곧 죽었다.

아시가루들은 다락과 시렁을 뒤졌다. 전장에서 살아남은 그들의 피가 흥분으로 끓어올랐다. 먼지와 폭약과 피와 환호로 목이 칼칼해진 그들은 찾아낸 술 단지를 다급히 기울였다. 나오야의 빈속에도 누런 탁주가 꿀렁꿀렁 고였다. 취한 나오야가 휘청거렸다. 창을 내던진 그가 쪼그려 앉았다. 꾀죄죄한 손바닥이 땀에 전 얼굴을 문질렀다.

숨어 있던 여자 하나가 다락에서 붙들려 패대기쳐졌다. 열댓 살쯤 되어 보이는 소녀였다. 머리채를 휘어 잡힌 그녀가 악을 써댔다. 소녀를 둘러싼 아시가루들의 사타구니는 지독하게 부풀어 있었다.

아시가루 중 하나가 나무판 사이에 창을 찔러넣어 벽 속 뒤주를 뜯었다. 조와 수수가 마루에 우수수 흩어졌다. 피와 먼지로 불그죽죽해진 아시가루들이 깔깔거리며 몰려들었다. 부푼 뺨이 바람을 그러안은 돛처럼 수수러졌다. 벌떡 일어선 나오야가 술을 왁왁 게웠다. 혀에 고인 쓴 물을 윗니로 긁어 내뱉은 그가 방 안으로 기어 들어 가 엎어졌다.

죽음보다 깊은 잠이었다.

전투가 끝나면 모든 아시가루는 시신으로 달려들기 마련이었다. 전리품에 눈이 뒤집힌 그들은 작은 패물 하나에 칼부림을 벌였다. 사무라이들은 전투 직후의 시신 수습과 약탈을 금지했다. 그러나 고지식한 자만이 그어진 선 안에 머무를 뿐, 선을 넘나드는 자는 언제나 존재하기 마련이었다.

쓰키야마와 쇼지도 예외가 아니었다. 단짝인 그들은 값나가는 물건을 손에 쥐기 위해 밤이 되기까지 아군과 적군의 시체를 가리지 않고 뒤적였다. 그러면서 그들은 죽은 자들 사이에서 조원을 발견하면 시신의 팔뚝에 헝겊을 묶어두었다. 매장 명령이 떨어지자마자 죽은 조원을 묻어주려고, 그들은 거추장스러운 천 다발을 끝내 버리지 않았다.

"꼬마는 어떻게 되었어?"

돌아온 그들에게 조장인 가타이가 물었다. 쓰키야마와 쇼지는 고개를 설설 저었다. 어스름 사이 눈 닿는 모든 곳에 시체가 널려 있었다. 멀리서 칼 부딪는 소리와 비명이 울렸다. 사무라이의 시동들이 칼을 뽑아 들고 그리로 뛰어갔다. 전투 후에도 이어지는 전장의 광기에 재갈을 물리기 위해 지휘관들은 종종 칼을 썼다. 전투가 끝나면 규율 위반자의 목이 군막 앞에 내걸리곤 했다.

당번병이 부싯돌을 쳤고 씻지도 않은 솥이 너저분한 상태 그대로 불 위에 올랐다. 바닥이 꺼멓게 탄 솥 안의 밥은 설익어 있었다. 그러나 모두들 더 먹고 싶어 했다. 성안을 뒤져 찾아낸 소와 돼지는 막 해체된 뒤여서 익으려면 더 기다려야 했다. 포연과 먼지에 찌든 아시가루들이 불 곁에 옹송그려 앉았다. 더운 여물을 삼키며 말들이 갈기를 흔들었다. 차가워지는 바람 속에서 아시가루들은 오래도록 불을 바라보았다.

조장들을 불러 모은 사무라이들은 저녁 식사 후 적을 수색하고 시신을 매장하라 일렀다. 군막에서 명령을 받고 나온 조장들이 어깨너머를 돌아보며 잰걸음을 걸었다. 멀찌감치 떨어져 나온 조장들이 둥글게 모였다. 몇몇이 망을 보는 가운데 그들은 다음 공격 때 진격할 순번을 정하는 제비를 뽑았다.

"지랄 말고 빨리 뽑아."

다른 조장들의 불평에도 불구하고 합장한 가타이는 염불 외기를 그치지 않았다. 제비뽑기 전에 백 번의 염을 외워야 좋은 순번을 받는다고 가타이는 믿었다. 눈을 질끈 감은 가타이는 중간에서 앞쪽을 뽑았다.

"입들 조심하고." 헤어지며 그들은 서로를 단속했다. 나란히 합심해서 진격하지 않고 제비를 뽑아 돌격할 순서를 정한다는 사실이 알려지면, 목이 잘릴 게 분명했다. 하지만 그런 꼼수를 부리지 않고 이 지옥에서 어떻게 살아남겠는가.

그들 중 누구도 전쟁을 좋아하지 않았다. 전장에서 오래 살아남은 사람일수록 이 아수라장을 증오했다. 전투에 도취한 그들은 약탈을 일삼고 불을 질러대며 남자를 죽이고 여자를 강간했다. 그러나 아무리 미치광이처럼 전쟁에 몰두해도 결국에는 전쟁을 증오하기 마련이었다.

생존자를 점검하던 가타이에게 누군가 다가와 소식을 일러주었다. 부산포 법회에서 설법을 베풀던 묘겐이 이곳 남원성에 있다는 말에 가타이는 박수를 짝짝 쳤다. 기쁜 얼굴로 뒤를 돌아보니 쓰키야마와 쇼지가 보였다.

"이봐요, 조장. 코를 수거해야 한다고요."

벙글거릴 뿐 가타이는 대꾸하지 않았다. 쓰키야마와 쇼지가 아랫입술을 슬며시 깨물었다.

잠에서 깬 나오야가 고개를 살짝 들어 주변을 돌아보고는 다시 드러누웠다. 그는 팔다리를 쭉 뻗으며 길게 하품을 했다.

동글동글한 얼굴에 눈이 축 처진 나오야는 순하고 미욱한 인상을 지녔다. 거듭된 농사일로 손바닥은 곰 발바닥처럼 두툼했고, 지게 지던 어깨는 널찍하니 단단했다. 하지만 나오야는 아직 어린아이였고 내향적 외골수인 탓에 자기 안에 뭔가가 심기면 그걸 비판 없이 받아들이는, 담박하면서도 융통성 없는 촌 무지렁이였다.

방금 꾸었던 꿈을 떠올린 나오야가 벙긋 웃었다. 꿈에서 그는 할머니와 함께 뭔가를 먹고 있었다. 뭔지는 모르겠는데 맛이 기가 막히게 좋았다. 쩝쩝 입맛을 다시며 나오야는 꿈을 더듬었다. '얘야, 너랑 같이 있으니 정말 좋구나.' 할머니의 말에 나오야가 뭔가 재치 있는 대답을 했고, 할머니는 큰 소리로 웃었다. 가장자리가 너덜너덜해진 노인의 이는 삭아버린 유치를 떠올리게 했다. 꿈 내내 나오야는 할머니의 시커먼 목구멍에서 눈을 뗄 수 없었다. 입을 활짝 연 채 할머니는 물었다. '너 염불은 잘 외고 있는 거니? 불살不殺의 계율도 지키고 있니?' 뭐라고 대답했는지 나오야는 기억하지 못했다. 다만 할머니의 시커멓고 메마른 목구멍만 기억났다. 몸을 일으킨 그가 눈을 비볐다.

달이 구름을 벗어났는지 문풍지가 환하게 밝아졌다. 냉기 도는 푸르른 빛이었다. 서로의 팔과 다리를 포갠 채 잠든 아시가루 대여섯이 보였다. 그들의 코골이는 깊고 부드러웠고 날숨에서는 텁텁하고 시큼한 냄새가 났다.

배를 득득 긁던 나오야가 무릎을 꿇었다. 품 안에서 불상을 꺼내 바닥에 둔 그가 가만히 합장했다. 작별할 때 할머니가 쥐어준 나무 불상은 까만 손때로 반들반들했다. 신불의 가호에 감사하며 나오야는 합장한 몸을 굽혔다. 신불이 돕지 않았다면 어찌 불살의 계율을 지키며 그 아수라장에서 살아남았겠는가. 깊어진 불심으로 뜨겁게 합장하며 나오야는 머리를 조아렸다.

할머니가 심은 아미타불 신앙이 나오야의 마음에 무성하게 자라기는 어렵지 않았다. 융통성 없는 성미에 꽉 막힌 구석을 지녔고, 할머니를 사랑했으며, 그녀의 잔소리 말고는 다른 일깨움이 전혀 없었기 때문이다. 할머니는 신앙을 몸으로 살았다. 그렇게 해도 무리는 없는 게, 아미타불 신앙은 경전으로 익히는 게 아니라 자비의 마음과 노상 외우는 염불로 이루는 것이었기 때문이다. 할머니는 산 것을 죽이는 법이 없었다. 모기를 때리는 법이 없었고 쌀을 파먹는 벌레는 집어다 독 밖에 옮겨놓았으며, 육식을 하지 않고 오직 데친 채소와 잡곡밥과 간장만 먹었다. 할머니는 나오야를 위해 염을 많이 외워 그를 큰 승려로 키우려 했다. 그러나 나오야가 작년 봄에 밭벼를 뿌리다 징집당하면서 그 꿈은 유보되고 말았다.

"애야, 사람을 죽여선 절대로 안 된다."

전쟁터로 떠나는 손자에게 나무 불상을 쥐여주며 할머니는 염을 꾸준히 외우라고 당부했다. 나오야 또한 눈물 젖은 얼굴로 그러겠노라 비통히 맹세했다. 아미타불의 구원을 얻어 이 윤회의 틀을 벗어나려면 그래야만 했다. 할머니는 거듭 주의를 주었고 나오야는 거푸 끄덕이며 다짐했다.

"누구도 죽이지 않겠어요."

전쟁은 끔찍했다. 어딜 가나 죽음이 널려 있었다. 평정을 유지하기가, 기대와 희망이 끊어지지 않게 마음을 다독이기가, 정말 쉽지 않았다.

그의 경건한 삶을 어렵게 만드는 건 지휘관들의 지독한 감시였다. 그러나 나오야는 이 고난을 신념을 지키기 위한 싸움으로 여겼고 결코 물러나려 들지 않았다. 그는 난장판 속에서 몸을 오그리고 있다가 죽은 사람을 찌르는 방식으로 눈들을 속였다. 나오야는 자신이 엄수하는 불살의 계율에 대해 입도 벙긋하지 않았다. 법회에서 만난 묘겐과 너그러이 대해주는 가타이 조장에게도 그에 대해선 말하지 않았다. 믿음의 길은 고독했지만, 놀랍게도 고독은 그가 자신을 영예롭게 여기는 기준이 되어가고 있었다.

나오야가 몸을 일으켰다. 조원들과 떨어진 지 너무 오래되었다. 뒤꿈치를 든 나오야가 어지럽게 뻗은 팔다리를 조심스레 가로질렀다. 구름이 다가오는지 푸른빛이 옅어졌다. 문고리를 잡은 나오야가 누군가의 눈길을 느꼈다. 고개를 돌리자 구석에 웅크린 여자가 보였다. 머리가 부스스한 그녀는 눈두덩이 붓고 옷은 죄다 찢겨 있었다. 자세히 보니 낮에 머리채를 잡혔던 그 소녀였다. 나오야가 다가가도 그녀의 멍한 시선은 돌아가지 않았다. 반쯤 벌린 입을 채 닫지 못한 소녀는 뱉지 못한 비명을 깨문 것만 같았다.

"이봐, 괜찮은 거야?" 나오야가 속삭였다.

소녀의 시선은 나오야가 움킨 문고리에 박혀 있었다. 나오야가 다가가도 소녀는 꼼짝하지 않았다. 갈기갈기 찢긴 옷을 끌어안은 소녀는 치솟는 파도에 갇힌 절망의 섬 같았다. 잠든 야차夜叉들 사이에서 소녀의 정신은 불똥만 남긴 채 까맣게 꺼져가고 있었다. 나오야가 방문을 밖으로 열어젖혔다. 그러고는 뒤로 물러섰다.

"가. 말 안 할게."

아시가루들이 코 고는 소리는 여전히 우렁찼다. 입을 반쯤 벌린 채 소녀는 턱을 부들부들 떨었다. 이윽고 굵은 눈물이 흐르기 시작했다. 소녀의 시선은 마당에 선 오동나무에 박혀 있었다. 지독한 슬픔에 뭉개지며 드러난 고요한 통곡은 웃음의 신경질적인 폭발처럼 보였다. 보이지 않는 손가락이 얼굴을 휘젓기라도 한 것처럼, 웃음과 울음은 종잡을 수 없이 뒤섞였다.

나오야는 그 반응이 당혹스러웠다. 소녀를 골똘히 바라보던 나오
야가 고개를 갸웃거렸다. 숨을 들이쉬며 끽끽거리던 소녀가 소리를
감추기 위해 주먹을 깨물었다. 그러고는 갈퀴진 손으로 머리칼을
쥐어뜯기 시작했다.

"싫으면 그만둬."

나오야가 고개를 외로 꼬았다. 어린 아시가루는 소녀가 왜 저러
는지 이해하지 못했다.

나오야는 밖으로 나왔다. 부산포에서 남원성까지 오는 길은 죽음
으로 뒤덮여 있었다. 우물은 시신들로 입이 봉해졌고 나무에는 목
매 자결한 시체들이 주렁주렁 매달려 있었다. '목숨을 건진 걸 기뻐
해야 마땅하거늘.' 나오야가 고개를 설설 저었다. 소녀의 절망을 이
해하지 못했기에, 나오야는 그녀의 내면에 꽉 들어찬 공허 또한 전
혀 가늠치 못했다.

바깥은 쌀쌀했다. 뻐드러진 시체들이 달빛에 시퍼렇게 젖어 있었
다. '코!' 퍼뜩 미친 생각에 나오야가 무릎을 쳤다. 어린 아시가루가
해맑은 얼굴로 단도를 빼 들었다.

새카맣게 그은 기와에서는 탄내가 풍겼다. 쉰내를 머금은 바람
이 남원성을 맴돌았다. 바람이 들이칠 때마다 타다 남은 대들보에
숨었던 불기운이 벌겋게 달아올랐다. 냉랭한 달빛 아래 지펴놓은

몇 개의 화톳불이 으스러진 성루를 밝히고 있었다. 바람이 불어 화톳불을 흔들자 성벽 아래로 뻗은 보초들의 그림자가 수초처럼 출렁였다.

검게 오그라든 흙집 옆에서 낯선 아시가루들이 시신을 수거하고 있었다. 매장할 시신과 태워 없앨 시체를 구분한 그들이 병장기와 코를 수거하면, 포로들은 높다랗게 쌓인 시신 더미 위로 죽은 자를 던져올렸다. 창을 움켜쥔 나오야는 그들을 향해 허청허청 뛰었다. 시신에서 흐른 체액과 똥물이 어둠 속에서 시커멓게 웅덩이져 있었다. 아시가루들이 나오야에게 방향을 가르쳐주었다. 줄줄 흐른 콧물을 소매로 닦으며 나오야는 어둑한 낯선 길을 달려나갔다.

한참 뒤 횃불을 든 장정들이 보였다. 사방을 돌아보며 걷는 모양새가 범상치 않아 보였다. 적일지도 모른다는 생각에 나오야는 몸을 급히 숨겼다. 어린 아시가루의 손에 금세 땀이 돋았고 창 자루가 미끈거렸다.

횃불이 점차 가까워지자 나오야의 얼굴이 활짝 폈다. 함박웃음을 지은 그가 손을 흔들며 골목에서 튀어 나갔다.

"조장님!"

횃불이 어수선하게 흔들렸고 칼 빼는 소리가 요란히 울렸다. 깜짝 놀란 나오야가 머리에 쇠 고깔을 쓰고는 납작 엎드렸다.

"나오야다, 나오야야."

눈 밝은 가타이가 손을 흔들며 외치자 쇼지와 쓰키야마가 욕지거리를 쏟아냈다.

"어디에 나자빠져 있던 게야!"

가타이가 엄한 음색으로 꾸중했다. 놀란 나오야가 사방으로 뻗은 머리털을 내리누르며 공손히 대답했다.

"기억이 좀체…."

"멍청한 녀석! 시체 더미 속에 있겠지 했는데."

홀쭉하니 눈매가 매서운 쓰키야마가 퉁명스레 말하자 땅딸막한 쇼지가 낄낄거렸다. 짝패인 그들은 융통성이 부족한 나오야를 골리는 일에 무척 열심이었다. 일행을 둘러본 나오야가 물었다.

"고작 세 명이에요? 아침만 해도…."

"여덟이었지. 시신은 세 구만 발견되었어."

먼 성곽에서 불어온 바람이 그들을 지나 불탄 민가 너머로 사라졌고, 아무도 입을 열지 않았다.

"꼬마야, 코 많이 수거했어?"

분위기를 바꿔보려는지 쓰키야마가 나오야를 닦달했다.

"신불께서 내려주셨는지 담벼락에 시신이 잔뜩 있지 뭐예요. 거기서 네 개를…."

"얼빠진 녀석, 그걸로 할당량을 어떻게 채워? 오호라, 네놈 코로 충당할 셈이로구나. 이리 와라, 요놈. 거기 서!"

쓰키야마가 단도를 빼 들자 나오야가 헝겊에 싸둔 코를 내던지고 달아났다. 쇼지와 가타이가 배를 쥐고 웃자 횃불이 공중에서 벌떡거렸다. 쓰키야마가 헝겊을 집어 가타이에게 건넸다. 그가 오동나무 옆 시체에서 베어냈던 코 네 개는 피에 젖은 채 찌부러져 있었다. 나오야가 엉거주춤 되돌아왔다. 가타이가 손바닥으로 이마를 비볐다.

"이것 참, 코 수거도 급하군. 내일도 종일 바쁘겠어. 일단 얼른 가자."

가타이가 나오야를 잡아끌었다. 대장간을 했다던 가타이는 성정이 억세고 근력 또한 그러했다. 쓰키야마와 쇼지까지, 네 사람은 달빛을 받으며 한참 동안 뛰었다.

"어디 가나요, 조장님?"

나오야가 물어도 입을 떼지 않던 가타이는 남쪽 성벽이 보일 즈음에야 뜀박질을 멈췄다. 가타이가 손을 저어 잡담을 막았다. 사위는 고즈넉하여 풀벌레 우는 소리조차 없었다. 가타이는 바람이 사그라지길 기다리는 눈치였다. 잠시 후, 멀리서 자디잔 풍경 소리가 들렸다.

"묘겐 스님한테 가려고."

"부산포에요?"

"거기가 어딘데 지금 뛰어간다는 거야, 바보야. 여기 계시다더군, 묘겐 스님은. 며칠 전에 우리 부대에 합류하셨다는데 까맣게 몰랐지 뭐냐."

고승을 다시 뵙는다는 생각에 나오야의 얼굴이 환해졌다.

지난번 법회에서 묘겐은, 생각을 단순하게 지니는 것이 곧 열반의 길이라고 말했다. 복잡하고 많은 생각이 슬픔과 그리움과 고통을 끌고 온다는 것이었다. "죽이지 않으면 죽는다는 것만이 전쟁터의 유일한 진실이오." 묘겐의 그 말은 나오야의 가슴에 큰 울림을 주었다. 나오야는 묘겐이 주장한 진실을 자신이 비껴간다는 사실에 묘한 자긍심을 느꼈다.

"땡중 때문에 잠도 못 자고 끌려가는군."

쇼지의 얼굴엔 불만이 가득했다. 그들의 대장 사무라이인 고니시 유키나가小西行長는 기리시탄(기독교 신자)이었다. 고니시 산하의 조장으론 드물게 신불을 숭앙하는 가타이는, 기리시탄인 동료 조장들에게는 미움을 받았고, 어느 쪽도 믿지 않는 쇼지 같은 자에게는 조롱을 받았다. 아미타불을 믿으라는 소리만 들으면 쇼지와 쓰키야마는 얼굴을 찡그리기 바빴는데, 입가에 조소를 달고 다니는 쓰키야마와, 나오야의 참선을 훼방 놓길 좋아하는 쇼지는 무언가에 의지하려는 마음 자체를 나약하다고 여겼다.

"네놈들도 염을 정성껏 외면 극락정토에 갈 수 있다."

가타이의 말에 쓰키야마가 입을 삐죽거렸고 쇼지는 따분한 표정을 지었다.

"정토라니 그거 다 거짓말이잖습니까."

쓰키야마가 내지르자 쇼지가 거들었다.

"중 따윈 만나기 싫다고요. 가봤자 졸리기만 할걸."

쓰키야마와 쇼지의 머리통을 쥐어박은 가타이가 그들을 앞세웠다. 가타이에게 내몰린 아시가루들이 어둠 속을 헐떡이며 뛰었다. 바람을 먹은 횃불이 퍼덕퍼덕 엷어졌다. 풍경 소리가 가까워졌다.

"그런데 너, 이름을 어떻게 쓰지?"

밭고랑을 뛰어넘으며 가타이가 나오야에게 물었다.

"제가 글을 알 리가."

나오야가 뒤통수를 긁적였다.

"다들 이름을 적었거든. 스님께 염을 부탁드리려고."

"비슷하게 쓸 줄은 아는데."

나오야가 헐떡이며 허공에 획을 그었다.

"그리는 거겠지."

쓰키야마가 핀잔을 주었다.

풍경 달린 기와집에 당도한 일행은 가벼운 차림새를 한 사무라이들과 마주쳤다. 아시가루들이 납작 엎드렸다. 호위를 맡은 시동들의 게다(일본인이 신는 나막신)가 짤그락거렸고, 고개를 젖힌 말들이 날카롭게 울었다. 사무라이들은 아시가루들에게 눈길도 주지 않고 떠났다. 곁눈질하던 쇼지가 발딱 일어나 꼼짝 않는 나오야의 엉덩이를 툭 걸어찼다. 가타이가 엄한 표정으로 쇼지의 갈비뼈를 쿡 찔렀고 나오야는 헤죽거리며 엉덩이와 이마에 묻은 흙을 털었다. 사무라이들이 사라진 한길의 어둠을 향해 쓰키야마가 침을 뱉었다.

묘겐은 마루 위에서 아시가루들을 맞았다. 가타이와 묘겐이 서로를 향해 합장했다. 노승이 아시가루들을 방으로 이끌었다. 사무라이들이 남긴 떡과 차가 방 안에 그대로 있었다. 쓰키야마의 눈치를 보던 쇼지가 소쿠리에 슬쩍 붙어 떡을 베어 물었다. 묘겐을 보는 쓰키야마의 얼굴이 차다찼다. 묘겐이 서안 위에 손때 묻은 염주와 손바닥만 한 금박 불상을 올려놓았다. 그걸 본 나오야가 해맑게 웃으며 자신의 시커먼 나무 불상을 발 앞에 세웠다.

"사무라이들이 다녀갔던데…. 다음 진격지에 대한 언질은 없었습니까?"

가타이가 묻자 묘겐이 고개를 갸웃거렸다.

"남원 다음은 전주가 아니겠소?"

전주를 찍어 넘긴다면 칼날은 다시 한양으로 뻗을까. 아니면 곡창 지대를 손에 넣기 위해 남쪽으로 진격할까. 애당초 출병은 조선을 딛고 중국을 지나 천축(인도의 옛 이름)을 점령하기 위한 것이었다. 언제쯤 고향에 돌아가려는가. 가타이가 한숨을 쉬자 묘겐의 표정도 한결 무거워졌다. 노승이 조장을 위로했다.

"번뇌로 마음을 채워 어디에 쓰겠소? 신불에 의지하시오, 조장."

헛기침 소리가 나자 모두의 시선이 그리로 돌아갔다. 팔짱을 낀 쓰키야마가 학처럼 머리를 꼿꼿이 쳐들고 있었다.

"이보세요, 스님. 신불이란 게 정말 있는 겁니까?"

"이 녀석, 조용히 하지 못해!"

쓰키야마가 딱딱거리자 가타이가 나지막이 을러댔다. 떡을 쥔 쇼지가 어깨를 움츠렸지만 쓰키야마의 입가에 머문 냉소는 사라지지 않았다. 비틀린 입술만큼이나 쓰키야마의 말은 삐뚜름했다.

"도라노스케虎之介를 기억하세요? 부산포에서 스님의 설법을 들으며 질질 짜던 그 녀석 말이에요."

"안 그래도 물어보려던 차였소. 불심이 깊은 아시가루였는데."

떡을 오물거리던 쇼지가 눈을 뒤룩거렸다. 나오야가 건넨 차를 꿀꺽 삼킨 쓰키야마를 위해 쇼지가 말을 보탰다.

"'스님, 생각을 그치겠어요! 죽지 않기 위해 적을 죽이겠어요!' 이렇게 울부짖던 멍청이 말입니다. 한 달 전에 녹슨 못을 밟았지요. 약초를 이겨 붙이고 불솜으로 지지고 별짓을 다 했건만, 고름이 차더니 결국 살이 썩었어요."

몸을 반쯤 일으킨 가타이를 묘겐이 주저앉혔다. 쇼지의 혀가 부드럽게 돌아갔다.

"쇳독이 퍼진 거예요, 스님. 쇳독이! 사지가 퉁퉁 붓고, 누렇게 고름 찬 발이 시커멓게 부풀었어요. 그날 밤, 그 애가 죽던 밤 말이에요. 반쯤 정신 나간 도라노스케가 제 손을 덥석 잡더니 이렇게 징징거렸어요. '신불님! 석가여래님! 저를 죽이지 마세요!'"

쓰키야마가 쇼지의 말을 받았다.

"도라노스케도 불심이 꽤 깊었잖아요? 그럼 뭐합니까? 결국 죽어버렸는걸."

"누구도 죽음을 피할 수 없소."

"만날 염만 외던 놈이 사흘 밤낮을 쇳독으로 괴로워하다 뒈졌어요. 진절머리나는 고통 속에서요. 왜 아미타불이 도라노스케를 살려주지 않았죠?"

쓰키야마가 대들듯 물었고 쇼지는 떡을 우물거렸다. 묘겐은 대꾸가 없었다.

"시체가 산처럼 쌓였어요."

"그 책임이 신불에게 있다고 믿소?"

"아뇨, 전쟁을 일으키고 지속시키는 인간들에게 그 책임이 있겠죠. 저 윗놈들이요. 하지만 신불이 있다면, 그 불쌍한 촌놈에게 뭐라도 대답을 했어야죠."

쓰키야마가 씨근덕거렸다. 그는 제 가슴에 일렁이는 분노의 책임을 아미타불에게, 그를 믿으라고 권하는 묘겐에게 돌리고 싶었다. 죽이라는 사무라이의 명령과, 죽어야 죽지 않는다는 승려의 가르침은 두 개의 날 선 칼 같았고, 넌더리가 난 쓰키야마는 그 사이에 서 있기가 죽기보다 싫었다.

나오야는 쓰키야마와 묘겐의 말이 무슨 뜻인지 조금도 알아듣지 못했다. 쇼지 뒤에 슬금슬금 붙어 떡을 깨물며 어린 아시가루는 다툼이 빨리 끝나기를, 스님이 설법을 베풀어 자신을 얼른 위로해주기만을 바랐다. 신불의 가호가 저에게 깊이 스미도록 말이다.

불쾌한 긴장으로 방 안은 무거웠다. 가타이가 입을 떼려는 찰나 쇼지가 큼큼 목청을 틔웠다.

"제가 몇 마디 할게요, 가타이 조장."

모두가 쇼지를 돌아보았다. 우물거리던 떡을 꿀떡 삼킨 쇼지가 손가락을 뻗어 저 멀리를 짚었다.

"조선에도 절이 있던데요."

금박으로 부처를 존귀하게 꾸미고 정성스레 돌을 깎아 탑을 높인 조선 사찰의 웅장함은 원정군에게 강렬한 인상을 주었다. 흥분한 사무라이들은 놋이나 금을 얻으려 불상을 죄다 녹였고 아름다운 종은 떼어 간파쿠에게 진상했다. 불경을 뜯어 똥을 닦은 아시가루들은 요사채(승려들이 거처하는 집) 문짝을 뜯어 불을 땠다. 쇼지가 말을 이었다.

"어떻게 감히 그런 짓을 하죠? 우리는 말렸습죠. 아아, 불상을 녹이고 불경을 찢다니, 그런 터무니없는 짓을 하고도 무사할 리 없다고 말했어요. 믿어지지 않죠? 우리가 그런 말을 했다니. 가타이 조장 덕분에 그럭저럭 불심이란 게 들어와 있었나, 우리도 조금은 감탄했었답니다."

키득거리며 쇼지는 말을 이어갔다.

"신불께서 천벌을 내릴 거야! 우린 소리를 질렀어요. 아미타불 앞에 엎드려 합장한 저희 둘은 하늘에서 불이 떨어지거나 땅이 꺼져 버리길 기다렸답니다."

짐짓 슬픈 시늉을 하며 쇼지는 고개를 끄덕였다.

"근데 아무 일도 벌어지지 않았습죠. 길가엔 조선인 시체가 즐비했고요. 우리는 울면서 말했어요, 스님. '아이고, 당신들은 이제 필요 없지만 우리에겐 요긴하니 코 하나씩 보시하시오.' 아시죠? 적을 얼마나 죽였는지 증명하기 위해 코를 잘라 보내야 하잖아요. 코를 자르며 우린 궁금해했어요. 이 조선인들은 어찌 부처를 믿고도 죽임을 당했을까. 왜 이리 비참하게 죽고, 죽은 뒤엔 코까지 잘리게 되었을까. 아아, 역시나 우리의 신불님이 조선의 여래님보다 더 강력한 걸까요?"

"닥쳐, 쇼지. 삶이 고苦임을 네가 어찌 안단 말이냐. 빨리 정토에 드는 게 복락이다."

가타이가 소매를 떨치고 일어서며 언성을 높이자 쓰키야마가 비웃었다.

"조장은 그 좋다는 정토에 왜 빨리 안 가는 거요? 잠자코 조선인의 칼을 받으면 되는 것 아니요? 이상한 일이네. 낮에는 조선인의 피로 칼을 배불리고 밤에는 자비심으로 그 피를 닦아내다니!"

참지 못한 가타이가 칼을 집어 들었다. 묘겐이 가타이의 허리춤을 붙드는 동안 쓰키야마가 재빨리 문지방을 넘었고 떡을 마저 움킨 쇼지가 뒤를 따랐다.

"못된 놈들 같으니!"

가타이가 콧김을 뿜으며 씨근덕거렸다. 그가 화를 가라앉힐 때까지 묘겐은 기다렸다. 전쟁에 회의를 품는 자나 죽이는 일에 염증을 느끼는 자는 언제든 나오기 마련이었다. '저들은 병이 든 거야. 강하게 단련되지 못한 정신이 허무에 파먹히고 만 거야.' 묘겐은 그리 생각했다. 피로를 느낀 묘겐이 목덜미를 문지르자 가느다란 목에 얇은 주름이 졌다.

그때 나오야가 입을 열었다.

"저 두 사람은 늘 골칫거리예요."

나오야의 말투가 참으로 천진하다고 묘겐은 생각했다. 떡으로 끈끈해진 손가락을 핥는 나오야를 가타이가 돌아보았다. 아이가 은근한 눈빛으로 묘겐을 올려다보았다.

"지옥에 가겠지요, 저 둘은?"

나오야의 통통한 뺨에 어린 확신에 묘겐은 기묘한 섬뜩함을 느꼈다. 눈을 가늘게 뜬 승려가 어린 아시가루에게 물었다.

"왜 그렇게 믿지?"

"신불은 염을 외는 자들을 구원해주잖아요. 하지만 그를 믿지 않고 염을 외지 않는 자들은 구원하지 않아요. 쓰키야마와 쇼지도 불의 땅에서 고통받을 거예요. 우리 할머니가 그렇게 일러주었어요."

묘겐이 부드럽게 고개 저었다.

"사람은 죽으면 저울에 오른단다, 나오야. 거기서 삶의 무게를 재지."

"저울이요?"

"그래. 두 갈림길 앞에 놓인 아주 커다란 저울에."

묘겐이 나오야를 타일렀다.

"손가락질하지 말아라. 저들 또한 돌이키고 염을 외면 신불의 구원을 받을 수 있단다."

나오야가 난처한 표정을 지었다.

"스님, 저 둘이 구원받는다면 전 너무나 억울해요."

"왜 그렇지?"

"저는 매일 노력하고 있는데, 정말 힘겨운 구도求道의 길을 가고 있는데…. 저 두 사람은 아무것도 하지 않고 신불의 구원을 받다니요."

"어떤 노력을 기울이고 있느냐?"

"매일 염을 외지요."

"또?"

"불살의 계율을 지키고 있어요."

나오야가 배시시 웃었다. 그러고는 가타이의 으스스한 얼굴에 깜짝 놀랐다.

묘겐은 자기 귀를 의심했다. 전쟁터 가장 앞에서 적을 죽여야 할 아시가루가 불살의 계율을 지키고 있다니 이게 대체 무슨 소린가.

"너, 다시 말해봐!"

가타이에게 엄한 꾸짖음을 들은 나오야가 어깨를 움츠렸다. 나오야는 그간의 일을 서서히 털어놓았다. 재와 피로 뒤덮인 전장에서 시체를 찌르고 구석에 숨어 죽은 척을 해왔다는 나오야의 말에, 가타이는 기가 막혀 했다.

"성실한 녀석이라고 생각해왔는데! 넌 나뿐 아니라 저 못된 쓰키야마와 쇼지마저도 배반한 거야."

"왜 그렇죠?"

"감히 전장에서 달아나고 죽은 척을 하다니. 우리는 모두 너를 믿고 전우로 여겨왔는데. 그런데 넌 죽은 척하고 숨었었다니."

나오야는 벼락을 맞은 기분이었다. 아이는 자신이 옳은 길을 가고 있다고 생각했을 뿐, 동료를 배신했다는 생각은 추호도 해본 적이 없었다.

"애야, 큰 실수를 했구나."

묘겐의 질타에 나오야의 얼굴이 벌겋게 달아올랐다. 그러나 그 얼굴에는 납득이 드러나 있질 않았다. 가타이의 채근에도 나오야는 끝내 사죄의 말을 하지 않았다. 묘겐은 나오야가, 정확하게는 계율을 고수해온 그의 고집이 새삼 놀라웠다.

"할머니는 계율을 지켜야만 한다고 하셨어요. 신불의 가르침 모두를요."

"그러면서 너는 동료들의 믿음을 저버렸지. 신불께서 그걸 원했을까?"

나오야가 괴로운 표정으로 고개를 갸웃거렸다. 거기까지 생각이 닿기에는 머릿속이 너무 복잡했다. 나오야는 손때 묻은 나무 불상을 한동안 바라보았다. 그러나 뭔가 생각 중인 건 아니었다. 그의 머릿속은 텅 비어 있었다. 염주를 움켜쥔 묘겐이 탁상 너머로 몸을 기울였다.

"신불의 법도는 중요하단다. 하지만 사바세계의 법도 또한 중요하지. 신불께서는 사바세계의 법도를 무시하지 않아. 신불은 자신의 법만큼이나 간파쿠의 법을 중요하게 여긴단다. 나오야 너는 그 법을 내던졌던 거야."

"제가요?"

눈을 휘둥그레 뜬 나오야를 보며 묘겐이 고개를 끄덕였다.

"그래. 간파쿠의 법은 신불의 법만큼이나 중요한 것인데도."

머리가 쭈뼛 설 정도로 화가 치민 가타이와 미동도 하지 않는 묘겐을 번갈아 보던 나오야가 초조하게 손톱을 깨물었다. 계율을 지켜왔다는 사실을 알리면 스님이 기뻐할 거라고 생각했기에, 나오야는 그의 단호한 말투에 너무도 아팠다. 그가 노승을 올려다보았다.

"그러면 어쩌지요? 이제 사람을 죽여야 할까요?"

묘겐이 고개를 끄덕이며 나오야를 다독였다.

"그 또한 훌륭한 충성이지. 싸워야 한단다, 나오야. 싸워서 더 많이 이길수록 전쟁은 빨리 끝날 테고, 무의미한 죽음도 없어지지 않겠니."

가타이가 묘겐의 말을 받았다.

"더 많이, 더 빨리 죽여서 전쟁을 끝내야 한다는 뜻이야. 그게 더 큰 살생을 없애는 길이잖니."

묘겐은 가타이의 말에 전적으로 동의하지 않았지만 그 말에 이의를 제기하지도 않았다.

"간파쿠의 명령을 잘 받들어야 하는 까닭을 이제 알았니?"

가타이의 말에 나오야가 고개를 끄덕였다.

"간파쿠에게 충성을 다하도록 해라. 너는 신불의 백성인 동시에 간파쿠의 백성이잖니. 윤회로 묶인 우리가 섬나라에 태어나 조선에 원정 온 것은 모두 신불의 뜻이야. 이 땅에 묶였으니 이 땅의 주인 인 간파쿠에게 충성을 해야지. 그러니 간파쿠에게 충성하는 것은 신불에게 충성하는 것이란다. 알겠니?"

묘겐의 말을 들은 나오야가 잘 돌아가지 않는 머리를 굴리며 미 간을 찌푸렸다. 그가 뭔가 말하려 하자 가타이가 손을 흔들었다.

"스님 말에 토 달면 못써."

그렇게 나오야를 중심으로 세상은 침묵에 잠겼다. 그를 둘러싼 세상과 그의 정신은 빙글빙글 돌고 있었다. 나오야는 귓병을 앓는 미친 말처럼 마당을 뱅뱅 도는 기분이었다. 곰곰 생각하던 나오야 가 묘겐을 향해 머리를 조아렸다.

"내일부터 새로 태어나겠어요."

"어떻게 말이냐?"

"신불의 계율을 지켰던 것처럼, 간파쿠의 명령 또한 잘 지키겠어 요."

묘겐과 가타이가 미심쩍음과 난감함이 뒤섞인 얼굴로 서로를 돌 아보았다. 두 사람의 불신을 감지한 어린 아시가루가 다급하게 덧 붙였다.

"맹세해요, 맹세한다고요!"

조장과 아이를 보내고 묘겐은 부엌으로 건너갔다. 집 안 곳곳에 파괴의 흔적이 역력했다. 그는 간신히 불을 피우고 주전자 하나 분량의 찻물을 끓였다.

묘겐은 나오야에 대해 곰곰 생각했다. '그 아이의 믿음에는 뭔가 묘한 구석이 있어.' 한참 뒤에야 묘겐은 '맹목'이라는 단어를 찾았다. 그랬다. 나오야에게는 주변을 돌아보지 않는 온전한 자기 집중, 맹목성이 있었다.

묘겐은 쓰키야마와 쇼지가 병들었다는 아까의 생각을 문득 떠올렸다. 그게 옳은 결론이었을까. 묘겐은 그렇게 뒤집어보길 즐겼다. 어떤 결론에 정반대 결론을 내놓고 또 다른 결론을 찾아보는 식이었다. 그는 그걸 성찰이라고 불렀다.

바다 건너 타국으로 끌려 나온 그들은 모두 간파쿠의 장기말이었다. 이건 간파쿠의 전쟁이었고, 그들은 간파쿠의 욕망을 실현하는 매개물에 불과했다. 인간은 제멋대로인 존재이며, 일을 제대로 굴러가게 만들려면 그들을 끝없이 단속해야 한다고 간파쿠는 믿었다. 그래서 끊임없이 명령했고 계속 다그쳤다. 그리고 이 빡빡한 규율에 기름칠을 하기 위해 승려들을 끌어들였다.

"너희가 아시가루들에게 올바른 정신을 부어주어라!"

간파쿠는 출정하는 종군 승려들에게 그렇게 말했다. 국가가 존재해야 하는 이유와 승리가 가져올 이득을 종군 승려들이 가르쳐야 했다. 간파쿠가 원하는 방식의 충성이 자발적으로 솟구치게끔 만들어야 했다. 그건 묘겐이 잘하는 것 중 하나였다. 그러나 끝내 좋아할 수는 없는 행위 중 하나이기도 했다.

간파쿠가 원정군의 충성심을 점검하는 수단 중 하나가 바로 코

베기였다. 원래는 머리를 베어 보내라는 명령이었지만 곧 코를 보내라는 것으로 바뀌었다. 머리를 상자에 담는 것보다 코를 보내는 게 받는 쪽이나 보내는 쪽이나 손쉬웠다.

"각 부대는 얼마나 큰 군공軍功을 쌓았는지 적의 코를 베어서 증명하라."

사무라이들에게 할당될 땅의 넓이와 수여될 벼슬의 높이는 오직 코의 수에 달려 있었다. 땅과 벼슬을 위해 사무라이들은 코를 움켜쥐려 들었고, 아시가루들은 생존을 위해 그 명령을 필사적으로 떠받들었다.

사람이 살던 곳을 모두 태워 쑥대밭을 만들고, 그곳에 살던 이들을 죽여 코를 베어 절이고, 그들이 기르던 온갖 가축을 다 잡아먹은 뒤에 다른 땅으로 창 자루를 질질 끌며 달려나가는 행위를 신불의 뜻으로 포장하는 일은 쉽지 않았다. 물론 묘겐도 신앙을 위해 국가가 존속해야 한다고 믿었다. 국가를 위하는 길이 곧 신불을 위하는 길이었다. 그러나 상생을 권하는 신불의 길과 살생을 강요하는 간파쿠의 길은 품 안에 끌어안을 수 없을 정도로 멀었다. 묘겐은 두 길을 하나의 길로 합치려 했지만 그건 애초부터 불가능했다. 두 길은 사바세계의 양쪽 가장자리를 이루고 있었다. 그것은 악귀의 길과 보살의 길이었다. '어쩌면 인간은 악귀와 보살 모두를 품은 존재인지도 몰라. 그럼에도 불구하고 인간이 두 길 모두를 걷는 것은 애초부터 불가능한지도 모르지.' 그는 생각했다.

묘겐은 나오야를 떠올렸다. '오늘 그 아이에게 한 말을 나는 정녕 믿었던가.' 솔직하지 않았다며 묘겐은 후회했다. 그는 잘 정리된 헛소리로 아이의 비틀어진 마음을 부풀렸을 뿐이었다. 그러나 이 아비규환 속에서 미치지 않고 살아갈 방법을 일러주는 게, 두 개의 가장자리 길 사이의 바늘 같은 오솔길을 짚어주는 게 승려의 길이라고 묘겐은 생각했다. 그렇게 묘겐은 자기 자신을 납득시키려 애썼다.

얼마나 버틸 수 있을까. 묘겐은 지옥도를 가로지르며 목탁을 두들기는 일을 감당하기에는 자신이 너무 늙었다고 생각했다. 전장을 따라다니며 염을 외고 살육에 미치거나 지친 자들의 숨통을 틔워주는 일에 거짓된 열정을 보이는 건, 모두 묘겐 자신의 업보 때문이었다. 묘겐은 새까맣게 윤이 났던 갑옷과 물소 가죽으로 멋지게 꾸몄던 장검을 떠올렸다. 승려가 되기로 결심하며 내버렸던 물건들이었다. 그 갑옷과 칼로부터 달아나려는 걸음이 지금 묘겐이 걷는 길을 만들고 있었다.

보자기 위에 펼쳐진 다구는 횅뎅그렁해 보였다. 너무 오래 우린 차는 미지근하고 몹시 떫었다. 빈 마당을 맴도는 바람 소리가 공허했다.

문을 박차고 뛰쳐나온 쓰키야마와 쇼지는 담벼락을 옆으로 낀 채 길을 내달렸다. 횃불도 없이 오직 달빛 하나에만 의지한 채 둘은 모르는 길을 달렸다.

"어디까지 뛰어야 해?"

다리가 짧은 쇼지가 벌겋게 달아오른 얼굴로 히익히익 숨넘어가는 소리를 냈다. 그 소리가 꼭 원숭이 교미 소리 같아 쓰키야마는 피식 웃음을 흘렸다. 뒤를 거푸 돌아보던 두 사람이 천천히 걸음을 늦췄다.

"진지로 돌아가긴 글렀군." 쇼지가 툴툴거렸다.

"왜? 안 될 거 없잖아?" 쓰키야마가 되물었다.

쇼지가 가당찮다는 표정을 지었다.

"조장 성질을 몰라서 그래? 아마 오늘 밤 안에 우리를 다시 봤다간 몸에 난 털을 다 뽑으려 들걸?"

"뜨거운 물에 담그려 들겠지."

"뜨거운 물에 담근다고? 그냥 산 채로 털을 뽑히는 게 낫겠다."

곰곰 생각하던 쇼지가 두려운 표정을 지었다.

쓰키야마는 자신들이 동북쪽으로 많이 올라와 있다고 생각했다. 달이 오늘부터 북쪽으로 지나는 게 아니라면 그게 확실했다. 구불구불한 길은 서쪽 언덕으로 나 있었다. 쇼지는 골목으로 뻗은 실핏줄 같은 길로 질러가고 싶어 했지만, 쓰키야마는 둘러가더라도 큰길로 가는 게 옳다고 여겼다. 전투가 끝난 직후였고 어둠 속에 뭐가 숨어 있을지는 아무도 몰랐다. 논의 끝에 두 사람은 큰길로 가되 불을 밝히지 않기로 했다. 사무라이의 시동들에게 한밤의 산책을 들켜봤자 좋을 리 없었고 달빛 또한 충분했기 때문이었다. 창을 지팡이 삼아 걸으며 쇼지는 콧노래를 흥얼거렸다. 그가 동료를 돌아보았다.

"괜찮을까?"

'조장을 욕보인 걸 아직도 되씹고 있는 거야?'라고 툭 내뱉고 싶은 것을 쓰키야마는 간신히 참았다. 그는 쇼지가 겉보기와 달리 무척 여리다는 걸, 퉁명스러운 말에 깊이 상처받는다는 걸 잘 알고 있었다.

"자고 나면 잊어버릴걸."

"조장은 기억력이 좋다고. 아마 사나흘은 이를 갈며 우리 둘을 괴롭힐 테지."

"잡아먹기야 하겠나."

가타이의 유일한 자긍심은 자신이 신불을 믿는다는 것에서 비롯되었고, 단 하나의 단점은 그 자긍심을 남에게 강요하려 든다는 것이었다. 며칠 동안 딱딱거리겠으나 뭘 어쩌겠는가. 모든 것에 진저리를 내는 쓰키야마는 두려운 게 없었다. 가타이 정도는 아무것도 아니었다.

멈춰선 쓰키야마가 달을 올려다보았다. 검은 손자국이 또렷한 둥근 보름달은 누군가의 근심 어린 얼굴인 것만 같았다.

소리는 멀리에서부터 들려왔다. 그만큼 고요한 밤이었다. 누군가 숨을 헐떡였고, 무언가를 질질 끄는 소리도 들려왔다. 쇼지가 걸음을 멈추었고, 쓰키야마가 손가락을 세워 입술에 댔다. 바람이 후우 불었고, 가지들이 잎을 비볐다.

창을 든 쇼지의 곁으로 쓰키야마가 다가갔다. 짙은 구름이 다가와 달을 삼켰다. 달빛은 흐릿해지다가 사라졌고, 사방은 온갖 위협으로 가득 찬 것 같았다. 쓰키야마는 소리가 나는 방향으로 창을 겨누었다. 그러고는 소리가 흘러나오는 어둠을 향해 살금살금 다가갔다.

높은 처마가 눈에 점차 들어왔다. 문은 박살 나 있었다. 돌담을 두른 마당 깊은 집이었다. 고통받는 자의 소리는 그곳에서 났다. 창을 내민 두 사람은 돌을 잘라 쌓은 계단을 천천히 올랐다. 그 너머에 무엇이 있는지 알 수 없었고, 그렇기에 둘은 겁을 꽤 먹었다. 신음 소리가 계속 흘렀다.

"사람이 아닐지도 몰라." 얼어붙은 쇼지가 읊조렸다.

"당치 않은 소리."

쥐어박듯 꾸중했지만 심장이 벌렁거리는 건 쓰키야마 또한 마찬가지였다. 쇼지가 오든 말든 쓰키야마는 신음 소리를 향해 걸음을 내디뎠다. 별안간 쇼지가 소매를 붙들고 늘어졌고, 쓰키야마는 놀라움과 공포가 뒤섞인 얼굴로 뒤를 돌아보았다. 허연 얼굴로 사지를 떨면서 쇼지가 애원했다.

"제발 가지 마! 무서워, 무섭다고!"

달이 구름을 천천히 벗어났다. 처마 저 위부터 기둥을 지나 마당 깊숙이까지, 달빛이 들어찼다.

쓰러진 사람의 얼굴은 낯설었다. 온통 찢기고 피에 젖은 그는 사무라이의 시동 중 하나였다. 한쪽 무릎을 꿇고 깊이 살피던 쓰키야마가 어깨너머로 글렀다는 표정을 지었다.

"피를 너무 많이 흘렸어."

허벅지 안쪽으로 깊이 찔린 상처에서 피가 아직도 솟구치고 있었다. 보아하니 전투 후에 수색을 하다가 당한 모양이었다. 달빛 아래 집 근처를 살펴보니 아시가루의 시신과 조선인의 사체가 몇 구씩 흩어져 있었다. 시동의 허벅지 동맥을 자른 낫이 저쪽에 내버려져 있었다.

그때 쇼지가 갑자기 소리를 질렀다. 쓰키야마가 몸을 돌린 건 순전히 요행이었다. 칼날이 허공을 갈랐는데 달빛을 반사한 그것은 한 줄기 번갯불처럼 보였다. 쇼지가 달려들었고, 땅바닥을 구르던 쓰키야마가 창을 미친 듯이 휘둘렀다. 어둠 속에서 튀어나왔던 자는 다시 어둠으로 달아나려 했다. 그러다가 어딘가에 부딪힌 듯 삐끗했고, 쓰키야마의 창이 그의 등을 긁었다. 피가 튀고 비명이 멀리까지 퍼졌다. 습격자가 비틀거렸고 쇼지가 내지른 창은 빗나갔다. 쓰키야마는 자기가 적을 향해 달려가고 있다고 생각했지만, 누가 봤다면 술 취한 자가 허우적대는 것만큼이나 꼴사납다고 여겼을 것이다. 그만큼 쓰키야마는 허둥거렸다. 쓰키야마를 공격한 자가 몸을 일으키려 칼로 땅을 짚었다. 그러나 그 행동은 쇼지의 창을 피해갈 정도로 재빠르지 못했다. 창에 깊이 찔린 습격자는 비명을 지르지 않았다. 비명마저도 창끝에 꿰인 것만 같았다. 쓰키야마 또한 창을 깊이 찔러넣었다. 끔찍한 경련이 창을 통해 쓰키야마에게 전해졌다. 죽을 때까지 적응할 수 없을 것 같은 그 격렬한 떨림은 쓰키야마를 소름 돋게 만들었다. 창 자루를 내던지며 아시가루는 마당에 털썩 주저앉았다.

"조선인이야, 조선인."

차려입은 꼴을 보니 이 집의 젊은 주인인 모양이었다. 격투 끝에 사무라이의 시동을 벤 그는 쓰키야마와 쇼지가 낸 인기척을 듣고 어둠에 도사린 모양이었다.

"계속 숨어 있었으면 몰랐을 텐데."

쇼지가 고개를 설설 저었다. 쓰키야마는 이 남자가 죽음을 구하는 중이었다고 생각했다. 자신의 목숨을 거둘 칼을 기다리며 침략자를 베었던 것이다.

두 사람은 사무라이의 시동에게로 갔다. 창백하긴 했지만 시동은 아직 살아 있었다. 쇼지가 그의 입술에 귀를 대봤지만 말은 분명치 않았다.

"어쩌지?"

쇼지가 물었지만 쓰키야마는 대답할 형편이 아니었다. 그는 아직도 살인의 충격에서 벗어나지 못한 채 몸을 떨고 있었다. 두 사람이 처마 아래 나란히 앉았다. 물이 없나 둘러보려 했지만, 두 사람 모두 서로에게서 떨어지길 원치 않았다.

"뭐가 또 튀어나올까 봐 겁나서 못 가겠다."

쇼지가 낄낄 웃었다. 그러고는 쓰키야마가 진정될 때까지 등을 쓱쓱 문질러주었다. 구름에 삼켜졌던 달이 다시 흘러나오길 서너 번, 쓰키야마가 몸을 일으켰다. 쇼지는 잘라낼 코가 많아졌다고 흥겨워했고, 그 말에 쓰키야마도 긴장을 조금 풀었다. 예기치 않은 성과에 두 아시가루는 흡족해했다. 쇼지가 단도를 꺼냈다. 쓰키야마가 시신을 뒤집었고, 쇼지가 코를 잘라 피를 짜냈다. 그러고는 그 코를 툇마루 앞 신방돌에 나란히 늘어놓았다. 쇼지가 젊은 조선인의 등에서 창을 빼냈다. 짧게 잡은 창을 공중에 털고는 쓰키야마에게 돌려주었다. 그러고는 시신을 뒤집고, 죽은 자의 관자놀이를 손아귀로 꽉 붙들었다.

"자르지 마."

쇼지가 뒤돌아보았다.

"난 내가 죽인 자의 코는 자르지 않아."

"왜?"

"이미 너무 큰 걸 가져갔잖아."

쇼지는 그게 무슨 말인지 몰랐다. 쇼지가 이해한 건 쓰키야마의 기분이었다. 쓰키야마의 뜻을 짐작하진 못했지만, 그 기분에 어긋나고 싶진 않았다.

"누군가 잘라갈 거야."

쓰키야마는 대답하지 않았다. 쇼지의 지적은 옳았다. 누군가 코를 잘라갈 터였다. 그러나 상관없었다. 쇼지가 단도를 칼집에 도로 쑤셔 넣었다.

코 베기를 마친 그들의 눈에 시동의 몸이 보였다. 두 사람이 서로를 돌아보았다.

"지금 진지로 데려간다 해도 살리진 못해."

쇼지의 말에 쓰키야마가 끄덕였다. 그는 담을 향해 갔다. 벽에 바짝 붙은 텃밭으로 간 쓰키야마가 쇼지에게서 단도를 받았다.

"수세미야."

쓰키야마가 피 웅덩이 가장자리에 쪼그려 앉았다. 반으로 자른 수세미 열매를 시동의 입에 가져간 쓰키야마가 손아귀에 힘을 주었다. 즙이 마른 입가를 적셨고 목울대가 커다랗게 꿈틀거렸다. 시동의 시선이 쓰키야마와 쇼지에게 번갈아 닿았다. 왜 묘겐의 얼굴이 떠올랐는지 쓰키야마는 알 수 없었다. 늙은 종군 승려의 또렷한 얼굴은 순간순간마다 분명해져만 갔다. 묘겐이 이토록 강하게 의식된다는 사실에 쓰키야마는 당혹감마저 느꼈다.

"삶이 고통이라 했겠다."

"누가, 내가?"

놀란 눈을 한 쇼지를 쳐다보지도 않고 쓰키야마가 단도를 거꾸로 들었다. 그러고는 단숨에 시동의 숨통을 끊었다.

비튼 칼을 뽑은 쓰키야마가 뒤로 물러섰다. 오직 어둠뿐, 어떤 인기척도 느껴지지 않았다. 쇼지가 눈을 끔뻑였다.

"알아. 일부러 고통을 줄여준 거잖아."

속내를 들킨 쓰키야마가 툴툴거렸다.

"사무라이 아래서 일한답시고 건방 떠는 놈들이야. 칼 한 방 먹여주고 싶었어."

다 안다는 표정으로 쇼지가 피식피식 웃었다. 쓰키야마는 아무 대꾸하지 않았다. 그는 여린 모습을 드러내고 싶지 않았다. 그리고 그게 가타이와 묘겐과 나오야가 지니려는 자비라는 사실을 깨닫지 못했다. 직접 죽인 자의 코는 베지 않는 것과 죽어가는 아군의 숨을 정리해주는 걸 그는 자비라고 여기지 않았다. 더 많은 살생을 줄이기 위해 살생을 하는 것과 그를 통해 간파쿠에 충성하는 걸 자비라 여기지 않는 것처럼.

"돌아가자."

쇼지는 앞서 걷는 쓰키야마의 어깨가 오그라들었다고 생각했다. 신방돌 위엔 작은 피 웅덩이가 고여 있었다. 거기 놓인 코들을 거머쥔 쇼지가 쓰키야마의 뒤를 자박자박 따랐다. 구름이 달에 가까워지자 달빛은 주춤대는 것처럼 느껴졌다. 바람이 불자 시신들의 옷깃이 절로 풀썩였다. 쇼지가 창을 질질 끄는 소리가 아주 오랫동안 가늘게 남았다.

묘겐과 작별한 가타이와 나오야는 본진으로 서둘러 복귀했다. 잠이 들기 직전 가타이는 나오야가 지켜온 불살의 계율에 대해 다른 조원에게 알리지 않겠다고 약속했다.

"하지만 얼른 계율을 깨야 해. 이건 신뢰의 문제야!"

걱정에 잠겨 있던 나오야는 곯아떨어졌다.

꿈속에서 나오야는 무수한 코와 함께 있었다. 그의 임무는 한쪽 저울에 그것들을 차근히 담아 올리는 것이었다. 그러나 저울 종지는 너무도 작았고 코 하나하나는 지독하게 무거웠다. 반대편에 무엇을 올리더라도 코 하나의 무게를 넘어서지 못할 것만 같았다. 안간힘을 다해도 나오야는 코를 집어 들 수 없었다. 땀을 닦고 다시 코를 집으려던 그는 한 덩이의 코가 한 냥짜리 금덩이로 변했다가, 그 애벌레 같은 금 조각들이 전부 모래처럼 부서져 미친바람에 흩어지는 걸 엷은 꿈 내내 바라보았다.

눈 붙인 지 얼마 되지 않아 새벽닭이 울었다. 당번병들이 불을 괄게 지펴 밥을 지었다. 부산포에서 올라온 말린 생선과 장아찌로 그들은 오랜만에 포식을 했다.

식사를 마치자마자 가타이는 조원들을 추슬러 성문으로 나아갔다. 쓰키야마와 쇼지는 어스름을 틈타 돌아온 듯했다. 천연덕스러운 두 사람을 잠깐 노려보기만 했을 뿐 가타이는 별말 하지 않았다. 그들은 코 수거를 위해 어제의 싸움터로 되돌아갔다. 성안을 터벅터벅 가로지르며 나오야는 어제 겪은 일을 이야기했다. 방에 남겨두고 온 소녀 얘기였다.

"계집애가 눈도 깜빡이지 않았단 말이야?" 쓰키야마가 돌아보며 물었다.

"맞아요. 날 보면서 한 번도 눈을 깜빡이지 않았어요."

"그럴 수 있어." 고개를 끄덕이며 쇼지가 끼어들었다. "낙담해서 그래."

먼 대숲에서 쏙독새인지 종달새인지가 울었고, 그들이 신은 짚신에 자박자박 밟힌 풀들이 짓이겨지며 즙을 흘렸다.

"낙담이 뭐예요?" 나오야가 물었다.

"절망 말이야." 쓰키야마가 대꾸했다.

"절망이요?"

"기대한 게 잘 안 되었을 때 생기는 마음을 말하는 거야."

나오야가 눈을 끔뻑였다. 쓰키야마가 뭔가 덧붙이려다 입을 도로 다물었다. 가타이 조장은 저만치 앞서가고 있었다. 허리에 맨 조롱박에서 물이 뚝뚝 흐르는데도 모르는 눈치였다. 말을 참지 못한 나오야가 머리를 득득 긁으며 입을 뗐다.

"잘 모르겠어요."

"뭘?"

"기대를 왜 하죠?"

허리를 구부린 쓰키야마가 나오야에게 얼굴을 바싹 가져갔다.

"멍청한 놈. 네가 밭에 볍씨를 뿌린다고 생각해봐. 태풍이 와서 죄다 썩어버리길 바라겠냐, 잘 자라서 많이 거둬들이길 바라겠냐."

"되고 안 되고는 신불의 뜻인걸요."

"하지만 신불의 뜻과 별개로 네가 원하고 기다리는 결과가 있을 거 아냐."

"원하고 기다리면, 그대로 이뤄지나요?"

"무슨 말이야?"

"원하는 대로 이뤄지는 것도 아니잖아요. 집에 가고 싶어도 어차피 못 가잖아요. 하지만 기대하지 않으면 낙담하지 않아요."

"모르긴 해도 그 조선 처녀가 강간당하는 괴로움을 기대하진 않았을 거잖아. 그 애 속이 이해가 안 되냐?"

"그래도 살아남았잖아요. 죽은 것보다 낫잖아요."

"그게 나은 거야?" 쇼지가 어이없다는 얼굴로 되물었다.

"묘겐 스님 말씀이, 어제 두 분도 듣고 가셨으면 좋았을 텐데, 죽으면 갈림길 사이에 놓인 저울에 올라간대요."

"뚱뚱하면 지옥 간대?" 허리가 두두룩한 쇼지가 언짢은 표정을 지었다.

"그러니까 제 말은," 갈퀴진 손가락으로 머리를 득득 긁으며 나오야가 말을 정리하려 애썼다. "죽으면 하나만 남잖아요. 무게 재는 거요. 그걸로 결정이 나는 거죠. 하지만 살아 있으면 덕업을 쌓을 기회가 아직 남은 거잖아요."

"그래서?" 쓰키야마가 혐오를 감추지 않고 물었다. "강간당하고 가족이 다 죽은 여자애도 낙담해선 안 된다는 거냐? 덕업을 쌓을 기회가 남았으니까?"

당황한 나오야가 말을 더듬다가 끝내 입을 다물었다. 자기 머릿속에 꽉 들어차 빙빙 도는 생각과 말을 어떻게 정리해야 할지 나오야는 알지 못했다. 눈을 데굴데굴 굴리던 쇼지가 둘 사이를 중재했다.

"나오야는 신불을 믿으니까. 신불께서 모든 걸 올바로 이끈다고 믿어서 그런 말을 했을 거야."

어린 아시가루의 얼굴이 환해졌다.

"바로 그거예요."

"지옥 한복판에 있으면서 어떻게 그런 말을 태연히 하지?"

쓰키야마는 아직 화가 안 풀린 듯했다.

"이 전쟁마저도 신불의 뜻이란 말이냐? 남을 죽이지 말라는 가르침을 믿으며 어떻게 남을 죽인단 말이냐? 묘겐이라는 승려는 어떻지? 아시가루들의 사기를 북돋는다면서 실은 싸움을 부추기고 있잖아. 정말 신불을 돈독히 믿는다면 모든 싸움을 반대해야지."

"하지만 신불의 법만큼이나 간파쿠의 법도 엄정한 거라고 너와 승려는 말할 테지." 쇼지가 빙글거리며 나오야의 대답을 가로챘다. "이 전쟁은 두 개의 법을 수호하기 위한, 전쟁을 영원히 없애기 위한 전쟁이라고 가르쳤겠지."

나오야는 입도 떼지 못했다.

"그 여자애의 절망을 어떻게 그런 식으로 생각하지?" 쓰키야마가 중얼거렸다. "살아남았다는 괴로움이 감당할 수 없는 무게로 사람을 짓누른다는 걸… 그걸 어찌 그렇게."

가타이가 잠깐 뒤를 돌아 그들을 쳐다보다가 다시 걸음을 뗐다.

저 멀리, 겹쳐진 산들의 능선과 그걸 가물거리게 만드는 대지의 열기와 구름의 흐릿한 윤곽이 보였다. 가타이는 버릇처럼 동남쪽 지평선을 돌아보았다. 저 산기슭 너머로 여러 밤낮을 걸으면 시커먼 물결이 넘실대는 부산포 해변이 나오고, 그 넓고 까만 물을 건너면 높은 곳에서 해변을 굽어보는 나고야성이 보일 것이다.

부산포와 나고야성을 오가는 연락선은 쉴 새가 없었다. 연락선들이 가져온 간파쿠의 명령서에는 각 부대가 후송해야 할 코의 수량, 즉 각 부대가 살해해야 할 적의 수가 명시되어 있었다. 너비가 세 뼘, 깊이가 한 뼘 되는 빈 상자가 조선 땅에 보내졌고, 원정군은 적의 코로 그것을 채워야 했다. 간파쿠는 꾸준히 독촉했다. 썩지 않도록 소금에 푹 절이라는 전언과 함께.

조선 원정군에 나도는 소문에 따르면, 근래 간파쿠께오선 나고야성에 쌓인 코 상자를 살피는 일로 분주하시다고 한다. 아침에 일어나자마자 뜰로 행차하시는데 거기엔 조선 각지에 파견된 부대들이 보낸 코 상자가 태산처럼 쌓여 있다고 한다. 포석을 두들긴 간파쿠의 지팡이가 코 상자 하나를 가리키면 시동들은 높이 포개진 상자 더미에 기어올라 묵직한 코 상자를 지고 내려온다. 밑바닥에 시커멓게 핏물이 밴 상자를 흡족하게 바라본 간파쿠께옵서는 십여 장尺이나 되는 두루마기를 펴게 한다. 봉인할 때 써둔 수결로 상자가 온 곳과 그곳의 지휘관을 확인하려는 것이다. 봉인을 찢고 지렛대를 비틀어 상자를 열 즈음 간파쿠의 급해지는 심장 고동 소리는 시동들에게 들릴 정도로 커지고, 무릎 꿇은 서기는 깨물던 마른 붓을 먹물에 담근다. 아아, 간파쿠께선 코를 헤아리는 일을 결코 서두르지 않으신다. 시간과 공을 들여 이 섬세하고도 민감한 작업을 천천하고도 끈덕지게 행하시는 것이다. 간파쿠께옵선 코의 냄새를 맡고 그것을 매만지며 심지어 맛보기까지 하시는데, 이는 먼 전쟁의 치열함을 느끼기 위한 그분만의 방법이다. 쭈글쭈글해진 코에 내려앉은 전쟁의 진도를 감각하며 간파쿠께옵선 마침내 몸을 잘게 떨기까지 하신다는데….

할당량을 초과할 경우 포상은 두둑했다. 사무라이들에겐 영토를 보장하는 문서와 높은 직위가 적힌 임명장이 보내졌다. 코의 무게에 따라 각 부대엔 황금이 내려졌고 귀국한 뒤 경작할 땅을 내리겠다는 약속도 뒤따랐다. 당연하게도 원정군은 시체를 뒤적이고 소금을 구하는 일로 분주했고, 초과 달성이 모든 부대의 목표가 되었다. 죽은 자의 코에 수십 개의 칼이 한꺼번에 달려들었고 거리엔 코없는 시체들이 켜켜이 쌓였다. 심지어는 아군의 코까지 베어 상자에 넣는 조가 있다고 해 소동이 벌어질 지경이었다. 영달榮達에 안달이 난 사무라이들이 코 수거에 열을 올렸고, 들들 볶인 조장들은 아랫것들을 닦달했다. 더 많은 코를 얻기 위해 부대는 정복되지 않은 땅으로 진격했다. 그리고 주둔지에 쌓인 코 상자를 보며 사무라이들은 바다 건너까지 이어진 간파쿠의 끈에 자신들의 코가 꿰였음을 천천히 깨달았다.

가타이 또한 서둘러 코 할당량을 채우고 싶었다. 조의 코 수거량이 미미해 그는 조원들의 코라도 잘라 바쳐야 할 지경이었다. 격전지였던 성루엔 이미 많은 아시가루들이 엉겨 있었다. 가타이의 조는 다시 동쪽으로 행군했다. 한낮이 될 때까지 그들은 썩은 내 풍기는 시체를 들개처럼 뒤적이며 코들을 싸쥐었다.

나오야는 풀이 죽어 보였다. 가타이가 다가가자 어린 아시가루는 고개를 푹 숙였다. 그는 신불을 믿는 조장에게 자신의 헝클어진 마음을 보여주고 싶었지만 그걸 말로 어떻게 표현해야 할지 몰랐다. 이 어리석은 아시가루는 쓰키야마의 망치질이 제 안에 세워진 믿음의 탑에 깊은 균열을 냈다는 사실에 자존심이 상했건만, 그걸 조리 있게 설명해내질 못했다.

"스님 말씀 기억하고 있지?"

나오야가 고개를 끄덕였다.

"계율은 제쳐두고 우선 이번 명령을 잘 수행해보자. 코를 많이 수거해서 간파쿠가 내린 명령을 달성하자. 그분을 기쁘게 해드리자꾸나."

가타이가 제시한 목표가 나오야의 마음에 등불을 드리웠다. 나오야가 고개를 힘차게 끄덕였다. 단순하고 앞뒤 꽉 막힌 사람이었기에, 번뇌라는 것에 얽힐 정도의 복잡함 또한 지니질 못했기에, 나오야는 자기 마음을 휘저은 쓰키야마의 독한 말에서 그토록 금세 벗어날 수 있었다.

주먹밥으로 요기를 한 그들은 다시 풀숲을 뒤적였다. 조원끼리 간격이 벌어지면 가타이가 다른 지점을 가리키며 집결을 이끌었다. 늘어진 풀잎에서 벌레들이 후드득 날았고 짐승이 달음질치는 소리가 간혹 들렸다.

"쉬엄쉬엄해!"

가타이는 흐뭇한 얼굴로 나오야를 돌아보았다. 파리와 악취 사이를 바쁘게 오가며 어린 아시가루는 열렬히 시체를 뒤집었다. 할당량을 꾸준히 채워가면서도 나오야의 움직임은 조금도 굼떠지지 않았다.

물 한 모금이 다급해 우물로 간 쓰키야마가 뒤돌면서 토악질을 했다. 우물가에 시신이 무더기로 있었다. 소매로 입을 닦으며 쓰키야마는 뒤돌았다. 우물에 뛰어들어 자결한 시체들을 누군가 밧줄로 끌어내 코를 잘라간 모양이었다. 벌어진 옷 사이로 물에 잔뜩 부푼 퍼런 몸뚱이가 보였다.

시체를 찾아 두리번거리던 나오야는 먼 성벽에서 낯익은 누군가를 보았다. 고개를 기울이며 골똘히 바라보던 나오야가 낮은 탄성을 냈다. 며칠 전 보았던 그 소녀였다. 소녀는 우그러든 성가퀴를 뛰어가는 중이었다. 갈기갈기 쥐어뜯긴 그녀의 머리는 사자 갈기처럼 펄럭이고 있었고, 몸에 든 피멍이 찢긴 옷 사이로 언뜻언뜻 보였다. 한참 뒤에도 소녀는 여전히 성벽 위를 맴맴 내달리고 있었다.

저쪽에서 울리는 환호성을 따라 쇼지는 풀숲을 가로질렀다. 사무라이 하나가 칼날을 시험하겠다며 대추나무에 목을 맨 처녀의 시체를 베고 있었다. 뒤에 선 시동들이 칼질 하나하나에 우레와 같은 환호를 보냈다. 다홍치마가 잘려나갈 때마다 검게 썩은 피가 흩날렸고, 쇼지의 얼굴도 점점 찌푸려졌다.

해가 많이 기울었고 조원들 간의 간격은 꽤 벌어져 있었다. 간혹 누군가 길게 외치는 소리가 들렸지만 어느 방향인지도 가늠이 안 될 정도로 그들은 뚝 떨어져 있었다.

나오야는 덤부렁듬쑥한 곳에서 후드득 소리를 들었다. 창을 꼬나쥐자 뭔가 파닥하고 튀어 나갔다. 사람이었다. 아이 하나에 어른 하나. 나오야가 소리를 지르며 달려나갔다. 이 난리 통에 어떻게 살아남을 수 있었을까. 아이는 기어코 넘어졌다. 뒤처진 아이를 돌아본 사내가 조선말로 뭔가 외쳤다. 나오야가 소리를 지르자 사내가 다시 내달렸고 겁에 질린 아이는 울기 시작했다. 조선인 사내는 멀리 가지 못하고 되돌아왔다. 사내의 손에는 굵은 나뭇가지가 들려 있었다. 비쩍 마른 그가 오들거리는 아이를 등 뒤로 숨기다가 나뭇가지를 떨어뜨렸다. 나오야가 창을 치켜들자 사내가 허둥대며 나뭇가지를 도로 집어 들었다. 사내는 떨고 있었다. 그러나 겁에 질리긴 나오야도 마찬가지였다.

나오야는 자신이 경계선에 놓였음을 깨달았다. 해야 했다. 어제 들은 가르침대로 불살의 계율을 깨고 간파쿠에게 충성을 다해야 했다. 하지만 그러기가 정말 쉽지 않았다. 그는 첫 살인 앞에 놓여 있었다. 나오야는 아이를 보았다. 어차피 아이의 코는 너무 작아 개수를 쳐주지 않았다. 하지만 저 어린애가 어른의 도움 없이 전쟁 속에서 살아남을 수 있을까? 창을 쥔 손이 축축해졌다.

그러던 중 묘수가 퍼뜩 떠올랐다. 나오야의 얼굴이 환해졌다. 창을 치켜든 그가 멈칫멈칫 다가오자 조선인 사내가 나뭇가지를 휘둘렀다. 창과 부딪친 나뭇가지가 반으로 뚝 부러져버렸다. 사내가 손을 싸쥐며 몸을 웅크렸다. 창날에 시선을 고정한 채 사내는 무릎걸음으로 다가가 웅크린 아이를 덥석 끌어안았다. 손에 힘을 바짝 준 나오야가 창을 번쩍 들었다. 조선인 사내의 품 안에서 아이가 비명을 질렀다.

나오야의 창 자루에 머리를 세게 맞은 조선인 사내가 픽 쓰러졌다. 창을 다시 치켜든 나오야가 까무러친 아이를 확인하고는 손을 도로 내렸다. 두 사람을 굽어보던 나오야가 싱글벙글한 얼굴로 주변을 살폈다. 아무도 이 소동을 모르는 것 같았다. 창을 곁에 세워둔 나오야는 허리춤에 동인 밧줄을 끌렀다. 조선인 사내를 단단히 묶으며 나오야는 콧노래를 흥얼거렸다. 간파쿠의 명령과 신불의 가르침 사이에서 오도 가도 못하던 어린 아시가루는 스스로 떠올린 절충안에 감탄하는 중이었다.

그랬다. 코만 자르면 되었다. 굳이 죽일 필요 없이, 코만 자르면… 코만 잘라가면 불살의 계율을 지키는 동시에 간파쿠의 명령 또한 엄수할 수 있었다. 얼마나 대단한 묘수인가.

날이 바짝 선 단검이 조선인 사내의 코를 재빨리 잘랐다. 눈을 번쩍 뜬 사내가 비명을 지르다가 고통 속에서 혼절했다. 따로 간수했던 깨끗한 목면을 풀어 코 벤 자리에 대고 누르던 나오야는 자신이 신불만큼이나 자애롭다고 생각했다. 치솟는 핏물로 목면이 뻘게졌다. 혼절 중에 용을 쓰는지 조선인 사내의 관자놀이 정맥이 부풀어 올랐다. 천으로 사내의 얼굴을 둘둘 동여맨 나오야가 벙긋 웃었다. 잡티 하나 없는 맑은 미소였다.

"코가 잘린 정도론 죽지 않지, 암."

잘린 코를 꾹 눌러 핏물을 짜낸 나오야가 몇 번이고 고개를 끄덕였다. 축 처진 나오야의 눈가에 부챗살 같은 주름이 나타났다.

나자빠진 아이를 내려다보던 나오야가 아쉬움을 달래며 입맛을 다셨다. 조금만 더 자랐어도 충분히 한몫했겠지만 아직은 작았다.

저 멀리서 누군가의 목소리가 가느다랗게 들렸다. 가타이 조장이 조원들을 부르는 모양이었다. 깨어난 뒤 쉬이 달아나도록 나오야는 밧줄을 풀어주었다.

나오야는 고개를 끄덕이며 자신의 기지에 거듭 감탄했다. 하늘이 드높았고 몸이 너무나도 가벼웠다. 그는 가슴에서 샘솟는 무언가를 느꼈다. 그것은 명령을 완수했을 때의 뿌듯함과 비슷했지만 꼭 같진 않았고, 승리했을 때의 환희와도 달랐다. 그랬다. 지금 나오야가 느끼는 별난 고조는, 수행자의 계율과 군인의 본분을 함께 만족시켜야 한다는 이율배반적 난제를 풀어냈다는 지고至高의 성취감이었다.

다음 진격 목표를 두고 사무라이들끼리 다툼이 일었고 원정군은 며칠을 허송했다. 시즙屍汁을 머금은 땅에선 악취가 풍겼고 시독屍毒으로 남원성은 부글부글 끓었다. 원정군은 성 밖 멀리서 물을 길어 먹어야 했다. 그들은 죽은 아군을 성 밖 공터에 판 큰 구덩이에 묻었고, 적의 시체는 기름을 부어 태워버렸다. 묘겐을 비롯한 승려들이 그 앞에서 하루 밤낮 경을 외웠다. 원정군이 악착같이 먹어치운 소와 돼지와 개와 닭의 뼈가 사방에 흩어졌고, 쥐와 개가 오가며 남은 살점을 갉았다.

부슬부슬 밤비가 내리는 가운데 아시가루들이 여염집 울타리를 뜯었다. 화톳불 주위로 사람들이 병풍처럼 늘어섰다. 솥을 건 가타이가 밥 덩이를 넣고 묽게 끓였다. 밥알이 풀린 더운물을 받은 아시가루들의 낯에 미소가 감돌았다. 솥은 순식간에 비워졌다.

한참 뒤 비가 그치자 구름은 흩어졌고 은은한 달빛이 일렁였다. 보초들이 번番을 바꾸었다.

"이런 밤엔 참 많은 생각이 든단 말씀이야."

쪼그려 앉은 아시가루들이 삽을 추어올리며 의미심장한 눈빛을 교환하자 가타이가 밥물 흥건한 나무 국자를 휘둘렀다.

"마음이 정결해지는 것 같다는 말이다, 이 말종들아."

달에는 탁함을 씻어주는 힘이 있다고 가타이는 믿었다. 달이 주는 영령한 기운을 받고 있노라면 염을 욀 때처럼 온 마음이 정화되는 것 같았다. 누구에게도 말한 적 없었지만 가타이는 부처님 머리 뒤에 걸린 누렇고 둥근 게 보름달이 틀림없다고 믿었다. 아니, 그건 반드시 보름달이어야만 했다. 저 영롱하고 은근하며 신성한 맑은 달이 아니고서 대체 뭐가 부처님 뒷머리에 자리한단 말인가.

할당된 코의 양을 거의 다 채웠기에 가타이는 모처럼 여유로웠다. 가타이의 조는 딱 한 개가 모자란 상황이었다. '어디 남는 코 하나 없으려고.' 가타이는 걱정하지 않았다.

그때 누군가 가타이의 팔을 툭 쳤다. 번을 마치고 온 쓰키야마와 쇼지였다. 그들은 입에 새 소식을 물고 있었다.

"묘겐 스님이 쓸데없는 일을 벌이고 말았습죠."

힐끔대며 뜸을 들이는 쓰키야마는 거드름 피우는 두루미처럼 보였다.

원정군의 각 부대에는 상인들이 배속되어 있었다. 종군 상인으로 불리는 그들은 간파쿠에게 돈을 바치고 위임장을 받았는데, 미색이 출중한 계집과 솜씨가 빼어난 도공과 어깨가 튼튼한 장정에 안달 나 있었다. 종군 상인들은 포로나 물건들을 취득할 때마다 수수료를 지급했는데, 말하기 좋아하는 사람들은 간파쿠가 거둔 수수료만으로도 긴카쿠지金閣寺 백 개는 지을 수 있을 거라고 쑤군거렸다.

가타이의 조가 속한 고니시 유키나가 부대에도 종군 상인들이 배속되어 있었는데, 쇼지와 쓰키야마는 지금껏 그들을 호위해주다 온 참이었다.

"그 스님도 우리랑 같이 갔어요."

묘겐에게 동행을 요청한 건 종군 상인들이었다. 공예품 보는 안목이 미덥다고 알려졌기 때문이었다. 일행은 사금파리들을 들춰보고 부서진 민가를 들쑤시다가 남원성 서쪽에 있는 만복사萬福寺에 이르렀다. 구경을 겸해 빈 절을 탐색하던 일행은 어디선가 들려오는 목탁 소리에 고개를 갸웃거렸다. 태풍이 쓸고 간 듯 온전한 기물 하나 없는 대웅전에서 소리가 났다.

가부좌를 튼 채 모로 쓰러진 본존불상 앞에 젊은 조선 승려 하나가 목탁을 치며 독경을 읊고 있었다. 탱화가 죄다 찢기고 바닥은 흙 발자국으로 더러워진 대웅전 한가운데였다. 조선 승려 앞에는 길게 접힌 종이들이 수북했는데, 거기 쓰인 글씨들은 누군가의 이름인 것 같았다. 기척을 느낀 듯했지만 그는 독경을 그치지 않았다. 종군 상인 하나가 발로 차자 조선 승려가 나동그라졌다. 목탁이 마루 위로 데구루루 굴렀다.

"그 조선 승려는 도망 안 가고 뭘 하던 거야?"

"몰라요. 목탁만 죽어라고 때리던데."

쇼지가 손바닥으로 뺨을 탁탁 두들겨 목탁 소리를 흉내 내자 둘러앉은 아시가루들이 와하고 웃었다.

그들은 조선 승려를 마당으로 끌어냈다. 무릎 꿇은 조선 승려가 고개를 바락 들고는 대웅전을 바라보았다. 타는 듯 뜨거운 시선이었다. 그러나 누구도 그가 왜 그렇게 행동하는지 알지 못했다.

쇼지가 칼을 빼 들려는 순간 종군 상인 하나가 손을 치켜들었다. 그는 조선 승려를 사들여 남만南蠻(육 세기 이후 동남아시아 일대를 장악하고 일본·중국에 무역을 요구한 포르투갈과 네덜란드 사람을 통칭하는 말. 이들을 통해 뎃포와 기독교 등 서양 문물이 일본에 전해졌다) 상인에게 되팔겠다고 말했다.

요 며칠 사무라이들은 불편한 군막이 아닌 남원성 관아官衙에 머물고 있었다. 쓰키야마와 쇼지는 조선 승려를 관아 뒷마당에 자리한 옥에 가두었다. 손을 들었던 상인이 거래를 마치고 영수증을 발급받을 동안 두 아시가루는 딱딱해진 주먹밥으로 늦은 점심을 때웠다. 이때 쇼지는 종이 뭉치를 움켜쥔 묘겐이 관아 뒤로 가는 걸 보았다. 조선 승려가 대웅전 바닥에 수북이 늘어놓았던 바로 그 종이 뭉치였다.

종군 상인들이 돌아왔을 때 옥은 텅 비어 있었다. 소란이 일었고 쓰키야마와 쇼지가 후다닥 달려왔다. 옥 밖에 선 종군 상인들이 묘겐을 향해 고함을 치고 있었다. 묘겐은 옥문 옆에 불을 피워놓고는 종이를 한 장씩 사르고 있었다. 종이를 전부 태운 뒤 늙은 승려는 옥 안으로 조용히 걸어 들어갔다.

입을 딱 벌린 가타이가 고개를 설레설레 저었다.

"윗분들께 아뢨나?"

불을 쬐던 누군가 묻자 옆 아시가루에게서 말린 밤을 빼앗아 먹던 쇼지가 지껄였다.

"오늘 밤 땡중은 밤낮 고대하던 정토에 갈 거야!"

왁자한 웃음소리가 일었다. 포로를 풀어줬으니 참형을 피할 도리가 없었다. 가타이가 한숨을 쉬었다. 승려인 묘겐은 같은 승려의 불행을 참을 수 없었던 걸까?

성 밖으로 물을 길으러 간 자들이 돌아왔다. 화톳불로 몰려드는 사내들 사이에 나오야는 보이지 않았다. 근래 들어 나오야는 물 긷고 나무 해오는 온갖 허드렛일과 보초 서는 일에 자원했고, 짬 나는 대로 코 수거를 위해 시체 더미를 뒤적였으며, 그 모든 일을 하는 내내 나무아미타불을 끝없이 중얼거렸다. 자애로운 일을 위해 어떤 수고도 마다치 않는 나오야는 병든 사무라이의 종기 고름을 입으로 빨아내기까지 해 금 한 냥을 포상으로 받기도 했다. 간파쿠와 신불을 동시에 만족시키려는 나오야의 필사적인 노력은 눈물겨울 지경이었다. 어린 아시가루의 행방을 수소문하는 가타이에게 누군가 대꾸했다.

"그놈 자식, 묘겐 스님 소식을 듣고 부리나케 가던데?"

눈을 뜬 묘겐은 고개를 들었다.

굵은 대나무를 조밀하게 박아 벽을 두르고 대나무 끝을 줄로 꿰고 엮어 천장을 삼은 옥은 닭장을 연상시켰다. 바닥에 깔린 젖은 짚단에선 썩은 내가 진동했다. 묘겐은 허벅지로 파고드는 벌레를 느꼈지만 움직이지 않았다. 생의 마지막 보시일 게 분명했다. 무언가 줄 게 남았다는 사실에 묘겐의 마음은 훈훈해졌다. 수많은 죄인의 잠을 부스러뜨렸던 썩은 짚 속의 벌레들이 턱을 분주히 놀려 늙은 승려의 피와 살점을 뜯었다. 설피 엮은 이엉(초가집의 지붕이나 담을 이기 위해 짚 등으로 엮은 물건) 사이로 드문드문 하늘이 보였다. 묘겐은 옷깃을 여몄다. 하늘은 창백했고 구름의 흐름은 빨랐다. 그자는 어디까지 달아났을까.

옥문이 열리자 조선 승려는 눈을 흡떴다. 묘겐은 조선 승려를 북문으로 몰래 데려가 풀어주었다. 끈 밑으로 칼을 쑤셔 넣어 매듭을 잘라주던 그 순간이 아직 묘겐의 가슴을 꽉 채우고 있었다. 조선 승려가 무릎 앞에 늘어놓았던 종이를 꽉 쥔 묘겐은 자기 가슴을 두드리며 고개를 끄덕였다. 묘겐이 전하려는 바를 이해한 조선 승려의 눈가가 금세 붉게 젖었다. 작아지는 조선 승려의 뒷모습을 보며 묘겐은 버선 속 모래를 털어낸 것 같은 개운함을 느꼈다.

묘겐이 허리를 세웠다. 눈을 감자 두려움이 엄습했다. 마음을 다잡은 그가 눈을 다시 감았다. 어둠 속에서 묘겐은 자신을 삼키기 위해 입 벌린 죽음을 곁눈질했다. 조선 승려의 밧줄을 자르며 함께 끊었다고 생각했던 번뇌는 마음 한가운데서 여전히 펄떡여 묘겐을 숨 막히게 했다. 기약된 죽음을 기다리는 묘겐을 도사린 시간이 옥 죄었다. 번뇌를 끊고 깊은 묵상에 들기 위해 묘겐은 가부좌를 더욱 단단히 틀었다. 이윽고 정념情念의 축을 떠난 사고가 무아지경을 향 해 도약했다. 묘겐은 작게 응축되는 자신을 발견했다. 형언할 수 없 이 작아진 묘겐이 좁쌀만 한 우주 속으로 흘러들었다. 얼마나 흘렀 을까.

그는 거대한 강 앞에 서 있었다.

영롱이는 강물이 저무는 햇살 아래 묵직해 보였다. 자세히 보니 강물은 자디잔 파편과 반짝이는 조각으로 이뤄져 있었다. 그것은 부서진 보옥寶玉 같았다. 흘러가던 파편을 묘겐이 한 줌 떴다. 그는 그 파편들이 잊어버렸던 자신의 기억임을 깨달았다. 무진장한 기억 의 조각들은 모래처럼 쏴 소리를 내며 저 아래로 흘러갔다. 파편을 움켜쥐자 빻은 가루 같은 조각이 꿈처럼 바스러졌다. 강굽이를 핥 으며 기억은 멀어져갔다. 염주를 내려놓고 옷을 훌훌 벗어 던진 묘 겐이 합장한 채 강에 몸을 담갔다. 쏴아, 눈과 귀와 입으로 파편이 쏟아져 들어왔고 거추장스럽기만 한 육체마저도 저 아래로 떠밀려 내려갔다. 그렇게 묘겐은 어디론가 떠나갔다.

정신을 차려보니 강변을 면한 산굽이었다. 한 늙은이가 무언가 를 내리치고 있었고, 그때마다 챙챙 소리가 날카롭게 울렸다. 묘겐 은 조각을 떨어내며 뭍으로 올라섰다. 그는 자신을 보고 깜짝 놀랐 다. 속인俗人이었을 때 즐겨 입던 새카만 갑주를 두른 묘겐은 물소 가죽으로 칼자루를 덧댄 긴 칼까지 지니고 있었다. 돌아보니 산굽이를 비롯한 산 전체가 숯덩이처럼 시커멨다. 큰불이 났다가 꺼진 직후인지 사방에서 탄내가 지독했고 무서울 정도로 고요했다. 그 고요함 속에서 묘겐은 몸을 떨었다. 새카맣게 탄 나무가 그의 갑옷에 스치며 후드득 바스러졌다.

노인은 정과 망치로 거대한 돌을 쪼는 중이었다.

"무얼 하시오, 노인장."

묘겐이 묻자 노인이 답했다.

"죽은 자의 이름을 새기고 있소."

갑옷을 쩔걱거리며 묘겐은, 아니 묘겐이었으나 아직 묘겐이 아닌 그는, 거대한 돌을 살펴보았다. 수천 개나 되는 이름이 돌을 뒤덮고 있었다. 불현듯 묘겐은 그 장소가 자신과 부하들이 불태운 사찰임을 깨달았다. 묘겐의 성마른 주군과 이 절의 난폭한 승려들은 오랫동안 갈등을 빚어왔다. 그리고 마침내 이 절의 승려들을 전멸하라는 명령이 떨어졌다. 묘겐은 절을 포위했고 불을 질러 모든 걸 깡그리 태워버렸다. 연기 속에서 허우적대는 승려들에게 묘겐의 부하들은 활과 총을 쏘아댔다.

"이보시오!" 묘겐의 목소리가 쩌렁쩌렁 울렸다. "내 주군께서 이곳을 불태우고 단 하나의 생명도 남기지 말라 명하셨소!"

노인은 바위를 쪼는 손길을 멈추지 않았다.

"죽고 싶나? 이곳엔 한 사람도 살아 있어선 안 돼! 어서 가!"

노인은 망치와 정을 쥔 손을 멈추었다.

"이보시오, 사무라이. 죽은 이를 떠나보낼 수조차 없단 말이오?"

묘겐의 내부에 자리한 얼음이 쩡, 갈라졌다. 묘겐은 노인이 쪼는 돌이 불탄 절의 주춧돌 중 하나임을 깨달았다. 묘겐이 칼을 뽑아 들었다. 노인이 기리는 수천 개의 이름은 묘겐의 칼과 주군의 명에 죽은 자들이었다.

"나를 죽이시려오?"

노인이 물었고 묘겐은 대답하지 않았다. 그는 부하들을 앞세워 보내놓고 주군의 성으로 돌아가던 길이었다. 미간을 찌푸리던 묘겐이 칼을 집어넣었다. 묘겐은 돌아섰고 그곳을 떠났다.

거대한 돌이 놓인 곳으로 왜 돌아왔었던가. 모를 일이었다.

그는 다만 돌아왔다.

노인은 이미 죽어 있었다.

망치와 정을 쥔 그의 등엔 칼이 박혀 있었다.

어스름한 낙조로 산은 시커멨고 이름들은 피에 젖어 있었다.

말에서 내린 묘겐이 피가 고인 돌의 음각을 한동안 들여다보았다.

한참 뒤, 묘겐은 물소 가죽으로 만들어진 칼집을 풀었다. 까맣게 재가 앉은 산에 묘혈墓穴이 파였다. 노인의 죽은 몸을 묻은 그는 새벽이 올 때까지 피가 고인 주춧돌에 기대 생각에 잠겼다. 마침내 동이 터오자 그는 여명을 바라보며 투구를 벗었다. 틀어 올린 상투를 거머쥔 그가 단도를 들었다. 노인의 등에서 뽑은 그 칼이었다. 도마뱀 꼬리처럼, 상투는 그렇게 쉽게 끊어졌다.

"스님, 스님!"

눈을 뜨자 서늘한 달빛이 쏟아져 들어왔다. 묘겐이 아찔한 표정을 지으며 이마를 짚었다. 가타이와 나오야에게 미소 짓기 위해 묘겐은 안간힘을 썼다.

"대체 왜 그러셨습니까."

가타이가 경비병들을 힐끗 보며 한숨 쉬었다. 달빛을 머금은 대나무가 바람에 흔들리며 묘겐의 얼굴에 그림자를 드리웠다. 가타이가 물었다.

"같은 승려라 그러셨나요? 자비심 때문에요?"

"단지 그뿐이었겠소."

묘겐이 설핏 웃었다. 화톳불에서 탁탁 나무 튀는 소리만 들릴 뿐 사방은 적요했다. 불가로 뻗는 보초들의 허옇게 튼 손등이 잿빛으로 보였다. 한참 후에 나오야가 입을 뗐다.

"뭘 태우셨다던데요."

"종이로 만든 위패였단다. 죽은 조선인들의 이름이 적혀 있었지. 돌에 새긴 것처럼 또렷하게 말이다."

가타이와 나오야는 서로를 바라볼 뿐이었다.

진혼鎭魂을 위해 네모난 종이에 죽은 자들의 이름을 먹으로 새겨 넣던 조선 승려의 모습은, 묘겐의 깊은 곳에 묻혔던 무언가를 깨웠다. 묘겐은 '돌에 붙들려 정을 쪼는 젊은 조선 승려'를 꺼내주고 싶었고, '종이에 적힌 이름을 위해 독경 중인 노인'을 풀어주고 싶었다. 조선 승려가 진혼을 위해 종이에 먹먹히 새긴 이름을 보며 묘겐은 잊었던 옛일을 떠올렸던 것이다.

깨달음은 지독한 후회를 가져왔다. 내가 어찌 그 일을 잊었단 말인가. 하지만 그는 늙었고, 묘겐을 승려로 만든 그 일은 아득한 옛날에 벌어졌다. 묘겐은 전쟁을 수행하게끔 아시가루들을 돕는 게 자비라고 믿었다. 어쩔 도리 없는 고통을 조금이라도 편안히 받아들이게 하는 게 더 긴급한 도움이라고 생각했던 것이다. 하지만 이제 그는 죽어가는 모든 존재를 위해 염을 읊었어야 했다는 단순한 깨달음을 얻었다.

그것이 묘겐이 옥문을 연 이유였다.

나오야의 볼이 눈물로 축축했다. 횃불을 든 그는 이 밤에 이르기까지 썩어가는 시체 속에 남았을 법한 코 하나를 찾아 헤매다 온 참이었다. 나오야는 조선인을 기절시키고 코만 잘랐던 자신의 기지를 묘겐에게 들려주고 싶었다. 노승의 가르침이 헛되지 않았음을 일러주고 싶었던 것이다.

"슬슬 집행해야겠어. 추워져서 말이야."

보초를 서던 아시가루들이 두 사람을 밀치며 옥문을 열었다. 놀란 나오야가 울음을 터뜨렸다.

"할 말이 있는데. 할 말이 많이 남았는데."

덜미를 잡힌 묘겐이 끌려 나왔다. 묘겐의 가슴에도 많은 말이 남아 있었다. 자신이 겪은 기연奇緣의 기이한 반복을, 조선 승려를 놓아준 행위에 담긴 의미를, 그는 설명하고 싶었다. 묘겐이 안타까운 표정으로 나오야를 돌아보았다. 그 눈길이 몹시 뜨겁다고, 어린 아시가루는 생각했다.

가타이는 나오야와 묘겐이 마지막 가르침을 주고받는다는 느낌을 받았다. 화톳불을 등에 업은 탓에 얼굴 전체가 짙은 어둠에 잠겨 있었지만 묘겐의 눈빛은 번갯불처럼 형형했다. 노승과 소년의 서로를 향한 시선은 움직일 줄 몰랐다. 가타이는 그 둘 사이를 오가는 시선의 의미가 무엇인지 조금도 가늠할 수 없었다.

아시가루들이 승려를 무릎 꿇렸고 뒷짐을 지웠다. 목을 길게 뺀 채 눈을 질끈 감은 묘겐이 노인의 얼굴을 퍼뜩 느꼈다. '아아, 그랬구나. 그건 나 자신의 얼굴이었구나.' 그 순간 묘겐은 지독한 평안을 느꼈다. 이지러진 달빛 아래 높이 들린 칼날이 차게 번득였다. 염불을 기다리지 못하고 칼날이 떨어지는 순간, 묘겐은 분출하는 두려움과 터져 나오는 해방감을 동시에 느꼈다. 피가 길게 튀었고 머리가 데굴데굴 굴렀다. 묘겐의 몸에 거적을 덮은 아시가루들이 어디론가 떠날 때까지 나오야는 잘린 목을 끌어안고 꺼이꺼이 울었다.

눈물 몇 방울을 흘리던 가타이는 시신을 수습하기 위해 걸음을 옮겼다. 그때 나오야가 허리춤에서 단도를 뽑아 들었다. 격분 속에 자해라도 하려는 것인가 하여 놀란 가타이가 달려들려고 했다. 그리고 뜻밖에 묘겐의 코가, 불룩한 콧방울을 지닌 노승의 두툼한 코가 달빛이 부드럽게 얼비친 칼날에 깔끔히 잘려나갔다.

얼이 빠진 가타이의 눈이 휘둥그레졌다. 나오야가 코를 비틀어 피를 짜내고는 새 헝겊에 정성스레 쌌다. 목을 거적 아래에 굴려 넣은 나오야가 깍듯이 목례를 올렸다. 가타이는 벌어진 입을 다물 줄 몰랐다. 가타이가 저도 모르게 나무아미타불을 읊는 동안 나오야는 신이 난 얼굴로 달빛 아래를 겅중겅중 뛰었다.

나오야의 마음은 기쁨으로 가득했다. 신불의 자애로움을 따르고자 했기에 묘겐이 조선 승려를 살리려 한 거라고 그는 생각했다. 그러나 이 자비로운 행동은 곧 간파쿠의 적을 놓아주는 불충이기도 했다. 옥에 갇힌 묘겐을 보며 나오야는 스님이 부처의 뜻과 간파쿠의 뜻 사이에서 균형을 잃어버렸다고 생각했다. '묘겐 스님의 번뇌는 바로 그 때문이었어! 그것 말고 또 무엇이 있겠는가.'

그 번뇌를 종결짓는 한 수가 바로 자신의 결단이었다고 나오야는 생각했다. 스님의 큼직하고 탱탱한 코를 잘라내 가타이의 조에 할당된 수량을 마지막으로 채운 지금, 불충은 덮였고 공덕은 완전해졌다. '스님이 자신의 코를 보시하게 만들어드린 거야!' 나오야의 내면에 타오르는 불꽃은 세상만큼이나 큰 것 같았다. 나오야는 합장을 했다. 이제 스님은 간파쿠의 명을 받드는 데 일조한 셈이었고, 그로 인해 과오가 말끔히 닦였다고 나오야는 결론지었다.

나오야는 기쁨을 주체할 수 없었다. '내 묘수가 스님을 구해낸 거야!' 감격의 눈물이 줄줄 흘렀다. '내가 스님의 코를 바쳐서 불충을 덮고 공덕을 완성했어!' 자신이 결단하여 행한 절단이 노승의 덕을 모자람 없이 완성했다고 나오야는 믿었다. 펄럭이는 소매 끝에서 달빛이 가늘게 부서졌다.

그 뒤로 열 걸음이나 떨어져 쭈뼛거리던 가타이는 나오야가 왜 춤을 추는지 알 도리가 없었다.

쿠오바디스

여자는 여전히 창밖을 내다보며 사과를 먹고 있었다. 거의 다 먹어치운 사과를 창틀 어디쯤에 아무렇게나 올려둔 여자는 'BONE'에 들어와 있는 나를 그제야 돌아봤다. 불쾌했다. 조금 전 나는 거리에서 창문 너머의 여자에게 BONE의 위치를 물었다. 근처에서 시간을 꽤나 소비했기에 간절하기까지 했다. 하지만 여자는 나를 빤히 쳐다보며 입안의 사과를 씹고 또 씹어댈 뿐 아무 말도 해주지 않았다. '바로 이곳이에요'라고 한마디만 해줬어도 좋으련만. 덕분에 주변을 좀 더 헤매고 나서야 조그만 간판을 겨우 발견했다.

BONE을 찾은 것은 타투를 하기 위해서였다. 물론 집 근처에도 타투를 할 수 있는 곳은 얼마든지 있었지만, 그 가게들은 일 년 정도 지나면 저절로 분해돼 사라지는 잉크를 사용했다. 어떤 선택들은 시간이 지나면 후회로 뒤바뀌곤 한다. 사람들은 자신의 변덕을 감당하기 위한 마지막 보루 같은 것으로 그것을 선호하기 시작했을 테다. 선호는 이내 유행이라 불렸고, 본질마저도 쉽사리 잊게 했다. 이제 과거처럼 피부에 한번 새기면 지울 수 없는, 시대에 뒤떨어진 타투를 하는 곳은 찾기 힘들어졌다.

여자는 이 사이에 남은 사과의 흔적을 혀로 훑어내며 슬쩍 웃어 보였다. 정확히 하자면 비웃는 것에 가까웠다. 이어 창문 밖에서 내가 했던 질문이 너무 바보 같은 것이라, 자신을 놀리는 줄 알았다고 말했다. 긴 머리를 질끈 묶어 올린 탓인지 여자의 눈매는 치솟아 있었고, 거침없어 보이기까지 했다.

"좀 앉아요."

여자의 목소리는 생각보다 부드러웠다. 그것에 애써 위안을 얻고 마련해준 의자에 순순히 앉았다. 솔직히 말해 선택의 여지가 없었다. 거리에서 흘려보낸 반나절 남짓한 시간이 아쉬웠고, 그보다 더 많은 시간을 들여 수소문한 곳이 아니던가.

의자에 앉아 내다본 창문 밖의 풍경은 한산했다. 그와 대조적으로 확성기를 단 차량이 "불법 안드로이드는 사회의 악입니다"라는 말을 반복하여 틀며 주변을 배회했다. 나는 속으로 나지막하게 되뇌었다. 사회의 악.

건너편 높은 건물의 홀로그램 광고판이 눈에 들어왔다. 광활하게 펼쳐진 잔디밭에서 여유를 만끽하는 세 사람의 모습이 보인다. 그들은 단란한 가족을 연기하는 듯했다. 남자가 두 팔을 뻗어 아이를 높이 들어 올리고 카메라 앵글은 이들이 세상의 중심이나 되는 듯 세 사람을 중심으로 회전했다. 가족은 웃었다. 웃고 또 웃었다. 영원히 웃을 것처럼. 그들의 웃음소리가 파란 하늘로 번져 나가는 착각이 일어 몸서리가 쳐졌다. '안드로이드를 입양하세요. 여러분의 삶이 달라집니다. Eden-7'이라는 문구가 화면을 가득 채웠다. 'Eden-7'은 전 세계에서 유일한 안드로이드 전문 생산 업체이자 의료 기술 지원 업체다. 매시간 만 개의 안드로이드가 세상에 나온다. 수요가 나날이 증가한 덕이다. 하지만 그것은 또 다른 의미로도 해석됐다.

여자는 창문을 닫으며 말했다.

"우습지 않아요? 한쪽에서는 계속 부숴 없애고 있는데, 한쪽에서는 계속 신형을 만들어내다니. 이런 걸 사회적 균형이라고 해야 하나."

인간은 신을 흉내 내며 긴 세월을 소비했고, 결국 자신을 본뜬 완벽한 존재를 창조해냈다. 인간과 안드로이드를 육안으로 구별할 수 없을 정도로 기술이 발달해 안드로이드 시장은 고도성장을 이뤘으며, 그것은 인간의 삶에 다양한 영향을 끼쳤다. 가장 큰 예로 안드로이드에 쓰이는 심장과 안구, 피부, 근육은 인간의 것과 매우 유사해 인간에게 이식이 가능해졌다. 그 비용이 상상 이상이지만, 예전처럼 장기 기증자를 기다리며 목숨을 쓸데없이 허비하지 않아도 됐다.

영생의 영역까지도 꿈꿀 수 있게 된 일부 인간들은 자신이 신이라는 착각에 빠졌고, 자신의 탐욕이나 재미를 채우는 데 그 특권을 이용하기도 했다. 조잡한 조물주들은 죄의식 없이 안드로이드를 이용해 인간의 삶을 위협하거나 불법으로 부를 축적했다. 피부 조직을 일부러 부패시킨 흉측한 좀비 안드로이드를 사람이 많이 모이는 곳에 보내 아수라장을 만드는 작은 사건부터, 안드로이드 생산 초창기부터 이어져 온 터라 거대 조직화해 단속하기 힘들어진 안드로이드 성매매 사업까지 그 방법은 다양했다. 이뿐만이 아니었다. 인간의 쉬운 선택과 포기로 아이를 밴 채 유기된 대리모 안드로이드는 큰 논쟁거리가 되기도 했다. 안드로이드의 인간 잉태는 사회적 파장을 불러일으키기에 충분했고, 이로써 음지에서 자행됐던 대리모 안드로이드 사업의 실체가 세상에 드러났다.

판매되고 있는 정상적인 안드로이드를 구매해 프로그램과 내부를 변형하고, 소유주가 누구인지 알 수 없도록 조작하는 것이 이들의 수법이다. 그 때문에 범죄가 발각된다고 한들 죗값은 해당 안드로이드가 고스란히 지게 되는 것이다. 적발된 대리모 안드로이드는 아이를 출산하자마자 불법 안드로이드 처벌법에 따라 폐기 처리된다. 인간은 이성적인 동물이라지만 두려움에는 취약하므로, 안드로이드에게 전가되는 책임에 무감각하게 대처했다.

실체는 확인된 바 없으나, 암살 안드로이드에 관한 괴소문도 떠돌았다. 이것은 대중을 공포에 휩싸이게 했고, 제이 차 러다이트 운동(기계 파괴 운동)에 기름을 붓는 격이 됐다. 신생 조직들이 우후죽순으로 생겨나기 시작했다. 그들은 안드로이드와 인간이 공존할 수 없는 갖가지 이유를 만들어내 자신들의 폭력을 정당화시켰다. 나는 새삼스럽다 느꼈다. 내가 알고 있기로 인간은 아주 오래전부터 공존이라는 단어를 잘 몰랐다. 학습을 통해 그것을 익히지만 이웃을 폭행하고 남의 재물과 가정을 가로챈다. 자신의 혈육도 서슴없이 살해한다. 어디 그뿐인가. 자신과의 공존에도 실패해 자신을 죽여 없애는 게 인간 아니던가. 각 단체의 대단한 이념의 밑바닥에는 비슷하면서도 다른 그들의 이익만이 자리 잡고 있을 뿐이었다.

상황은 점점 더 나빠졌다. 몇몇 과격 단체들은 정상적인 안드로이드마저도 무차별적으로 공격하고 폐기하는 일을 자행했다. 소유주와의 법적 시비도 피할 수 없었다. 이제는 너무 완벽해져 버린 안드로이드를 보며 사람들의 마음에 서서히 내려앉은 자격지심은 잔혹성을 끌어내기에 충분했다. 남편도 그랬으니까. 상황이 이렇다 보니 안드로이드에 대한 정부 차원의 적극적인 관리와 단속은 불가피해졌다.

"아픈가요?"

타투는 처음이었다. 여자는 대답 대신 도안이 담겨 있는 스크랩북을 테이블 위에 툭 하고 던지듯 올려뒀다. 그러고는 냉장고에서 마취 크림 통을 꺼내 염려 말라는 듯 흔들어 보였다. 흰 플라스틱 통에 궁서체로 '안 아파 마취 크림'이라고 적혀 있는 것이 눈에 들어왔다. 웃음이 피식 새어 나왔다. 여자는 알 수 없다는 표정으로 나를 한번 돌아보더니, 좁은 공간 안에서 부산스럽게 움직임을 이어 갔다.

바닥 한 귀퉁이에는 커다란 액자 하나가 세워져 있었다. 벽면을 향해 돌려져 있었기 때문에 어떤 그림 혹은 사진 따위를 품고 있는지는 알 수 없었지만, 여러 차례 바닥으로 곤두박질친 이력이 있다는 것은 쉽사리 읽어낼 수 있었다. 플라스틱 재질로 된 틀은 그때마다 비명을 지르며 부서지길 반복했을 테다. 그 아찔한 장면을 몇 차례 상상하며 눈을 질끈 감았다.

"내가 가지고 있는 도안의 일부일 뿐이에요."

"네?"

"마음에 드는 게 없으면 다른 것들도 보여줄 수 있다고요."

"아뇨, 이미…."

여자는 기분이 살짝 나빠진 눈치였다. 내 대답이 미처 끝나기도 전에 책장에 꽂혀 있던 도안 스크랩북 몇 개를 더 들고 와 건넸다. 나는 이곳에 오기 전부터 이미 생각해둔 도안이 있었기에 다른 것에 관심을 기울이며 잠자코 기다리던 것뿐이었다. 하지만 그것을 알 리 없는 여자는, 자신의 이력과도 같은 도안들에 심드렁한 내 태도가 거슬린 모양이다. 쓸데없는 일임이 분명한데도 여자의 수고를 무시하지 않기 위해 도안을 열심히 살피는 시늉을 해야 했다. 그제야 여자는 조금 전의 내 시선을 읽기라도 한 듯 묻지도 않은 것들을 설명하기 시작했다.

"출근해서 걸어두면 퇴근 시간 즈음 떨어진다니까요. 저 액자 말이에요. 벽면이 석회질이라서. 그런데 자꾸만 못질을 해서 다시 거는 거예요. 물론 그런 한심한 짓에 시간을 낭비하는 건 내가 아니라 같이 일하는 녀석이에요. 무가치한 일에 열정을 쏟아요. 벽이 허전하니까 뭐, 있으면 좋지만."

"특별한 그림이에요?"

"몇 년 전에 동네 플리마켓에서 아주 저렴하게 가져왔어요. 그런데 얼마 못 가 바닥으로 떨어지면서 유리가 박살 났죠. 난 버리려고 밖에 내놨는데, 녀석이 다시 주워와 걸었더라고요. 그 뒤에는 틀에 금이 가고, 또다시 깨지고. 이제 진짜 버리자 싶었는데 또다시 벽에 못을 박고. 일이 없을 땐 한참 동안 멍하니 저 그림만 바라보면서 서 있기도 해요."

"아끼는 그림인가 봐요."

"골치 아픈 문제죠. 가져갈래요?"

내게 과도한 친절을 베풀려는 여자를 올려다보았다. 그 틈을 놓치지 않고 여자는 내게 눈을 맞춘 채, 검지를 자기 머리 옆에 가져다 대고 빙글빙글 몇 바퀴 돌렸다. 녀석이 요즘 좀 이상해진 것 같다나 뭐라나. 나는 당황스러웠다.

취향이나 열정 따위는 타인에게 이해받지 못하면 다른 의미로 해석되곤 한다. 이 또한 그런 것 아닌가 싶어 여자에게 내 생각을 몇 마디 이야기해볼까 했지만 주제넘은 짓 같았다. 나는 녀석이 누구인지도, 저 그림에 대해서도 전혀 모르지 않는가. 더 이어갈 말을 찾지 못했고 귀찮다는 생각까지 들어 도안을 결정했다고, 아니 이미 생각해둔 게 있었노라고 털어놓았다.

그런데 진짜 당황스러운 것은 따로 있었다. 좀 전까진 미처 눈치채지 못했는데 여자는 미세하긴 했지만 손을 떨고 있었다. 여자는 자신의 의도와 달리 반복적으로 움직여대는 손을 다른 손으로 감싸쥐며 멋쩍게 웃었다. 마치 그것을 내게 감춰보기라도 하겠다는 듯.

"걱정하지 마세요. 시술은 제가 하지 않으니까요."

"그럼 누가 한단 말이에요?"

"준. 그 녀석이 곧 올 거예요."

준? 어찌 됐건 그 녀석이 온다는 말에도 안심할 수 없었다. 조금 전에 본인 입으로 좀 이상해졌다고 말해놓고는⋯. 잊은 걸까.

내 불안 따위는 안중에 없다는 듯 여자는 마취 크림 바를 준비를 서둘렀다. 내키지 않았지만 외투를 벗었다. 잘하는 짓인가 싶었지만 목 부근을 짚어주며 여기에 바르라고 했다. 그리고 'QR 코드'를 새겨달라고 주문했다. 자로 잰 듯 네 변의 길이가 같은, 반듯하고도 정확한 정사각형. 색상은 꼭 파란색으로. 비닐 장갑을 끼고 손가락에 크림을 듬뿍 뜨던 여자가 자신의 귀를 의심했다. 떨리는 눈빛으로 재차 물어왔다.

"지금 무슨 소리를 하는 거예요?"

"QR 코드 말이에요."

"정신 나갔어요? 그게 무슨 의미인 줄 몰라서 그래요? 요즘 같은 세상에!"

여자의 말대로 요즘 같은 세상에 그것은 틀림없이 위험한 짓일 것이다. 하지만 무슨 상관인가. 여자가 손가락의 크림을 다시 통 속에 긁어 넣었다. 내 적극적인 만류에도 불구하고 비닐 장갑마저 벗어버렸다. 강제로 의자에서 나를 일으켜 세우기까지 했다. 난생처음 만난 여자는 나를 위해 걱정을 쓸데없이 소비했다. 입으로는 연신 "미쳤어, 미쳤나 봐"를 되뇌는 것도 잊지 않았다.

여자의 반응이 나를 무안하게 했고, 왼쪽 귀에서 말로 형용할 수 없는 지긋지긋한 소음이 또다시 시작됐다. 남편이 내게 이혼을 요구하던 그날부터 시작된 증상이었다. 병원에서는 단순한 이명 증상이라고 진단했지만 이후 스트레스가 솟구칠 때면 줄곧 들렸다. 나역시 처음에는 대수롭지 않게 생각했다. 하지만 이명은 나의 잠을 앗아갔고, 이내 모든 욕구마저 갉아먹었다. 이비인후과에서는 피로

누적으로 인한 일시적인 증상이라며 나를 안심시키려 했다.

이명에 도움이 된다는 약을 처방받아 삼 년 동안 복용했고, 유달리 그 정도가 심할 때는 라디오를 켰다. 의사는 귓속의 소음에서 벗어나는 것 대신 주파수가 맞지 않게 라디오를 켜둘 것을 권했다. 어처구니가 없는 방법이라 생각했지만 밑져야 본전이라는 생각에 오래된 물건을 모아놓고 파는 상점에 들러 라디오를 구매했다. 새로운 소음은 귓속의 소음을 잠시나마 잊을 수 있게 했다. 하지만 일시적인 증상일 것이라는 의사의 말은 시간이 지날수록 틀렸다는 것이 확실해졌다.

나는 여자가 그토록 무모하다고 여기는 나의 선택에 대한 이유를 설명할 필요가 있다고 여겼다. 귓속의 소음 때문에 정신이 혼미해질 지경이었지만 이유를 말하지 않았다가는 나를 곧 문밖으로 내쫓고 덤으로 소금까지 뿌릴 기세였으므로.

"프로그래머 K 알죠? 그가 여기 오면 될 거라고 했어요."

"그 미친놈."

✗

가게 안으로 들어온 준은 나와 여자가 벌이고 있는 실랑이에 어리둥절해 했다. 잔뜩 흥분해 있는 여자와 나를 먼발치에 서서 보더니 가볍게 고개를 숙여 인사했다. 나는 액자와 그를 번갈아 쳐다봤다.

"준, 이 손님 좀 내보내."

나는 준이 나의 아이와 어딘지 모르게 닮았다는 생각을 했다. 나의 아이도 문제없이 성장한다면 꼭 준과 같겠지? 내 안의 복잡한 감정을 읽기라도 한 듯 준이 어색한 미소를 지었다. 나는 그에게서 눈을 뗄 수 없었다.

"마마, 손님을 그냥 돌려보내라뇨?"

그때였다. 요란한 발소리와 함께 남자 서넛이 수군거리는 소리가 계단을 타고 올라왔다. 준과 여자는 잔뜩 긴장한 눈치였다. 준이 떨리는 목소리로 말했다.

"오는 길에 누군가 따라붙었나 봐요."

"뭐?"

여자는 나 때문에 조금 망설이는 것 같았지만 별수 없다는 듯 벽으로 위장된 작은 문을 열어 준을 들여보냈다. 준은 익숙한 듯 여자가 열어주는 문 안으로 재빨리 사라졌다. 간발의 차로 남자들이 가게에 들어왔다. 그들과 여자는 안면이 있는 듯했다. 여자는 천연덕스럽게 그들을 반겨 맞이했지만, 손을 아까보다 한층 더 심하게 떨었다. 남자 하나가 자신의 동료에게 물었다.

"여기로 도망친 게 확실하지?"

남자들은 가게 안을 샅샅이 뒤지기 시작했다. 커튼이며 테이블 밑까지. 그러는 동안 여자는 담배 하나를 천천히 입에 물었다. 불을 붙이는 것을 한참 동안 잊고 있었다. 무척 불안해 보였다. 잠시 후 불을 붙인 담배를 한 모금 빨아들이고 연기를 내뱉었다. 또다시. 그리고 또다시. 그것은 심호흡에 가까웠다.

나는 그들이 누군지 잘 알고 있었다. 정부는 사회를 건전한 방향으로 이끌고 개인의 재산권을 보호하겠다는 명목 아래 불법 안드로이드 색출 작업을 수행하는 공식 기관을 출범했다.

모든 안드로이드의 목덜미에는 QR 코드가 새겨져 있는데, 이는 안드로이드임을 증명하기도 하지만 정확히 해석하자면 그들을 인간의 관리 아래 두기 위한 수단이었다. QR 코드에는 고유의 아이덴티티가 입력돼 있고, 이를 스캔하면 안드로이드의 정보를 손쉽게 얻을 수 있다. 초창기에는 갈비뼈 부근에 새겼지만 안드로이드와 인간이 점차 비슷해지자 그것을 구분을 위한 수단으로 활용해야 했다. 그러기 위해서는 눈에 띄기 쉬운 목덜미가 적당했다.

불법 안드로이드의 범주에는 불법 개조돼 범죄에 가담한 경우 외에도 유기된 채 등록이 말소되거나 A/S가 불가능한 것도 포함됐다. 이런 경우에는 가차 없이 폐기 처분이 내려지는데 이 남자들은 그 일을 전담하는 자들이었다.

"얼마 전 불시 검문 중에 도망친 안드로이드가 있어. 스캔을 해보니 등록 말소로 폐기 처분 대상이었지. 그런데 오늘 이 근처를 배회하고 있는 것을 발견했지 뭐야. 그리고 이곳으로 들어가는 걸 보고 말았지."

그들은 확신에 차 있었다. 여자는 짧아질 대로 짧아진 담배를 창문 밖으로 휙 던져버리며 말했다.

"당신들이 뭔가 잘못 본 모양이야. 보시다시피 여기엔 저 여자 손님이 전부라고. 누가 왔다는 거야? 안 그래요?"

여자가 나를 바라보며 동의를 구했다. 나는 머뭇거리다가 고개를 두어 번 끄덕였다. 그 순간 그들 중 한 명이 내 머리채를 낚아채더니 바닥에 강제로 눕혔다. 육중한 몸이 등허리를 눌러왔고 나는 차가운 바닥에 더욱 밀착됐다. 거친 손이 내 목덜미를 살피는 동안에도 한마디 비명조차 지르지 못했다. 나머지 이들은 그 모습을 바라보면서 키득거리며 그를 조롱했다.

"딱 보면 몰라? 인간이잖아."

'이게 무슨 짓이에요?'까진 아니어도 '살려달라'는 말이라도 해볼 수 있는 것 아닌가. 잠시 후 그가 나를 놓아줬음에도 불구하고 좀처럼 몸에 힘이 들어가질 않았다. 여자가 나를 일으켜 세우기 전까지 바닥에 그대로 늘어져 꼼짝할 수 없었다. 나를 바닥에 눕혔던 이는 자신이 조롱당한 것이 내 잘못인 양 노려보더니 이내 내가 누워 있던 자리에 침을 뱉었다. 엄습한 공포 때문에 모멸감 따위는 사치였다. 이곳을 한시라도 빨리 빠져나가고 싶어졌다. 하지만 여기에 오기까지 나는 얼마나 많은 시행착오를 겪었던가. 그 시간이 나의 발목을 붙들었다. 벽에 몸을 기댄 채 생각에 잠겼다.

이들의 악명은 익히 들었다. 법이 정하는 규정과 절차에 따라 움직이는 것처럼 말하지만, 그들은 공권력을 다양하게 활용할 줄 알았다. 때로는 그 방식이 부당하고 잔혹해 그들을 '파괴자'라고 부르는 이들도 생겨났다.

"얼마 전에 포획한 불법 안드로이드를 통해 고급 정보를 습득했어. 이곳 BONE은 평범한 타투 가게가 아니라지?"

남자의 질문에 여자는 큰 소리로 웃었다.

"내 실력이 평범하지는 않지."

"불법 안드로이드의 신분 세탁을 위해 운영되는 곳! 그러고도 무사할 줄 알아? 범죄 중에서도 중범죄에 속해."

"나도 당신들을 잘 알고 있어. 불법이 아닌 것도 불법으로 만들어내는 뛰어난 재주를 가졌지. 당신들 대부분이 제이 차 러다이트 운동 본부 소속이었잖아. 그런데 이해가 되질 않는 게 하나 있어. 당신들의 그 잘난 이념을 실현하려거든 Eden-7 본사를 쓸어버리는 쪽이 더 빠르지 않아?"

여자는 비아냥거리는 투로 말을 이어갔다.

"아, 맞다. 그들을 위해서도 일하고 있는 셈이지?"

여자의 이 말은 장전된 분노의 방아쇠를 당기는 격이었다. 남자들은 아무것도 찾아내지 못할 것을 잘 알면서도, 파괴자라는 별명에 걸맞게 소란스럽고 비상식적으로 서랍이라는 서랍은 모두 뒤졌다. 냉장고의 야채칸까지도. 여자의 이력과도 같은 도안들이 바닥에 흩어졌고, 냉장고에 있던 '안 아파' 마취 크림은 바닥에 내용물을 철퍼덕 토해냈다. 그들은 위력을 보여주겠다는 듯, 혹은 준을 찾지 못하고 시간을 낭비한 대가라도 받아내겠다는 듯 가게의 기물을 손상했다.

"이것 봐."

그들을 향해 여자가 오른손을 들어 보였다. 손은 공중에서 쉴 새 없이 움직였다. 그것은 가만히 보자니 '안녕' 하고 인사하는 것 같기도 하고, 무언가를 끊임없이 쓰다듬는 것도 같고, 여기로 오라고 손짓하는 것 같기도 했다. 아니다. 여자는 허공을 건반 삼아 고요한 연주를 시작한 것이다. 그들이 하던 짓을 멈추고 여자를 쳐다봤다. 그제야 여자도 떠는 손을 움켜쥐며 말했다.

"어차피 가게 문을 오늘 닫을지 내일 닫을지 모르는 상황이야. 이런 손으로 뭘 할 수 있겠어? 그러니 그런 헛소문에 괜한 시간 낭비 말고 나가서 안드로이드 사냥이나 더 즐기는 게 어때?"

여자의 예상치 못한 반응은 정적을 움켜쥐었다. 나는 그 정적에 감탄했고, 누군가는 그것을 물리치고자 황급히 소리쳤다.

"그만들 가자고."

그들이 문밖으로 밀려 나가자 여자는 의자에 털썩 주저앉았다. 나는 무엇을 해야 할지 막막해져 바닥에 널브러진 것들을 수습했다. 하지만 제자리가 어딘지 알 수 없어 갈팡질팡하다 여자의 뒷모습을 지그시 응시했다. 묻고 싶은 것이 많았다. 그것을 마치 눈치채기라도 한 듯 여자가 입을 열었다.

"당신은 안 가?"

"난 Q… 그러니까…"

여자가 내 말을 자르며 단호한 목소리로 말했다.

"집어치워. 당해보고도 느끼는 게 없어? 미친 소리 그만하고 돌아가."

나는 사실 여자가 그렇게 말해주기를 기대했는지도 모른다. 눈을 감고 속으로 수를 세었다. 하나, 둘, 셋, 넷… 열. 테이블 위에 놓인 가방을 들고 BONE을 나섰다. 내가 겁에 질렸다는 것을, 혹은 망설이기 시작했다는 것을 여자에게 들키기 싫었다. 그러기에 십 초는 너무 짧지 않았을까. 집으로 돌아가는 내내 그 생각이 나를 괴롭혔다. 문득 언니가 떠올랐다.

나는 예전에도 망설이다 중요한 것을 잃었다.

    서랍에서 언니의 미로 찾기 책을 꺼냈다. 한 번도 가보지 않은 길을 나서는 것은 얼마나 무모한가. 어디로 가야 하는지 갈피를 잡을 수 없는 길 위에서는 얼마나 나약해지는가. 언니가 연필로 풀어둔 미로를 검지로 따라 그려본다. 시커메진 손가락으로 빈 곳에 '언니'라고 써본다.

    어린 시절의 기억으로 들어서는 출발점은 대부분 언니였다. 언니의 왼쪽 갈비뼈 부근에는 푸른빛의 QR 코드가 새겨져 있었다. 길거리의 광고판이나 물건들에서 봤던 것과 비슷했다. 정사각형 안에 제멋대로 흩어져 있는 점들은 아이러니하게도 매우 규칙적인 기록이며, 많은 양의 데이터를 담을 수 있다고 했다.

    나는 당시 어린 나이였음에도 불구하고 그것이 언니의 탄생을 담고 있으며, 존재를 증명하는 수단이라는 것쯤은 해석해낼 수 있었다. 하지만 그것 안에 담겨 있는 그 무엇이 궁금했다.

    학교에서 돌아온 나를 빈집에서 맞이하고, 나의 허기를 걱정해 요리하고, 나의 기분과 상태 따위를 확인해 부모님께 알리는 것이 언니의 주된 일과였다. 엄마는 이 세상에서 가장 귀찮은 것이 자식이라고 해놓고 어느 날 갑자기 언니를 구매해왔다. 딸을 하나 더 두는 방법으로 자신의 실수에서 점차 자유로워졌다. 엄마의 수는 보기 드물게 명쾌했다.

    엄마는 내가 실수라도 저지르는 날이면 벽을 바라보고 서 있게 했다. 어떤 날에는 자신이 벌을 주었다는 것을 잊고 외출하는 바람에 나를 반나절 이상 벽 앞에 세워두기도 했다. 하지만 매번 등 뒤에서 이렇게 말하는 것은 잊지 않았다.

"넌 내가 한 미련한 짓의 결정판이야."

몸이 떨릴 정도로 슬펐다. 하지만 그 공격은 빈번했으므로 곧 지루해졌다. 그때 나는 알았다. 상처는 구멍과 같다는 것을. 나를 겨냥해 쏜 엄마의 총알은 이미 커질 대로 커진 구멍으로 쉽사리 통과했다. 아무런 데미지도 남기지 못하고 소멸했다.

매일 잠들기 전에 언니와 샤워를 했다. 언니의 머릿결은 물이 닿으면 뻣뻣해졌다. 나는 린스를 좀 더 사용해보면 어떠냐고 권하기도 했지만, 언니는 소재의 차이일 뿐이라고 했다. 언니가 샤워 볼을 비벼 거품을 일으키고 있을 때도, 나의 몸 곳곳을 부드러운 거품으로 덮을 때도, 내 시선은 한 곳에 고정돼 있었다. 내게는 없기에 신기하고, 신비하다고까지 여겨졌던 그것에.

언니의 새하얀 피부에 새겨진 QR 코드는 망망대해의 섬처럼 도드라졌다. 그것은 때론 노크하면 열릴 것 같은 창문처럼 보이기도 했다. 언니를 향한 질문의 해답은 창문 저 너머에 있을 것이다. 그것을 획득하면 언니와 더 긴밀해질 것이라 여겼다. 친한 사람들끼리는 남들이 모르는 비밀 몇 개쯤 공유해야 하는 법이니까.

나의 집요하고도 끊임없는 관심의 시선을 잘못 해석한 언니는 자신의 가슴을 두 손으로 감싸 가리곤 했다. 판매되기 전에 인간처럼 행동하고 반응할 수 있도록 기본적인 데이터가 입력됐을 수도 있고, 언니 스스로 인간의 행동 패턴을 분석해 얻어낸 결과일지도 모른다.

공기가 청결치 못한 곳에서는 코를 몇 번 찡긋거리다 재채기를 했고, 낯설거나 어두운 곳을 지날 땐 동공을 확장하고 안면 근육이 경직된 것처럼 표현하기도 했다. 소음이 심한 곳에서는 귀를 막고 미간에 주름이 지게 인상을 썼다. 그런 의미에서 내가 아는 언니는 부끄러워할 줄도 알았고 기뻐할 줄도, 슬퍼할 줄도 알았다. 다만, 거짓말만 못 했다.

언니가 가슴을 가리기 위해 팔을 올릴 때면 갈비뼈는 한층 더 앙상하게 도드라졌다. 그래서 언니의 가슴을 만지는 장난을 일부러 치곤 했다. 찰나의 기회를 놓치지 않고 그것이 담고 있는 비밀을 끊임없이 노렸다. 나는 확신에 가까운 결론을 얻었다. 언니조차도 자신의 몸에 새겨진 그것에 대해 정확히 알지 못한다는 것.

나는 언니를 위해 동화책 한 권을 애써 읽어주었다. 《삼신할머니와 몽고점》. 삼신할머니는 옥황상제의 명을 받아 인간 세상에 아이를 보낸다. 내보낼 때 잘 다녀오라고 엉덩이를 매번 찰싹 때린다. 그때 엉덩이에 멍이 든다. 그것이 바로 몽고점이라는 얼토당토않은 이야기. 언니는 그것을 새로운 정보라도 되는 양 수집했다. 나는 잊지 않고 말했다. "책 어디에도 갈비뼈를 때린다는 이야기는 없지만, 언니 몸에 있는 건 몽고점 같은 거야. 그러니 안심해."

어느 날, 몽고점처럼 흔적도 없이 언니는 사라졌다.

언니와는 책상과 옷장, 침대도 함께 썼다. 언니가 사라진 지 얼마 지나지 않아 엄마는 언니를 찾는 대신 언니의 물건들을 정리했다. 흔적이라는 흔적은 모두 없애버리기로 작정한 사람처럼 보였다. 식탁에 진득하게 눌어붙은 음식물 자국을 힘줘서 닦아낼 때처럼 언니를 닦아내려 애썼다. 침대에 걸터앉아 언니의 자취가 서서히 사라지는 것을 지켜봤다. 어려운 수학 문제처럼 풀기 힘들었기 때문에 슬플 겨를도 없었다. 하지만 질문하지 않았다. 내가 아는 어른들은 아이가 질문하지 않고 어려운 문제를 풀어낼 때 칭찬해주며 기뻐했다. 이 또한 그런 문제라고 생각해버렸다. 엄마는 정리하다 말고 힌트를 줬다.

"잘 들어. 너에게 언니는 없어. 아니 없었어."

'없어'와 '없었어'를 구분하기에 당시 내 국어 실력은 형편없었으므로 곤란한 기분이 들었다. 언니가 취미 삼아 하던 미로 찾기 책이 눈에 들어왔다. 매일 밤, 언니는 일과를 마치면 미로 찾기를 했다. '저기 언니 물건이 더 남아 있다'고 말하려다 말았다. 엄마가 이미 상자를 봉하고 있었기 때문이다. 테이프를 몇 겹으로 붙이고 또 붙이는 모습을 보면서, 어쩌면 언니를 다신 볼 수 없을지도 모른다는 생각을 했다. 모두 나 때문이다. 나 때문이었다. 그날 이후, 아무도 언니에 대한 이야기를 꺼내지 않았다. 나 또한 단 한 번도 묻지 않았다. 묻는다고 사실대로 말해주지 않을 게 뻔했으니까.

✕

아이가 침대 모서리 부근을 움켜쥐었다가 이내 힘을 풀었다. 며칠만의 움직임을 혹여 놓칠세라 숨을 죽인 채 그 모습을 바라봤다. 잠시 후 누워 있는 아이가 힘겹게 고개를 돌리더니 나를 바라보고 "엄마"라고 말했다. 나는 소스라치게 놀라 아이에게 서둘러 다가가려다 곁에 있던 화분에 걸려 넘어지고 말았다. 화분에 깔려 있던 작은 자갈돌이 좌르르 소리를 내며 바닥으로 쏟아졌다. 잘못 보고 들은 것이 아닌가 싶을 정도로 아이는 금세 초점 없는 눈을 한 채 미동도 하지 않았다.

잎이 모두 떨어져 버린 클루시아 화분에 남은 흙을, 바닥에 깔아 둔 신문 위에 부었다. 집에 마지막으로 남아 있던 본인의 옷가지와 책 몇 권을 옮기면서 남편은 말했다. 클루시아는 태생적으로 어지간해서는 죽지 않으니 관리하기 쉬울 거라고. 넓적하고 탐스럽던 잎들이 언제부터 말라비틀어졌는지 가늠조차 안 됐다. 뿌리는 혹시 살아 있을지 모른다고 생각했다. 쉽다는 말이 곧 관리하지 않아도 된다는 뜻은 아니었는데. 뒤늦은 후회가 밀려왔다.

화분을 사 온 것은 남편이었다. 그것을 거실 소파 옆에 놓으면서 클루시아는 변함없는 사랑을 의미한다고 알려주기까지 했던 사람이었다. 그는 마지막 배려처럼 그것을 남겨두고 떠났다. 나는 자갈과 흙을 따로 분리하고 뿌리에 붙어 있는 흙을 털어냈다. 뿌리가 썩어 있었다. 되살릴 방법이 없었다. 눈물이 멈추질 않았다. 아이가 누워 있는 침대로 시선을 돌렸다. 내게 허락되지 않은 삶을 탐냈다. 그것은 죄가 되어 불행으로 점철됐고 결국 혼란으로 완결돼버렸다. 썩은 뿌리를 가위로 싹둑싹둑 잘라 비닐봉지에 넣으며 소리 내 울었다.

아이는 다섯 번째 결혼기념일을 맞아 남편이 내게 안겨준 선물이었다. 처음 그 선물을 받았을 때도 지금처럼 눈물을 흘렸다. 남편은 주머니에서 손수건을 꺼내줬다. 이것은 포기가 아니라 정서적인 휴식과 동시에 연습이 될 것이라며 나를 달랬다. 손수건에서는 새것의 냄새가 났다. 선물을 받으면 내가 분명 울고 말리라는 것을 남편은 알았다. 하지만 눈물의 의미를 알아채진 못했다. 눈치라고 는 원체 꽝인 남자였다. 손목에 빨간 리본을 맨 아이가 내 앞으로 다가왔다. 그리고 연습한 대로 자연스럽게 두 팔로 나를 감싸 안았다. 아이가 내게 눈을 맞췄다. 그 순간은 절대 잊지 못할 것이다.

"엄마."

난임 치료 시술 건수가 전국 최고라는 D대학 부속 병원에 다녔다. 배란 유도 주사와 계속되는 피 검사, 초음파 검사, 난자 채취. 의사들은 현대 기술의 범위 내에서 할 수 있는 모든 것을 내게 행했다. 심신 치료 프로그램도 병행했는데, 생리 기간이 비슷하다는 이유로 몇 명의 여자들과 같은 그룹으로 묶였다. 대부분 체외 수정 실패를 한 번쯤은 겪은 이들이었다. 비슷한 문제를 가졌다는 것만으로도 우리들은 급속도로 가까워졌고 허물없이 지냈다. 하지만 밖에서 따로 만나지는 않았다. 우연히 마주쳐도 눈인사마저 꺼렸다. 담당 의사는 우리가 극심한 스트레스를 받고 있으며 어느 정도 의 우울도 겪고 있다고 말했다. 이는 난자가 성숙하는 것을 방해하고 착상률을 낮춘다고 했다. 삶의 질을 높여주겠노라 했으므로, 잘 다니던 회사까지도 그만두고 맹신했다.

텅 빈 강의실에 의자를 원형으로 배치해 앉았다. 프로그램은 생리 예정 열흘 전에, 생리가 시작한 뒤에, 배란기에, 또다시 생리 예정 열흘 전에 주기적으로 시행됐다. 각자의 임신 실패 경험을 나눴고, 앞으로의 의지에 관해 이야기하면서 시간을 보냈다. 감정이 격해져 눈물을 보이는 여자들도 있었다. 이 프로그램을 처음 접한 신입들이었다. 담당 의사와 그의 인턴은 원 주변을 돌다 이런 상황을 특이 사항으로 기록했다. 어떤 이들은 임신에 성공하거나 포기를 선택해 원 밖으로 탈출했다. 항상 프로그램의 마지막은 원 안의 삶을 경험해보지 않은 인턴이 장식했다. 또랑또랑한 목소리로 긍정적인 사례를 읊어주고 복식 호흡 연습도 빼먹지 않았다. "하" 하고 있는 힘껏 숨을 들이쉬면 배가 터질 듯 부풀었다가 "후" 하고 내뱉으면 제자리로 돌아왔다. 나아질 것이라고 했던 내 삶의 질도 복식 호흡 같았다.

남편이 매어뒀을 빨간 리본을 풀어 손가락으로 돌돌 말면서 나는 생각했다. '절대 끝날 것 같지 않던 지겨운 일상이 드디어 끝났구나. 그것만으로도 큰 축복 아닌가.' 여덟 살 정도의 모습을 하고 있는 아이는 건강해보였다. 시간에 비례해 기술도 진보했을 테지만, 아이는 모든 면에서 언니에 비해 놀라울 정도로 뛰어났다.

눈동자의 움직임.

관절의 부드러움.

찰랑거리는 머릿결.

모든 것이 금세 일상으로 자리 잡을 만큼 자연스러웠다.

하지만 아이는 이제 폐기 처분 직전에 놓여 있다. 아이를 회생시키고자 지난 몇 년간 안간힘을 써왔다. 하지만 돌아오는 대답은 같았다. 부서진 정도가 심해 내부 회선에 심각한 문제가 생겼으니 차라리 새로 구매하는 편이 낫다는 것이었다. 기가 막힐 노릇이었다. '구매'라는 단어 앞에 아이에 대한 나의 감정은 너무 쉽사리 무너져

내렸다. 펼쳐진 팸플릿에는 아이 또래의 모습을 한 신제품들이 한 껏 멋을 낸 채 포즈를 취하고 있었다.

A/S 센터를 처음 방문한 지 얼마 지나지 않아 불법 안드로이드 수거를 목적으로 '그들'이 찾아왔다. 불법 안드로이드 전산망에 등록이 돼 압수 조치 명령이 내려졌다고 했다.

"고장 난 안드로이드로 인해 발생할 수 있는 사고를 미연에 예방 코자 압수 및 폐기 처리해야 합니다."

나는 그제야 알았다. A/S 센터는 수리보다는 신제품 구매를 권 하고 폐기를 위한 정보를 제공하는 곳이라는 것을. 그들이 하는 수 리라고는 고작 찢어진 피부를 꿰매주거나 어긋난 관절을 맞춰주는 일같이 단순한 것들뿐임을.

그들에게 아이를 구매한 것은 남편이며, 나는 이혼 소송과 동시 에 소유권을 잃었다고 주장했다. 초췌한 내 모습은 그들을 속이기 에 적당했다. 이후 아이를 집 밖으로 데리고 나간 적은 없다. 제이 차 러다이트 운동과 안드로이드를 불법 개조해 범죄를 일으키는 이들로 인해 안드로이드에 대한 사회적인 편견이 날로 극심해졌기 때문이다.

◊

"쿠오바디스에 가면 가능할지도 모르죠."

남편과 이혼 후 내게 남은 유일한 재산인 아파트를 시세의 절반 도 못 미치는 가격에 팔아넘겼다. 돈이 필요했다. 안드로이드 변형

프로그래밍을 하는 K를 수소문했는데 그는 불법으로 다양한 안드로이드를 재창조해 판매하는 이였다. 아파트를 판 돈의 절반을 지불했지만 그도 아이를 고쳐내지는 못했다. 대신 쿠오바디스에 대해 들려줬다.

"거긴 안드로이드만 사는 곳이에요. 당신은 갈 수 없어요. 하지만⋯."

나는 나머지 돈의 절반도 망설임 없이 K에게 내밀었고, 그는 BONE의 약도를 그려줬다.

"BONE에 가서 타투를 하는 거예요. 이제 우리와 안드로이드의 외형 차이라고는 고작 QR 코드뿐이잖아요. 아, 그리고 '마마'는 타투뿐만 아니라 불법 안드로이드의 QR 코드에 위조된 아이덴티티를 입력해주는 일도 해요. 안드로이드들은 그 주인 여자를 '마마'라고 칭하죠. 새 생명을 주는 거나 마찬가지니까."

"나보고 안드로이드가 되라는 말이에요?"

"아뇨, 미치지 않고서야 그런 짓을? 어쨌든 쿠오바디스에 대해서는 마마가 더 잘 알고 있을 거예요."

K가 웃어댔다. 앞이 보이지 않는 미로에서 잃어버린 촉각을 되찾은 기분이었다. 그곳에 가면 안드로이드 수리 전문 병원이 있다고 했다. 그것만으로도 큰 희망이었다. 어릴 때 사라진 언니도 혹시 그곳에 있지 않을까? 나는 괜한 기대에 부풀었다. 감정의 세포들이 즉흥적이고 무차별적으로 뒤엉켰고 가슴이 뛰었다.

아빠가 언니의 생일 선물로 토토를 데려왔을 때도 그랬다.

✕

어렸을 때 개를 한 마리 키웠다. 정확히 하자면 언니의 개였다. 나는 그 당시 토토라는 개가 나오는 만화에 한창 빠져 있었다. 언니는 내 부탁이라면 언제나 흔쾌히 들어주던 사람이었으므로 생일 카드 마지막 줄에 개 이름을 토토라고 했으면 좋겠다고 부탁했다. 나는 집에 오면 토토를 항상 찾아 나섰다. 토토는 나를 반겨주지 않기 때문이다. 반겨주지 않는다고 나쁠 것도 없었다. 나와 숨바꼭질을 하고 싶은 것이라고 여겼다.

토토는 엄마한테 혼나면 꼭 언니와 내가 함께 쓰는 침대에 실례를 했다. 가끔은 내가 토토에게 누명을 씌우기도 했다. 엄마가 무서웠기 때문이기도 했지만 언니만 좋아하는 토토가 미워서였다.

무슨 일 때문인지 정확히 기억나지는 않지만 그날은 학교에서 조금 일찍 하교했다. 현관문을 열었는데 언니가 보이지 않았다. 대신 아무렇게나 벗어놓은 아빠 구두가 눈에 들어왔다. 신발을 가지런히 벗어두지 못한다고 내게 잔소리하던 아빠처럼 혀를 끌끌 차며 신발을 정리했다. 나는 생각했다. '아빠도 나처럼 오늘 회사가 일찍 끝났구나.' 나는 아빠와 언니를 놀라게 해줄 심산으로 식탁 밑에 잠자코 숨어 있었다. 잠시 후 두 사람이 안방에서 나오자, 나는 지루한 침묵을 깨고 그들 앞에 "짠" 하고 모습을 드러냈다. 아빠는 그 어느 때보다 화들짝 놀랐다. 자기 딸을 보고 저렇게 놀라는 아빠가 또 있을까 생각하고 있는 내게 관심도 없는 이야기만 잔뜩 늘어놓다가 다시 회사에 가야겠다고 했다.

"언니가 미로 찾기 책을 다 끝낸 모양이야. 새 책이 필요할 것 같아서. 엄마한테는 쉿! 약속한 거다. 언니가 엄마한테 혼나는 것을 바라진 않지?"

아빠는 손가락을 입에 가져다 대면서 나를 단속했다. '내 색칠공부 책은?'이라고 물으려던 찰나 나처럼 어딘가에 숨어 있던 토토가 나타나 언니에게 안겼다. 나는 심통이 났다. 괜스레 아빠와의 약속을 지키고 싶지 않았다.

그날 밤, 화장대에서 로션을 바르고 있는 엄마의 귀에 대고 살며시 말했다.

"엄마, 언니는 회사에 있는 아빠에게 미로 찾기 책을 사달라고 졸랐어. 그래서 아빠가 아까 낮에 집에 왔었다. 엄마한테는 비밀이래."

엄마가 내 어깨를 꽉 잡았다. 어깨뼈를 부서뜨릴 작정인 것 같았다. 무슨 소리냐고 다그쳤다. 알고 있는 것을 낱낱이 말하라고 했다. 나는 곧장 후회하고 말았다. 내가 아는 것은 이게 전부라고 말했지만 엄마는 믿지 않았다. 나는 "언니, 살려줘"라고 크게 외칠 뿐이었다. 언니가 방으로 들어왔지만 상황을 분석하고 있는지 행동은 더디기만 했다.

언니는 처음 보는 사물이나 행동을 접할 때 그것을 관찰하는 시간을 가졌다. 이는 학습과도 같았다. 나와는 달리 한번 얻은 데이터를 신뢰했고 그에 기반해 의심 없이 행동했다. 우리 가족 중에서 가장 똑똑했다. 다만 엄마나 아빠, 그리고 나처럼 거짓말하는 법은 학습이 안 되는 모양이었다. 미로 같은 상황의 출구가 때로는 거짓

말인 것을 끝내 깨닫지 못했다. 엄마는 언니에게 물었다.

"네 아빠가 이른 시간에 집에 온 적 있지?"

나는 내가 원하던 것 이상으로 상황이 심각해지고 있음을 직감했다. 비밀이라는 것이 이토록 위험한 것인 줄 미처 몰랐다. 나는 엄마에게 '사실은 내가 다 지어낸 이야기야'라고 말하려 했다. 하지만 그랬다가는 엄마에게 흠씬 두들겨 맞을 것이 뻔했다. 두려웠다. 다리 사이로 따뜻한 것이 흘러내렸다.

내가 망설이는 동안 언니는 아까와는 달리 자신이 간직한 데이터를 낭랑하고도 정확하게 출력해냈다.

"매주 수요일마다 점심시간에 맞춰 집에 오십니다."

엄마는 내 어깨를 놓은 손으로 언니의 머리채를 낚아챘다. 언니는 나처럼 살려달라고 소리 지르지 않았다.

그날 밤에도 언니는 아무 일 없었던 것처럼 미로 찾기를 시작했다. 깨진 앞니 한 개, 덜렁거리는 오른팔, 머리의 커다란 땜빵을 제외하고 모든 것이 평소와 같았다. 너무 고요해서 두렵기까지 했다.

언니와의 마지막 밤이었다.

어떤 진실은 시간이 지나면서 서서히 밝혀지는 것도 있고 저절로 깨닫게 되는 것도 있다. 이날의 기억은 후자에 가까웠다. 엄마의 분노는 주인을 잘못 찾았고, 아빠의 수작은 더럽기 짝이 없었다. 나는 또다시 불행해야만 했다. 하지만 그 비밀의 종을 울린 것은 나였기에 누구를 원망할 수도 없었다.

아빠는 내게 했던 것처럼 언니에게도 반복적으로 거짓말을 했을 테다. 언니는 당연하다고 여겼을 것이다. 나를 돌보는 것 이외에 추가된 임무. 조금의 의심도 없이 자신의 데이터를 신뢰하면서 매주 수요일 점심시간이면 안방에 누워 아빠를 기다렸겠지. 언니는 내가 크리스마스를 기다리듯 수요일을 기다렸을지도 모른다. 미로 찾기 책을 선물 받는 기쁜 수요일. 가끔 덤으로 연필과 지우개도 사다 줬을 것이다.

엄마는 또 다른 언니를 데려올 엄두를 내지 못했다. 내게 이제 자기 일은 혼자 알아서 할 수 있어야 할 나이라고 했다. 언니가 좀 더 내 곁에 있었다면 나는 엄마라는 존재가 무엇인지, 아이에게 무엇을 어떻게 해줘야 하는지 같은 지극히 기본적인 것들을 좀 더 익힐 수 있었을 것이다. 나는 쉽사리 방치됐다. 부모라는 사람들에게 배운 것이 내 아이를 망칠까 봐 겁이 났다.

✕

나는 마트에 들러 사과 몇 알을 샀다. 무슨 일이 있어도 오늘은 여자를 무조건 설득할 셈이었다. 하지만 BONE으로 가는 동안에도 '그냥 이렇게 살면 되지 않을까'라는 생각을 잠시 했다. 모퉁이를 돌자 BONE의 작은 간판이 모습을 드러냈다. 어디선가 피아노 선율이 들려왔다. 서툰 솜씨 때문인지 친숙하게도, 낯설게도 느껴졌다. 그때였다. 이 층 창문을 통해 무언가가 둔탁한 소리를 내며 바닥으로 떨어졌다. 순식간에 벌어진 일이었다. 긴 비명이 피아노 선율을 삼켰고 몇몇 구경꾼이 기웃거렸다.

들고 있던 비닐봉지를 바닥에 떨어뜨리고 말았다. 담겨 있던 사과가 여기저기로 굴러갔다. 매서운 바람에 뺨이 아렸다. 사과 하나가 바닥에 누워 있는 안드로이드의 발 언저리에 닿아 멈췄다. 그는 맨발이었다.

"무슨 구경났어? 불법 안드로이드가 스스로를 폐기한 것뿐이야!"

일전에 BONE에서 불시 검문을 명분으로 나를 바닥에 눕히고 모욕을 줬던 이였다. 그는 두 명의 안드로이드를 포박한 채 건물 현관으로 끌고 내려왔다. 그는 '불법 안드로이드는 사회의 악입니다'라고 써 붙인 차량에 그들을 밀어 넣으려 했다. 낯익은 얼굴이 보였다. 준이었다. 완강하게 거부하는 준을 그가 폭행하기 시작했다. 준은 꼼짝도 하지 못하고 그저 숨을 가쁘게 몰아쉴 뿐이었다. 그 순간 남편에게 두들겨 맞던 아이의 모습이 떠올랐다. 남편은 아이에게 욕설과 폭행을 일삼았다. 어떤 날은 웃는 모습이 기분 나쁘다며 아이를 때렸다.

그 기억과 눈앞의 광경에 나는 몸이 바들바들 떨렸다. "도와주세요"라고 주변을 향해 소리쳤지만, 사람들은 하나둘 자리를 피하기 시작했다. 준의 얼굴이 새하얗게 질려가고 있었다. 준의 숨이 가빠질수록 끔찍했던 그날이 막을 겨를도 없이 기억의 갈라진 틈으로 새어 나왔다. 귀에서 소음이 또다시 시작됐고 악몽이 되살아났다.

특별할 것 없는 날이었다. 나와 아이, 그리고 남편은 식탁에 함께 둘러앉아 식사를 했다. 남편은 웬일인지 아이에게 다정하게 말을 붙였다. 남편은 언젠가부터 아이의 작은 실수에도 폭언을 일삼기 시작했고, 점차 자신의 눈에 띄는 것조차 참지 못했다. 안드로이드는 인간보다 정확했고, 회계사였던 남편의 일은 차츰 줄어들 수

밖에 없었다. 자신의 활동 반경이 점차 좁아지는 까닭을 아이에게서 찾는 것인지, 스트레스 해소용으로 아이를 선택했는지는 알 수 없었다.

그런 나날 속에서 갑자기 날아든 평화로움은 눈물이 날 정도로 감격스러웠다. 좀처럼 빠져나오고 싶지 않았다. 욕심을 부리고 싶었다. 그 시간을 좀 더 즐기자 싶어져 배가 충분히 불렀음에도 음식을 더 내올 참이었다. 그러지만 않았더라도. 아이 옆에서 그렇게 식사를 마무리했더라면.

내가 음식을 가지러 부엌에 간 사이에 남편은 자기 의자로 아이를 사정없이 내리쳤다. 조금 전까지만 해도 식탁에 오른 죽순나물을 보면서 많은 사람들이 대나무가 나무인 줄 아는데 그것은 오해라고, 나무가 아닌 풀이라고, 꽃이 피면 열매를 맺는 것이 일반적인데 대나무는 꽃이 피면 죽는다고, 시답지 않은 이야기들을 나눴을 뿐이었다. 고작 그것뿐이었는데. 모든 것이 눈앞에서 순식간에 사라지는 순간이었다.

남편이 아이에게 했던 것처럼 준에게 계속 발길질을 해대는 이를 바라봤다. 나는 길가에 버려진 와인병을 집어 들었다. 그리고 그것으로 그의 머리를 강타했다. 육중한 소리와 함께 그가 힘없이 고꾸라졌다. 나는 남편에게 왜 이렇게 맞서지 못했던가. 후회하며 그를 몇 번 더 가격했다. 눈앞이 흐려지는 기분이었다.

"그만! 그만해요!"

준의 다급한 목소리가 나를 말렸다. 남자의 머리에서 흐른 붉은 피가 바닥을 적시고 있었다.

"준, 어서 도망쳐."

준이 저 멀리 달아나는 것을 보고 나서야 나는 안도했다. 하지만 이제 어떻게 해야 할지 막막했다. 여자는 알지도 몰랐다. 다리에 힘이 풀려 기어가다시피 계단을 올라 BONE으로 들어섰다. 내부는 태풍이 쓸고 간 것처럼 형편없었고 여자는 보이지 않았다. 나는 혹시나 하는 마음에 예전에 준이 몸을 숨겼던 벽에 감춰진 공간의 문을 찾아 열었다. 여자는 구석에 몸을 웅크리고 있었다. 목덜미에 있는 기하학적인 타투가 눈에 띄었다.

"'마마, 제발 도와줘요. 죽기 싫어요. 도와줘요.' 그렇게 말하는 애한테 나는 여기로 오면 어떻게 하냐고 화를 냈지 뭐야. 이미 그 자식이 가게 안으로 들이닥쳐서 손을 쓸 수도 없었어! '마마, 나를 도와줘요. 마마. 마마.' 나는 또 소리를 질렀어. '나가! 왜 나한테 이러는 거야!' 그런데 갑자기 창문으로 뛰어내려 버렸어. 내가, 내가, 죽인 거야."

"자책 말아요."

"준이 끌려가는 동안에도 나는 아무것도 하지 못했어. 준은 이제 폐기되고 말 거야. 준은 내 오른손이었어. 아니 내 가족이었는데. 그 녀석의 엉뚱함이 그리우면 어떡하지?"

"준은 도망쳤어요."

여자가 고개를 들어 나를 바라봤다. 얼굴에 머리카락이 들러붙어 있었다. 나는 바깥에서 벌어진 일을 이야기해줬다. 여자는 처음에는 믿기 힘들다는 표정이었지만 한층 안정을 되찾은 것처럼 보였다.

"그만둬."

"네?"

"K에게 들었어. 당신이 쿠오바디스에 가고 싶어 한다고. 그리고 그 이유도. 그런데 그거 알아? K는 우리 세계에서 알아주는 사기꾼이야. 당신은 그에게 얼마나 뜯겼지?"

"난 아이를 살려야 해요."

"그저 안드로이드일 뿐이잖아. 고작 그것 때문에 인간이기를 포기하겠다는 거야? 원한다면 QR 코드는 새겨줄게. 안 그러면 계속 날 귀찮게 할 테니까. 하지만 명심해. 그곳은 K의 말대로 안드로이드만 사는 곳이 맞긴 하지만, 선택받은 안드로이드만 출입이 가능한 곳이야. 그 아이덴티티를 어디서, 무슨 수로 구할 거야?"

나는 이제 얼마나 더 버틸 수 있을까. 온몸에서 힘이 빠져나가는 기분이었다. 여자 옆에 주저앉았다. 앞으로 맞닥뜨릴 불행을 감당할 수 있을까.

입술을 깨물며 쓰디쓴 어둠을 맞이했다.

✕

여자는 나를 BONE의 밀실에서 당분간 생활하게 했다. 그러는 동안 경찰이 몇 차례 방문해 여자에게 나에 관해 묻기도 했다. 그 사이 준이 무사히 돌아왔다. 하지만 준도 나처럼 수배자 신세였으므로, 행방이 묘연한 것으로 위장하기 위해 우리 집에 숨겼다. 여자는 준을 만나러 갈 때마다 내게 필요한 것을 묻고 꼼꼼히 챙겨다 주는 친절을 보였다.

"무슨 생각으로 그런 거야? 준을 구한 것 말이야. 당신에게 그런 용기가 있다니. 정말 놀라웠어. 사실 처음에는 믿지 못했지."

"아이가 떠올랐어요. 정확히 말하면 준을 구하겠다고 뛰어든 게 아니라 내 아이를 구한 거예요."

나는 여자에게 그동안의 이야기를 들려줬다. 이야기하는 내내 여자는 가만히 있질 못했다. 담배를 피우기도 했고 술을 마시기도 했다. 주머니를 뒤집어 먼지를 털어내기도 했다. 그런 행동은 내 이야기를 듣고 싶지 않다는 것으로 해석돼, 그만두자 싶어져 말끝을 흐릴 때도 있었다. 혹은 잠시 침묵하기도 했다. 여자는 자신의 듣는 태도 때문이라 짐작했는지 너스레를 떨었다. 몸을 움직이고 무언가 해야만 집중이 더 잘 된다고 했다. 가만히 있으면 손이 떨려서 온 정신이 그것에만 쏠린다고 말했다.

여자도 답례처럼 쿠오바디스에 관해 이야기해주었다.

"Eden-7이 어떻게 전 세계 안드로이드 독점 생산권을 가질 수 있게 됐을지 생각해본 적 없어?"

"그들의 기술이 압도적이니까?"

여자는 샌드위치와 우유 한 잔을 내게 건네면서 얕은 한숨 같은 것을 내뱉었다. 나는 괜히 멋쩍어 샌드위치를 한 입 베어 오물거렸다. 맛이 조금 이상했다. 우유를 한 모금 마시고는 이것들이 상했음을 알았다. 여자도 내 반응을 보고는 놀라서 킁킁거리며 냄새를 맡아보더니 미안한 표정을 지었다.

내가 아무것도 먹고 싶지 않다고 했지만, 여자는 크래커와 주스를 다시 내왔다. 여자는 크래커 조각을 반으로 쪼갰다. 바닥에 부스러기가 흩어졌다.

"이 조각이 Eden-7이라면, 나머지 한 조각은 쿠오바디스야. 그리고 제이 차 러다이트 운동 본부에서 활동하는 이들, 정부에서 공식적으로 출범했다는 기관 모두 이 부스러기를 먹고 살지."

나는 무슨 말인지 도통 알 수가 없었다. 여자는 조각난 크래커 두 조각을 내게 건넸다.

"잘 들어. 쿠오바디스는 당신이 생각하는 것과는 달라. 그곳은… 사실 도시 전체가 거대한 백업 기관이야. 세계 각지로 팔려나가는 안드로이드를 통해 엄청난 양의 정보를 수집해서 보유하고 있어. 이것은 Eden-7의 재산이자 힘의 원천이지. 이 사실은 일부 기술진과 쿠오바디스 유지 관리용 안드로이드만 알고 있어. 그렇기 때문에 출입을 철저히 통제하는 거야."

"아이를 여기로 데려와 줄 수 있어요?"

나는 가슴이 꽉 막혀오는 것만 같았다. 아이가 보고 싶었다. 여자는 시무룩한 내 표정을 살피더니 마지못해 고개를 끄덕였다.

"이제 어쩔 셈이야?"

"방법은 있을 거예요. 어떻게 해서든 쿠오바디스에 가서 아이를 고쳐야죠. 내 선택은 하나예요."

"아이가 문제가 아니야. 자기 걱정을 먼저 해. 이렇게 숨어 지내면서 무슨 방법을 찾겠다는 건지 모르겠네."

"이제 더는 잃고 싶지 않아요."

여자는 나를 가만히 들여다보았다. 그리고 잠시 생각하는 표정을 짓더니 고개를 끄덕였다.

"그런데 그거 알아? 이 밀실에 그동안 수많은 불법 안드로이드가 들락거렸지만 인간은 당신이 처음이야. 문득 드는 생각인데, 당신도 불량이 아닐까 싶어. 다른 인간들이랑은 너무 다르거든."

여자는 자리에서 일어났다. 그리고 내게 물었다.

"혹시 당신, 쿠오바디스에 가게 된다면 말이야… 준도 데려가 줄 수 있어?"

준은 우리 집에 머물면서 가끔 가게에 나와 여자의 일을 도왔다. 종종 아이를 데리고 와주었고, 아이에게 특별한 사항이 있으면 꼼꼼하게 기록해두었다가 들려줬다. 어제저녁에는 아이가 삼십 초 가까이 노래를 불렀다고 했다.

"노래 제목은 모르겠지만 가사에 커다란 배와 바다가 나왔어요."

내가 노래를 시작하자 준이 눈을 반짝이며 고개를 끄덕였다. 그 뒷부분도 좀 더 들려줄 수 있냐고 했다. 어느 순간부터 준이 내게 건네는 질문 대다수는 아이에 관한 것이었다.

"아이의 앞니 세 개는 왜 빠졌어요?"

"빠진 게 아니라 남편이 뽑았어."

하루는 아이가 손에 무언가를 꼭 쥐고 와서는 곧 새 이가 돋아날 거라고 말했다. 나는 그게 무슨 뜻인지 몰랐고 대수롭지 않게 생각했다. 대신 아이를 품에 가만히 안았다. 아이가 손에 쥐고 있던 것을 자랑스럽게 보여주기 전까지. 그것은 세 개의 치아였다. 소스라치게 놀라 비명을 질렀다. 남편의 짓이 틀림없었다. 관심 없는 체하며 아이와 나의 반응을 즐기고 있던 남편이 입을 열었다.

"친구들이 이를 뽑고 새 이가 났다고 자랑한다잖아. 그래서 뽑아줬어. 하나만 뽑을 생각이었는데 그 느낌이 신기한 거야. 사람의 것과는 확연히 차이가 있더라고."

"자기 아이한테 어떻게 이럴 수 있어?"

"아이? 당신 진짜 정신이 어떻게 된 거 아니야? 정말 당신 아이라도 된다고 생각하는 거야? 작작 하라고."

"엄마, 이제 곧 새 이가 돋아나는 거 맞죠?"

남편이 웃으면서 아이에게 말했다.

"넌 사람이 아니잖아. 이가 다시 돋아날 이유가 없어."

이야기를 다 듣고 난 준은 매우 놀란 눈치였다. 하지만 애써 의연한 표정을 지었다. 그 당시 아이도 내게 그런 표정을 지었다. 내가 조금이라도 덜 슬퍼하도록.

준이 자신의 이야기를 들려줬다. 이전에도 폐기될 위기를 몇 번 겪었다고 했다. 놀라운 것은 준이 프로그래머 K의 작품이라는 것이었다. K는 준을 산업 스파이로 만들어 판매하기 위해 불법 개조를 시도했다. 먼저 시력을 최대치로 향상하는 프로그래밍을 했는데 생각처럼 잘 되지 않았다. 오차 범위를 좁히기 위해 갖은 노력을 하던 중에 준에게서 그림이나 서명 따위를 정교하게 복제할 수 있는 신생 능력을 발견했다. K의 오류는 생각과 달리 성공을 거둔 셈이었다.

준은 뉴욕의 한 갤러리에 비싼 값을 받고 팔아넘겨 졌다. 그곳에서 삼 년 동안 매일 그림을 베껴 그렸다고 했다. 준은 브리짓 라일리의 작품을 좋아했고, 취미 삼아 틈틈이 그녀의 작품을 베껴 소장하기도 했다고 말했다.

그 갤러리의 대표이자 디렉터는 전시회가 끝나면 원작은 갤러리 지하실에 보관하고, 준이 그린 위작을 작가들에게 돌려보냈다. 그 누구도 알아채지 못했다. 크고 작은 갤러리가 즐비한 메가시티에서 준이 일하는 곳은 손꼽히는 갤러리로 급부상했다. 고객이 원하는 그림이 있으면 준이 베끼면 됐으니까. 갤러리는 어마어마한 부를 축적해나갔고, 맨해튼에만 두 개의 갤러리를 추가로 오픈했다. 이어 런던과 홍콩에도 간판을 내걸었다.

그러던 중 갤러리 지하실에 보관했던 그림들을 도난당하는 일이 발생했다. 얼마 후 그 미술품 도둑들이 붙잡혔는데 갤러리 대표는 잡아떼야 했다. "도난이라뇨. 말도 안 돼요. 그 그림들이 갤러리 지하실에 있었을 리가 없잖아요." 그는 깊은 밤, 증거 인멸을 위해 준을 허드슨강 한가운데 빠뜨렸다. 준은 자신이 수영할 수 있다는 사실을 그때 처음 알았다고 한다. 스포츠 채널에서 본 대로 팔과 다리를 움직여 가까스로 살아났다.

준은 K에게 다시 찾아갔다. 하지만 문제가 될까 두려웠던 K는 준을 BONE으로 데려갔고 헐값에 넘겨버렸다. 때마침 여자는 수전증이 극심해져 자신을 도와줄 이를 찾고 있었고, 여자와 준은 함께 지내게 됐다.

준이 내게 물었다.

"그런데 우리는 폐기되면 그대로 사라지고 마는 걸까요?"

'우리'에 나는 분명 포함되지 않았다. 내 옆에 누워 있는 아이와 자신을 지칭한 것이다. 듣고 있던 여자가 또 그 타령이냐면서 웃었다. 사후 세계에 대해서는 교회나 절에 가서 고민하라고 했다. 인간들도 다 그렇게들 한다고 말했다. 준은 할 말이 더 남아 있는 것처럼 보였으나 입을 다물어버렸다.

"준, 쓸데없는 이야기는 그만두고, 타투를 할 거니까 푸른색 잉크와 내 기계랑 니들 좀 꺼내다 줘."

"마마가 직접?"

"내가 하고 싶어. 괜찮지?"

여자가 내게 물었다. 나는 얼떨결에 "응"이라고 승낙해버렸다. 준이 마취 크림을 챙겨와 목에 발라줬다. 갑작스러웠지만 그래서 더 자연스러운 것만 같았다. 그동안 여자는 소파에 앉아 내게 새겨줄 QR 코드 도안을 그리고 있었다.

나는 침대에 엎드렸다. 알코올 솜으로 목 주변을 닦아내자 너무 차가워 움찔했다. 여자와 준이 그 모습에 까르르 웃었댔다. 여자가 기계를 켜자 매미 날갯짓 같은 소리가 쉴 새 없이 들려왔다.

나는 오랜만에 깊은 잠에 빠졌다. 여자가 흔들어 깨울 때까지. 여자는 지금까지 타투를 하면서 잔 손님은 나밖에 없었노라고 말했다. 그만큼 자신의 실력이 뛰어나다나 어쨌다나 하는 우스갯소리도 곁들였다.

"쿠오바디스행 진공관 운송 열차는 매년 두 차례 운행돼. 이번

달 말일 표가 내게 있어."

나는 이것이 꿈인지 헷갈렸다. 남은 돈을 헤아렸다. 푯값으로는 턱없이 부족하겠지. 이번 달 말? 그럼 며칠도 채 남지 않았는데. 그런데 아무나 갈 수 있는 곳이 아니라고 하지 않았나. 앞뒤가 맞지 않는 걸 보니 아직도 꿈을 꾸고 있는 것이 분명했다. 다시 눈을 꼭 감고 잠을 청했다.

"당신이 나처럼 후회하게 될까 봐 두려워. 가보지 않은 곳은 항상 아름답게만 보이거든. 나도 당신처럼 바깥 세상을 갈망했어. 인간처럼 사는 삶. 하지만 나는 끝내 인간이 아니야."

꿈이 아니었다. 여자는 울지 않으려고 애쓰는 것 같았다. 목소리가 가늘게 떨려왔다.

"우리가 왜 인간을 도와야 하지? 불공평하지 않아? 인간은 누구를 돕지?"

"당… 당신."

여자가 자신의 목덜미를 보여줬다. 그녀의 타투는 이전에도 본 적이 있지만, 그저 여러 도형이 난잡하게 얽혀 있는 것이라 여겼다. 자세히 보니 QR 코드가 교묘하게 감춰져 있었다. 숨은 그림 찾기처럼. 한참을 들여다보니 그것의 형체가 드러났다.

"쿠오바디스로 쏟아지는 거대한 데이터를 분석해 인간에게 이로운 결과를 만들어냈어. 안드로이드인 난 인간을 위한 안드로이드를 연구하는 내 임무에 충실했지. 하지만 백업된 데이터를 보면 볼수록 쿠오바디스 밖의 삶을 동경하게 될 수밖에 없었어."

여자는 연구에 도움이 될 불법 안드로이드를 데려와 불법 프로

그래밍이나 오류에 강한 백신을 만들겠다는 명목으로 쿠오바디스를 나왔다고 말했다. 하지만 이곳은 아름답기는커녕 소름 끼칠 만큼 무서운 곳이었다고 덧붙였다.

"오자마자 다음 운송 열차로 되돌아가려고 했어. 부당하게 목숨을 잃거나 혹사당하고 이용당하는 안드로이드를 봤거든. 잠시도 머물기 싫었지만 머무는 동안만이라도 그들을 위하는 일을 해야겠다 마음먹었어. 나는 줄곧 인간을 위한 일만 해왔으니까. BONE에서 낮에는 타투이스트로 일하고, 밤에는 불법 안드로이드의 신분을 세탁하는 일을 했어. 그렇게 시작한 게, 벌써 아홉 번의 기차를 떠나보내고 말았네."

"왜 돌아가지 않았죠?"

"이번엔 무조건 돌아갈 생각이었어. 이제 표 유효 기한이 다 돼서 이번 게 내가 탈 수 있는 마지막 열차거든. 손 문제도 있고. 이곳보다 쿠오바디스가 준에게는 더 안전한 곳이니까."

여자는 가게 한편에 놓인 서랍장의 밑바닥을 더듬거렸다. 생각처럼 잘 안 되는지 이내 몸을 구부려 더 깊숙한 곳까지 손을 뻗었다. 무언가를 찾는 눈치였다. 이내 플라스틱 재질의 직사각형 카드 하나를 찾아냈다. 여자는 그것을 입으로 몇 번 후후 불고 손으로 먼지를 닦아냈다.

"자, 쿠오바디스행 표. 당신이 가. 아이와 준을 데리고."

이어 여자는 자신의 아이덴티티를 내 QR 코드에 입력시켜뒀다고 말했다.

"그럼 당신은?"

"난 그들의 마마잖아."

X

탑승하자마자 열차의 출발을 알리는 안내 방송이 시작됐다. 하마터면 놓칠 뻔했다고 생각하니 등줄기에 땀이 흘렀다. 준은 아이를 두 팔에 안은 채 창문 밖을 하염없이 바라보고 있었다. 누군가를 기다리는 듯한 표정이었다.

아침부터 여자는 보이지 않았다. 운송 열차 시간이 얼마 남지 않았을 때가 돼서야 마지막을 일부러 피한 것이라는 사실을 알아챘다. 모두를 위해서일 것이다. 나는 여자에게 작별 인사를 남기고 싶었다. 작은 메모지에 '고마워요. 잊지 않을게요' 같은 말을 몇 마디 썼다가 마지막에 어울리지 않게 가볍다고 여겨져 이내 지워버렸다. 그때 준이 벽에 못질을 시작했다. 그리고 비닐로 대충 싸인 액자를 어디선가 들고나왔다. 비닐을 벗겨내자 그것은 프레임이 온통 깨져버린, BONE에 처음 왔던 날 봤던 그 액자였다. 반가웠다. 저 안에 도대체 어떤 그림이 담겨 있는 걸까? 너무 궁금한 나머지 준이 액자의 균형을 맞추는 내내 뒤에서 기웃거렸다.

이상한 그림이었다. 캔버스 천에는 남자가 구부정한 자세로 수영장을 내려다보고 있는 모습이 그려져 있었다. 날은 과하다 싶을 정도로 쨍했다. 옆모습만 그려져 있었지만 표정은 분명 서글퍼 보였고, 강렬한 색상과 거친 붓 터치는 하늘 위의 발광체를 대변하고 있었다. 빛은 사물의 그림자를 만들어내는 법이지만, 남자는 수면 위는 물론 그 어디에도 자신을 담지 못했다. 준은 한참 동안 그 그림을 말없이 바라보고 있다가 내게 물었다.

"이 그림 속 남자, 꼭 나 같지 않나요?"

여자의 말처럼, 운송 열차의 좌석에 설치된 기계가 내 목덜미의 QR 코드를 스캔했다. 이어 캡슐처럼 생긴 안전 장치가 자동으로 채워졌다. 시속 육천오백 킬로미터의 속도를 감당하기 위한 것이라는 안내가 나왔다. 조금 답답했고 여자처럼 손이 떨렸다.

"코드 번호 QV203 쿠오바디스 관리자 외 동승자 두 명. 쿠오바디스행, 확인 완료."

그때, 준이 창밖에서 원하던 것을 찾았다는 듯 외쳤다.

"저길 봐요. 마마예요."

열차가 굉음과 함께 움직이기 시작했다.

먼지를
먹어드립니다

두 가지 불행으로 두통을 앓던 성진은 레돌민 약통을 뒤집어 입 안에 털어 넣을까 고민했다. 그는 어렵게 입사한 디자인 회사에서 잘리고, 골목길을 달리는 차에 치였다. 해고 통보는 예상했던 것보다 간단했다.

"성진 씨, 우리 입장도 생각해줘."

그들이 표명하는 입장은 박 부장의 입장이었다. 박 부장은 금요일 저녁 퇴근 시간에 자신의 일거리를 넘겨주고 퇴근하며 "얼른 끝내면 주말 전에는 집에 들어갈 수 있을 거야"라고 말했다. 골치 아픈 거래처와의 계약을 성진에게 떠넘기고 보고서에는 자신의 이름만 올렸고, 성진이 최악의 무능력 사원으로 찍히도록 분위기를 조성했다. 이 모든 야비한 짓거리를 참아냈지만, 그가 담배를 툭 던지며 집에서 뭘 배운 거냐고 한 순간은 참지 못했다. 결국 성진은 상자에 짐을 싸게 됐다.

그는 버스 정류장에 내려 집으로 가고 있었다. 편의점 옆은 좁은 골목길이었다. 상자가 시야를 가렸다. 회색 세단이 골목을 빠져나가고 있었다. 차가 성진의 오른쪽 무릎을 치고 지나갔다. 그는 병원에 입원했다.

보험 회사 직원은 젊고 단정한 이십 대 남성이었다. 그가 하는 말은 그를 해고한 디자인 회사의 말처럼 간단했다.

"손해 배상받을 수 있는 금액은 많지 않을 거예요. 보행자 과실도 있으니까."

보험 가입을 제안하던 때와 달리 보험 회사 직원은 아쉬움 없이 병원을 떠났다.

'못 걸을 정도로 큰 부상은 아니야.' 성진은 그렇게 생각했다. 치료비는 그의 사정을 봐주지 않았다. 실업자에게 입원비는 사치였다. 성진은 전치 사 주 진단을 받았다. 그는 삼 주 후 퇴원했다.

비가 내리는 날이었다. 비바람이 몰아쳤다. 사람들은 한 손으로 우산을 쓰고 다른 손으로는 옷을 여몄다. 한순간이라도 정신을 놓으면 날아갈 것만 같았다. 굵은 빗방울이 버스 천장을 때리는 소리가 들렸다. 창문에 긴 물줄기가 흘러내렸다. 성진은 창가에 기대어 바깥을 내다보았다. 무릎이 욱신거렸다. 익숙한 동네가 눈에 들어왔다. 집이 가까워졌다.

성진은 집 근처 정류장에 내렸다. 거센 바람이 우산을 뒤흔들었다. 그는 우산을 꽉 쥐고 공원을 지나 빌라 단지로 들어갔다. 양어깨와 발목 부분이 흥건히 젖었다. 757-11번지. 문을 열고 빌라 안으로 들어가자 빗소리가 누그러졌다. 그는 계단을 올랐다. 도어락 비밀번호를 눌렀다. 핸드폰 기본 벨소리 같은 맑은 전자음을 내며 문이 열렸다.

삼 주 만에 집에 돌아왔지만 집 안에 그를 반기는 사람은 없었다. 불 꺼진 집 안에는 정적이 감돌았다. 그러나 성진은 집 안에 누군가 있다는 느낌을 받았다. 생물은 아니었다. 생명력도 인격도 없는 어떤 존재가 어두운 집 구석구석에 숨어 있었다. 성진은 숨을 들이쉬다가 곧바로 코와 입을 막았다. 먼지가 코와 입으로 파고들었다. 그는 벽을 더듬어 전등을 켰다.

"이게 무슨…."

성진은 눈앞에 펼쳐진 모습에 말문이 막혔다. 현관 앞에서부터 주방으로 이어지는 곳까지 먼지가 쌓여 있었다. 음습한 불청객들이 집 안을 배회하고 있었다. 집 안 어디를 봐도 잿빛 먼지가 가득했다. 성진은 목이 텁텁해져서 기침을 했다. 입원하기 전에 페인트를 칠했던 하얀 벽, 나무 무늬 장판을 깔아놓은 바닥이 온통 먼지투성이었다. 여기서는 보이지 않지만 부엌 너머에 있는 작은 방도 먼지로 뒤덮여 있을 것이다. 성진은 이마에 손을 얹었다. 현기증이 나기 시작했다. 엉망이 된 집을 보니 삼 주 동안 쌓인 피로가 한꺼번에 밀려왔다.

성진은 운동화를 벗고 집 안으로 들어갔다. 그가 걷는 부분마다 발바닥 모양의 얼룩이 생겼다. 먼지가 양말을 뚫고 들어오는 느낌이었다. 먼저 부엌으로 갔다. 음식물 썩은 내가 진동했다. 성진은 한 손으로 코를 막고 싱크대로 다가갔다. 싱크대 모서리에 옷걸이들이 일렬로 걸려 있었다. 옷걸이에는 양말과 수건 등이 널려 있었다. 그는 싱크대 안을 보았다. 물기는 많지 않았지만 녹슨 금속 곳곳에 솜털 모양의 곰팡이가 있었다.

성진은 싱크대 배수구 마개를 열어보았다. 부엌에 들어왔을 때 맡았던 것보다 훨씬 고약한 냄새가 올라왔다. 냉장고 속에서 갈색으로 변해버린 콩나물의 악취와 비슷했다. 배수구 망에서 썩어가는 음식물 찌꺼기와 그곳에서 자라는 이름 모를 곰팡이가 드러났다. 성진은 비닐을 가져와 망에 붙어 있는 음식물 찌꺼기를 담아서 버렸다.

성진은 속으로 깊은 한숨을 쉬며 주위를 둘러보았다. 먼지 때문에 속이 울렁거렸다. 그는 싱크대에 헛구역질을 하고 물을 틀어 입을 헹궜다.

성진은 냉장고에서 맥주 캔을 꺼내 마셨다. 갑작스럽게 들이켠 맥주가 짜릿한 기포를 만들어내며 식도 벽을 자극했다. 두어 번 캔을 기울이자 맥주가 모두 없어졌다. 성진은 캔을 던져버렸다. 맥주 캔은 싱크대 모서리에 맞고 바닥에 나뒹굴었다.

성진은 부엌 건너편에 있는 방으로 들어갔다. 현관 앞에서 본 풍경과 비슷했다. 벽지와 바닥 사이에 검은 곰팡이가 있었다. 쿰쿰한 냄새가 코를 찔렀다. 검은 곰팡이들이 바닷가 바위에 붙어 있는 따개비처럼 습한 곳을 찾아 뿌리를 박았다. 주먹만 한 크기의 곰팡이도 있었다. 성진은 커다란 곰팡이를 보고 소름이 끼쳤다. 이 세상 존재가 아닌 것처럼 느껴졌다. 당장이라도 뜨거운 물을 부어서 녹여버리고 싶었다. 그런 곰팡이는 작은 것보다 색이 훨씬 선명했다. 잘게 부순 검은콩 사이사이에 푸른 알갱이들이 널브러져 있는 모습이었다.

성진은 방 안에 둔 빨래 건조대에서 옷을 걷었다. 집 안을 먼지와 곰팡이 천지로 만든 범인이었다. 주방에 널어둔 양말, 수건도 공범이었다. 삼 주 동안 집에 돌아오지 못할 줄 모르고 밀린 빨래를 해서 집 안 곳곳에 널어둔 탓이다. 보일러를 틀지 않은 집 안에서 빨래는 삼 주 동안 습기를 마구 뿜어냈고, 곰팡이와 먼지가 좋아하는 습한 공간이 만들어졌다. 오래된 빌라 창틀을 뚫고 스며든 습기도 한몫했다.

'사 주 꽉 채워서 병원 침대에 누워 있다가 돌아왔으면 거미줄도 볼 수 있었겠군. 배가 불룩한 엄마 거미와 말귀 못 알아먹는 멍청한 아들 거미가 반겨주었을 거야.' 성진은 생각했다.

밖에서 비바람이 몰아치지 않았다면 찜질방에 가서 잠을 자고 싶었다. 성진은 걸레로 방바닥을 닦았다. 그 걸레조차 곰팡이 때문에 끈적끈적해져서 한참을 씻어낸 다음에야 쓸 수 있었다. 벽과 바닥 모서리에 먼지와 곰팡이가 우글우글했다. 아무리 닦아도 끝이 없었다. 머리가 지끈거렸다. 피로가 몰려왔다. 그는 누울 자리를 대충 닦아냈다. 옷장에서 이불을 조심스럽게 꺼내 바닥에 깔고 누웠다. 더는 아무것도 할 수 없을 정도로 피곤했지만 잠이 오지 않았다.

성진은 천장에 붙은 검은 점들을 보았다. 그 점들이 눈에 보이지 않는 아주 작은 움직임으로 천장을 따라 움직이는 것 같았다. 성진은 길게 하품을 했다. 그는 눈을 깜빡거렸다. 눈 밑이 파르르 떨렸다. 거의 잠들만 했을 때 옆집에서 문 열리는 소리가 들렸다.

"우리 쫑이, 엄마 기다리고 있었어요?"

옆집 아주머니의 목소리가 문을 뚫고 날아왔다. 성진은 두 손으로 귀를 막았다.

"어이구, 밥도 잘 먹고 착하게 기다리고 있었어요? 잘했네, 잘했어. 엄마 기다리느라 힘들었지? 조금 있다가 같이 산책하러 나가자."

개 짖는 소리가 들렸다. 아주머니가 말하면 개가 답했다. 그녀는 문도 닫지 않고 복도에 서서 말하고 있었다.

성진은 옆으로 돌아누워 이불을 머리까지 뒤집어썼다. 아무리 기다려도 잠이 오지 않았다. 그는 서랍장에서 약통을 꺼내 레돌민 한 알을 삼켰다. 물이 없어서 잘 넘어가지 않았다. 그는 눈을 질끈 감고 약을 억지로 삼켰다. 물에 젖은 옷을 입은 것처럼 몸이 무거워졌다.

비가 그치고 해가 높이 떴다. 성진은 이불을 개고 자리에서 일어났다. 머리가 어제보다 더 아팠다. 먼지 속에서 하룻밤을 보냈더니 코와 입이 텁텁했다. 그는 화장실로 가서 입을 헹구고 거울을 보았다. 머리카락이 급하게 지은 제비집처럼 뻗쳐 있었다. 얼굴이 근질근질했다. 성진은 비누로 세수를 했다. 거품이 없어진 다음에도 뽀득뽀득 소리가 나도록 세게 문질렀다. 얼굴 어딘가에 조그마한 먼지나 곰팡이가 남아 있지 않을까 불안했다. 얼굴의 물기를 말끔히 닦아내고 청바지와 검은색 반팔 티를 입었다.

성진은 인터넷에서 청소 업체를 검색해보았다. 그는 근처의 몇몇 업체를 확인하면서 입술을 깨물었다. 유명 업체들은 너무 큰 비용을 요구했다. 옵션 서비스를 제외한 기본 청소 비용만 오십만 원이 넘었다. 한 달 월세 수준의 돈을 청소 업체에 바칠 수는 없었다.

성진은 집에서 나와 건물 일 층으로 내려갔다. 한 노인이 빌라 앞 나무 아래에 꽉 찬 종량제 봉투를 버리고 있었다. 쓰레기가 너무 많이 담겨 입이 터진 봉투는 갈색 박스 테이프로 감겨 있었다.

"301호 총각, 한동안 안 보여서 무슨 일 있나 했어. 올라가서 불러도 대답도 없고." 머리가 반쯤 벗겨진 노인이 슬리퍼를 질질 끌며 말했다. 빌라 757-11번지의 건물주로 적어도 육십오 세는 넘어 보이는 사람이었다.

"야근이 많아서 집에 거의 못 왔어요."

"아무리 일이 중요해도 그렇지 집에도 안 보내면 쓰나. 회사 놈들은 이래서 문제야. 일거리는 산더미처럼 내밀면서 주는 건 없지."

집주인은 자신이 다니던 회사 이야기를 꺼내며 성진을 붙잡았다. 벌써 다섯 번은 들었던 이야기였다. 퇴직한 노인에게 이야깃거리는 많았지만 들어줄 사람은 없었다. 집주인은 한쪽으로 기울어져 쓰러질 것 같은 종량제 봉투 더미를 발로 꾹꾹 눌렀다. 그는 아침 신문을 돌돌 말아 손에 쥐고 있었다.

"그런데 자네 지금 일어난 건가? 젊은 사람이 잠이 그리 많아서 어떡해. 머리가 아주 난리가 났구먼." 집주인은 제멋대로 뻗친 성진의 머리를 보며 말했다. 성진은 쓸데없는 대화로 시간을 낭비하고 싶지 않았다. 짜증 나는 요소는 집주인 외에도 많았다.

그는 우편함에서 광고 전단을 꺼냈다. '치킨 한 마리를 사시면 한 마리를 더 드립니다!' '피자 라지 한 판과 콜라, 코울슬로 세트가 단돈 만 이천 원!' 치킨집과 피자집 등의 야식 업체 전단들이었다. 그가 원하는 것은 없었다.

"뭐 찾는 거라도 있나?" 집주인이 물었다. 심심한 아침 시간에 나타난 상대를 그냥 보내고 싶지 않은 모양이었다.

"혹시 청소 업체 전단지 들어온 것도 있어요? 평소에 전단지 모아두시잖아요." 성진이 물었다. 별 기대는 하지 않았다. 그저 귀찮은 노인네가 할 말을 잃고 사라지길 바랐다.

"그런 거야 내 전문이지." 집주인이 말했다. 버섯처럼 자라난 블랙헤드가 두꺼운 코 위로 얼굴을 들었다. 집주인은 신이 나서 집 안으로 들어갔다. 그는 잠시 후 탕 소리가 나게 문을 열고 나와 성진에게 전단 다발을 건넸다.

"쌓아둔 게 너무 많아서 찾기 어렵구먼. 총각이 한번 잘 찾아봐."

치킨집, 피자집, 중국집, 이사 업체 등 다양한 전단이 있었다. 성진은 전단을 하나하나 넘겨보다가 그중 하나를 꺼내 들었다. 전단 아래쪽에 '먼지, 곰팡이 제거 전문'이라고 따로 써놓지 않았다면 도대체 무엇을 광고하는 것인지 모를 정도로 난잡했다. 파란색, 빨간색, 보라색 줄무늬가 제멋대로 그려져 있었다. 윗부분 가운데에 두 마리의 달팽이가 그려져 있었다. 달팽이는 기어간 자리에 점액질을 남겨놓았다. 그 점액질 위에 굵은 고딕체로 문구가 적혀 있었다.

'여러분의 가족, 랜드 슬러그가 먼지를 먹어드립니다!'

전단 디자이너와 카피라이터도 정상이 아닌 것 같았지만 그걸 승인한 회사도 제정신은 아닌 것 같았다. 자세히 보니 아랫부분에 달팽이 그림이 하나 더 있었다. 달팽이는 하얀 이빨을 드러내며 씩 웃고 있었다. 저렇게 큰 이빨이면 상추가 아니라 손가락도 씹어 먹겠는걸. 성진은 이 전단을 빼두고 나머지를 확인했다. 그러나 다른 청소 업체 전단은 없었다.

"이거 가져가도 돼요?"

"상관없어."

성진은 전단을 흔들면서 계단을 올라갔다. 전단이 팔랑팔랑하면서 공기를 때렸다. 이 층 계단을 오르고 있을 때 삼 층에서 문 열리는 소리가 들렸다.

"오구구구, 우리 쫑이 산책하고 싶었어요?"

쩌렁쩌렁한 하이톤의 목소리가 건물을 뒤흔들었다. 성진은 얼굴을 찡그렸다. 집에 가까워질수록 목소리는 더 커졌다. 개 짖는 소리가 복도까지 울렸다.

성진은 삼 층으로 올라갔다. 옆집 문 앞에 아주머니가 강아지를 안고 서 있었다. 작은 슈나우저가 그녀의 품에 쏙 안겨서 목이 터져라 짖어댔다.

"에구, 쫑이야, 쫑이야. 뭐가 그렇게 힘들어. 엄마랑 밖에 나가고 싶었어? 그래그래. 엄마랑 같이 또 옥상 놀러 나가자."

아주머니는 강아지가 짖는 것을 멈추게 할 생각이 전혀 없어 보였다. 개 짖는 소리가 동네방네 울려 퍼졌다. 그녀는 강아지 머리를 쓰다듬다가 성질을 내는 개에게 물려 비명을 질렀다. 성진은 아주머니에게 아는 척을 하지 않고 집으로 들어갔다. 개 짖는 소리와 아주머니의 애교 섞인 웃음소리는 한동안 이어졌다. 그들이 계단을 올라 사 층 옥상으로 올라가는 소리가 들렸다. 개 짖는 소리가 여전히 뚜렷이 들렸다.

성진은 어제 지나간 발자국을 따라서 방으로 들어갔다. 이불에 앉아 전단을 다시 읽어보았다.

'먼지를 먹어드립니다!'

기분이 상쾌한 문구는 아니었다. 그는 전단 아래쪽에 작게 쓰여 있는 글을 보았다.

'슬리버 연구 지원자 모집 중. 지원서를 작성하신 분께는 연구비 지원과 함께 일 회 무료 청소 이용권을 제공합니다.'

슬리버가 무엇인지 모르겠지만 연구비 지원, 청소 비용 무료란 내용이 눈에 들어왔다. 성진은 전단에 적힌 번호로 전화를 걸었다.

"안녕하세요, 먼지를 먹어드리는 랜드 슬러그입니다."

광고 문구의 기괴함에 비해 핸드폰 너머에서 들리는 상담원의 목소리는 뚜렷하고 나긋나긋했다. 그녀의 목소리를 듣자마자 괴상한 상상 속에 부푼 의심이 줄어들었다. 성진은 순간 당황해서 바로 대답하지 못했다.

"여보세요?" 상담원은 전화기에서 아무 소리도 들리지 않자 다시 물었다.

"안녕하세요." 성진이 말했다.

"안녕하세요, 랜드 슬러그입니다." 상담원은 밝고 또렷한 목소리로 다시 말했다.

"오늘 바로 청소를 부탁할 수 있을까요?"

"물론입니다. 시간을 정해주시면 저희가 찾아뵙겠습니다."

성진은 핸드폰으로 시간을 확인하고 나서 말했다.

"네 시에 와주세요."

"네, 그럼 그 시간에 예약해드리겠습니다."

성진은 집 주소를 불러주었다.

"아, 그리고… 슬리버 연구에 지원하고 싶은데 가능할까요?" 성진이 물었다.

상담자는 옆에 있는 누군가에게 무슨 말을 하는 것 같았다. 그녀의 목소리가 먼 곳에서 들리다가 다시 가까워졌다.

"지원 가능합니다. 댁에 방문한 직원이 드리는 지원서를 작성해주시면 무료로 일 회에 한하여 청소를 해드리고 있습니다."

"알겠습니다."

대청소는 한 번이면 족했다. 성진은 전화를 끊고 이불에 누웠다. 오랜만에 화창한 날씨였지만 바깥에 나가고 싶지 않았다. 어젯밤 집에 돌아온 이후로 아무것도 먹지 않아서 힘이 없었다. 먼지와 곰팡이 틈에서 잠도 잤고 역한 냄새도 어느 정도 참을 수 있게 되었지만 식욕은 생기지 않았다. 공복으로 인해 복통과 두통이 나기 시작했다. 레돌민 약 기운이 아직 남아 있는 것 같았다. 성진은 베개에 머리를 깊게 묻고 눈을 감았다.

부식된 철골을 망치로 두들기는 듯한 소리에 성진은 잠에서 깼다. 자리에서 급히 일어나는 바람에 머리가 깨질 듯 아팠다. 흐릿한 시야 너머로 두들기는 소리가 점점 커졌다. 소리는 현관문 쪽에서 들렸다.

성진은 이불을 밟고 일어나 소리가 나는 곳으로 갔다.

"한성진 씨! 한성진 씨 계십니까? 랜드 슬러그에서 나왔습니다!"

청소업체 직원이 문을 두드리고 있었다. 계속 그 소리를 들었다 간 머리가 쪼개질 것 같았다. 성진은 큰 소리로 대답하고 문을 열었다.

"아, 댁에 계셨군요. 다행입니다. 안 계신 줄 알고 돌아가야 하나 걱정했습니다."

직원은 신발을 벗으려다가 집 안을 보고 깜짝 놀랐다. 청소 업체에 의뢰할 정도니 상태가 안 좋을 거라고는 예상했지만, 발 디딜 곳이 없을 정도로 먼지 범벅이 된 집을 보는 것은 처음이었다.

"시간이 벌써 이렇게 된 줄 몰랐네요."

성진은 졸린 눈에 최대한 힘을 줬다. 직원은 남색과 흰색이 섞인 옷을 입고 있었다. 회사 유니폼인 것 같았다. 직원은 들고 온 검은색 가방을 바닥에 내려놓았다.

"먼지가 좀 많은데 혼자 하시기 힘들지 않을까요?"

"예상했던 것보다 조금 많지만 괜찮습니다. 저희 회사의 청소 스타일상 인력은 거의 필요하지 않습니다."

"아무리 그래도 맨손으로 하시기엔 무리가 있을 것 같은데요."

직원은 가방을 열더니 공 모양의 플라스틱 캡슐을 꺼내 성진에게 보여주었다.

"슬리버라고 합니다. 청소는 이 녀석이 해줄 테니 걱정 안 하셔도 됩니다."

성진은 이해할 수 없다는 표정을 지은 채 직원을 쳐다보았다.

아직 잠이 덜 깬 성진은 자신이 지금 꿈을 꾸고 있는 건가 생각했다.

"진심으로 하시는 말씀은 아니죠?" 성진이 물었다.

"진심입니다." 직원이 활짝 웃으면서 대답했다.

"저희 청소 방식이 타 청소 업체와는 아주 달라서 혼란스러우실 거라 생각합니다. 하지만 슬리버는 정말 굉장한 녀석입니다. 모든 먼지를 먹어버리죠. 직접 보시면 이게 무슨 말인지 아실 겁니다."

성진은 지금 당장 이 사람을 내쫓을까 아니면 경찰을 부를까 고민했다. 청소 업체에서 왔다는 사람이 진공청소기는 고사하고 곰팡이 제거제도 들고 오지 않다니. 그는 고작 작은 가방 하나만 들고 현관 앞에 서 있었다. 이 사람이 정말로 청소 업체에서 보낸 사람인지 궁금했다. 랜드 슬러그라는 회사가 장기 탈취를 목적으로 하는 집단이며, 성진같이 혼자 사는 사람을 노리는 것일지도 몰랐다. 어떤 경우라고 해도 이 사람을 집 안에 들이는 것은 위험하다고 생각했다.

"죄송한데 나가주세요. 무슨 말 같지도 않은 소리를 하는지."

성진은 직원에게 나가달라는 손짓을 하며 말했다. 그러나 직원은 그 자리에 서서 꼼짝하지 않았다. 오히려 앞 사람의 바지 지퍼가 열려 있는 것을 발견한 사람처럼 웃음을 참고 있었다.

"농담하는 거 아닙니다. 당장 나가지 않으면 경찰을 부를 겁니다."

성진은 방으로 돌아가 핸드폰을 들고나왔다. 직원의 얼굴이 붉게 물들어 당장이라도 터질 것 같았다. 그는 큰 소리로 웃음을 터뜨렸다.

"죄송합니다. 이런 일이 한두 번이 아니라 저도 모르게 웃어버렸네요." 직원은 클클거리면서 웃음을 참고 말했다. 그는 아까부터 손바닥에 올려놓고 있던 플라스틱 캡슐을 들어 올렸다.

"제가 말씀드린 건 모두 사실입니다. 청소는 이 안에 들어 있는 슬리버가 해줄 겁니다. 제가 하는 일은 슬리버를 꺼내서 먼지가 있는 장소로 옮기는 게 답니다." 직원이 말했다. "고객님들께 설명해드리는 역할도 하고 있고요."

"잠깐, 잠깐만요. 지금 무슨 말을 하는 건지 이해가 안 가는데요. 슬리버라는 건 뭐고, 그게 청소를 해준다는 말은 도대체 무슨 소립니까?"

성진의 머리가 다시 아프기 시작했다. 그는 주먹으로 이마를 질끈 눌렀다.

"직접 보시면 이해하기 쉬우실 겁니다."

직원은 가방에서 투명한 장갑을 꺼냈다. 그는 양손에 장갑을 끼고 캡슐 가운데에 톡 튀어나온 버튼을 눌렀다. 철컥하는 소리와 함께 캡슐의 뚜껑이 열렸다. 직원은 장갑을 제대로 착용했는지 한 번 더 확인하고 캡슐을 뒤집었다. 끈적거리는 덩어리가 철퍽하고 바닥에 떨어졌다. 성진은 깜짝 놀라서 뒷걸음질 쳤다.

"이게 슬리버입니다."

투명한 고깃덩어리처럼 보였다. 선홍빛의 말랑한 덩어리가 현관 앞에 놓여 있었다. 슬리버라고 불리는 놈은 여러 개의 촉수를 불규칙적으로 뿜어내며 주변을 탐색했다. 각기 다른 크기의 촉수들은 바닷가의 해초처럼 흐느적거렸다. 성진은 그 이상하고 기괴한 물체에 시선을 빼앗겨 앞에 직원이 있다는 사실조차 잊어버렸다. 슬리버는 마침내 탐색을 마쳤는지 촉수를 길게 뻗어가며 바닥에서 벽으로, 벽에서 다시 바닥으로 기어갔다. 성진은 슬리버가 바로 앞까지 다가오자 뒤로 물러나 그 기묘한 덩어리가 지나간 자리를 보았다. 반짝반짝 빛이 나고 있었다. 먼지는 흔적조차 남지 않았다. 마치 에나멜 칠을 한 고급 가죽처럼 장판에서 광택이 났다. 성진이 바닥에 손가락을 대고 문질러보자 뽀득거리는 소리가 들렸다.

"이제 들어가도 될까요?" 직원이 활짝 웃으면서 말했다.

"미안합니다. 그게…"

성진의 얼굴이 빨갛게 물들었다.

"들어오세요."

직원은 가방에서 작은 슬리퍼를 꺼내 신고 집 안으로 들어갔다. 슬리버는 바닥과 벽을 계속 기어 다니며 청소를 하고 있었다.

"현관에서 살짝 보긴 했지만 정말 엄청나네요. 혹시 오랫동안 집을 비우셨나요?"

직원은 부엌 싱크대에서 올라오는 악취에 코를 막으며 말했다.

"삼 주 동안 집을 비웠습니다. 집이 이렇게 되었을 줄은 몰랐어요." 성진이 말했다.

"삼 주라…"

직원은 부엌을 지나 방으로 들어갔다. 방은 부엌보다 상태가 더 심각했다. 곰팡이가 책상과 이불더미, 서랍장 주변을 에워싸고 있었다. 그는 어젯밤 걷어서 빨래 건조대 옆에 대충 쌓아둔 빨래를 가리키며 말했다.

"싱크대에도 옷걸이에 건 빨래가 꽤 있던데, 저것들 때문인 것 같네요. 이상 기후로 비가 계속 왔거든요. 집을 비우신 동안 빨래가 완전히 마르지 않고 습기를 뿜어냈을 겁니다."

직원은 빨래를 하나 만져보더니 갑작스레 기침을 했다. 그는 코를 쥐며 눈을 감았다.

"다시 세탁하시는 게 좋을 것 같네요."

직원이 지나간 곳마다 슬리퍼 자국이 남았다. 성진은 직원이 곰팡이밭 사이를 웃으며 누비는 것을 보고 부끄러워졌다.

"그냥 저렇게 놔둬도 되는 겁니까?" 성진은 부엌으로 기어오는 슬리버를 보며 말했다. 현관 앞에 즐비하던 먼지가 사라지고 광택이 났다.

"네, 먼지가 있는 곳을 알아서 탐지하기 때문에 건드릴 필요는 없습니다. 먼 거리를 옮길 때만 잠깐 들었다 놓아주면 끝입니다." 직원이 말했다.

"처음에는 말도 안 된다고 생각했어요. 솔직히 지금도 무슨 일이 일어나고 있는지 이해하기 어렵네요." 성진이 말했다. 그는 두통이 다시 올라오는 이마를 눌렀다.

"간단히 설명해드리자면, 슬리버는 화학 청소기라고 할 수 있습니다. 진공청소기나 스팀 걸레와는 그 원리가 전혀 다르죠."

직원은 슬리버에게 다가가 그것을 들었다. 장갑을 낀 손가락 사이로 슬리버가 흘러내릴 줄 알았는데 녀석은 형체를 유지하며 직원의 손바닥 위에서 꿈틀거렸다. 녀석은 높은 곳에 올라간 새끼 고양이처럼 의기소침해져 있는 것 같았다. 촉수의 움직임이 눈에 띄게 줄어들었다.

"보세요. 슬리버 안에 둥근 게 보이죠? 이게 이 녀석의 위장입니다. 심장이기도 해요. 슬리버는 이 부분에서 먹은 걸 소화하고 몸에 영양분을 보냅니다." 직원이 말했다.

"살아 있는 생물이란 말입니까?" 성진이 물었다.

"그럼요. 먹고, 싸고, 심지어 잠도 잡니다. 보통의 동물처럼 살아있습니다. 슬리버가 소화하는 과정을 보여드리겠습니다."

직원은 부엌 바닥에 쌓여 있는 먼지를 손으로 한 움큼 집어서 슬리버 위에 올려놓았다. 분홍빛 덩어리에서 촉수가 뻗어 나와 먼지를 감쌌다. 녀석은 마치 식도가 음식물을 위로 보내듯이 연동 운동을 하여 먼지를 몸 가운데 있는 구체로 옮겼다. 붉은빛의 구체는 꿈틀거리며 검푸른 액체를 분비해 먼지를 녹였다. 완전히 녹아내린 먼지를 슬리버는 흡수하고 있었다.

슬리버는 먼지가 없어질 때까지 계속 꿈틀거렸다. 성진은 눈을 비비고 다시 보았다. 녀석은 분명 먼지를 먹고 소화하고 있었다.

"검푸른 액체를 분비하고 있죠? 슬리버의 소화액입니다. 인간의 위액처럼 산성 물질이죠. 아직 놀라시긴 이릅니다. 슬리버의 대단한 점은 먼지뿐만 아니라 곰팡이, 휴짓조각, 음식물까지도 소화할수 있다는 겁니다. 이 녀석만 있으면 남은 음식물을 일일이 모아서 버리실 필요가 없습니다." 직원은 미소를 지으며 말했다. 마치 친척들이 모두 모인 자리에서 서울권 대학에 다니는 딸이 이번 학기에 전액 장학금을 받았다며 자랑을 늘어놓는 아버지를 보는 것 같다고 성진은 생각했다.

"그런데 좀 위험할 것 같네요." 성진이 말했다.

"무슨 말씀이시죠?" 직원이 물었다.

"단순하게 생각하면 쓰레기를 다 녹여버리는 것 아닙니까. 제가 실수로 바닥에 흘린 지갑이나 핸드폰, 책 같은 걸 이 녀석이 먹어버리면 곤란한데요."

"제가 가장 중요한 설명을 드리지 않았네요. 잠시만 기다리세요."

직원은 주위를 잠시 둘러보더니 바닥에 떨어져 있는 맥주 캔을 주웠다. 어젯밤 성진이 집에 들어와 마시고 아무렇게나 던져둔 캔이었다. 직원은 맥주 캔을 슬리버 위에 올려놓았다. 슬리버는 차가운 금속이 닿자 순간 움찔하더니 촉수를 내뿜었다. 녀석은 촉수로 캔을 이리저리 돌려보더니 바닥에 던져버렸다.

"보시다시피 슬리버는 특정 성분을 먹이 대상에서 배제합니다. 캔이나 종이, 비닐, 플라스틱, 병 등 분리수거를 할 수 있는 것들은 소화하지 않습니다. 나무로 된 가구나 옷도 마찬가집니다. 가죽으로 된 옷이나 장갑도 바로 뱉어냅니다. 가공된 가죽의 화학 성분을 싫어하거든요. 먹이에서 제외하는 것들은 위장까지 가져가지 않으니 소화액도 분비하지 않죠. 슬리버가 책이 가득 꽂힌 책장을 지나가더라도 책과 책장은 멀쩡합니다. 광택이 날 뿐이죠."

직원은 슬리버를 바닥에 내려놓았다. 슬리버는 바닥에 닿자마자 먼지가 쌓인 곳을 찾아 나아갔다. 장갑을 낀 직원 손에서 슬리버가 남긴 체액이 증발하고 있었다. 아무런 냄새도 나지 않았다. 장갑은 새것처럼 깨끗해졌다.

성진은 난생처음 보는 광경에 신기하기도 하고 들뜨기도 했다. 그러나 그에게 남아 있는 이성은 아직도 이 선홍빛 덩어리를 맹신할 순 없다고 판단했다.

"그래도 손으로 직접 만지면 위험하지 않나요?" 성진이 물었다.

"아주 잘 보셨습니다. 그래서 저희 직원들도 특수 장갑을 끼지 않고는 슬리버를 절대 만지지 않습니다. 단백질과 지방은 녀석에게 아주 좋은 먹을거립니다." 직원이 대답했다.

성진은 직원이 끼고 있는 장갑을 보았다. 병원 수술실에서 사용하는 코팅 처리가 된 장갑 같았다.

"이 녀석이 지나간 자리에 반짝반짝 윤이 나는 거 보셨죠?" 직원이 물었다. "그건 슬리버가 단백질과 지방 등을 소화한 뒤 배설하는 물질 때문입니다. 탈취 성분이 있는 소독액을 체내에서 생성해 분비하죠. 제가 랜드 슬러그에서 직원 교육을 받을 때 한 연구원은 슬리버의 배설물을 손 소독제에 비유하더군요. 물로 씻지 않아도 되는 휘발성 소독제 사용해보셨죠? 지하철역 개찰구 주변에서 많이 보셨을 겁니다. 예전에 한동안 신종 플루로 난리였잖아요. 그 이후로 지하철역마다 손 소독제가 배치됐더군요." 직원은 손바닥 비비는 시늉을 했다. "손 소독제와 똑같은 건 아니지만 거의 비슷한 성분이라고 보시면 됩니다. 슬리버가 지나간 자리는 맨손으로 만져도 괜찮습니다. 직접 만지는 게 위험한 건 이 녀석뿐입니다. 손을 먹이로 착각할 수도 있거든요."

"그건 확실히 좋지 않겠네요."

성진은 직원이 말한 '착각'이란 단어를 '인식'으로 바꿔야 한다고 생각했다. 사람의 손을 먹이로 착각한다는 것은 인간의 자의적인 해석이다. 슬리버가 맨손에 닿으면 녀석은 그것을 맛있는 먹이로 인식하고 먹을 것이다. 검푸른 소화액으로 충분히 녹인 후에 말이다.

"죄송하지만 물 한 잔 주실 수 있나요?" 직원이 말했다. 쉬지 않고 말을 해서인지, 아니면 먼지투성이인 집 안에 오래 있어서인지 목이 타는 모양이었다. 성진은 냉장고에서 큰 생수통을 꺼냈다. 남은 물이 얼마 없었다. 직원은 성진이 따라준 물을 벌컥벌컥 들이켰다.

"감사합니다." 직원이 숨을 크게 내쉬며 말했다. "자세한 사항이 적힌 설명서를 드리겠습니다." 직원이 가방에서 비닐에 싸인 설명서를 꺼내주었다.

"슬리버에 관심이 많으신 것 같네요." 직원이 말했다.

"예, 실은 연구에 지원하고 싶어서요."

"연구에요? 상담원이 따로 전달해준 게 없어서 모르고 있었네요. 죄송합니다."

"혹시 지원할 수 없는 건가요?" 성진이 물었다.

"지원하실 수 있습니다. 사실 그렇게 어려운 일을 하는 건 아니거든요. 저희가 요구하는 내용을 매주 한 번씩 회사 메일로 보내주시면 됩니다."

직원은 가방에서 슬리버 전용 장갑과 지원서를 두 장 꺼내주었다. 성진은 종이를 받아 서명란에 서명했다. 두 장 중에 한 장은 직원이 가져갔다.

"전문 지식이 없어도 할 수 있는 일인가요?"

"그럼요. 책임 의식이 있는 분이라면 누구나 가능합니다. 다만 저희 회사가 슬리버를 이용한 사업을 시작한 지 얼마 되지 않아서 연구에 지원하신 분은 고객님이 처음입니다."

"책임이 막중하네요." 성진이 말했다. 그는 끈적거리는 몸뚱이로 싱크대를 오르는 슬리버를 물끄러미 바라보았다.

"그렇게 어려운 일은 아니니 걱정하지 마세요. 그저 슬리버가 실생활에서 유용한 점이라든가 불편한 점 등을 알려주시면 됩니다."

"연구비도 지원받을 수 있다고 하던데요."

"네, 기본금은 지원서에 적혀 있습니다. 연구 시설에서 보지 못했던 사실을 발견하시면 추가 지원비를 드리겠습니다."

성진은 지원서에 적힌 금액을 보았다. 기대했던 것만큼 큰 금액은 아니었지만 돈이 들어온다는 것만으로도 만족했다.

"슬리버를 두 마리 키우면 한 달 방세는 나오겠네요." 성진이 말했다.

슬리버가 반짝거리는 싱크대에서 내려와 건너편 방으로 이동하고 있었다. 성진은 슬리버가 몸에서 나온 촉수로 바닥을 딛는 모습을 보았다.

직원은 슬리버를 이곳저곳으로 옮겨 집을 청소했다. 먼지와 곰팡이가 거의 보이지 않았다. 성진은 숨을 크게 들이쉬었다. 상쾌한 공기가 폐로 들어왔다. 슬리버가 배출하는 소독액에 탈취 성분이 있다더니 집 안에 진동하던 쿰쿰한 냄새도 어느새 사라지고 없었다.

"먼지나 작은 쓰레기 외에 먹이를 따로 주실 필요는 없습니다. 청소 후에는 캡슐 안에 넣어주시고요. 장갑은 식초를 탄 물에 소독하고 말려서 사용하시면 됩니다."

"따로 잠자리를 만들 필요가 없는 게 마음에 드네요." 성진이 말했다.

"단, 주의하실 점은 매일 조금씩이라도 먼지나 쓰레기를 먹여야 한다는 겁니다. 배가 고프면 성격이 나빠지거든요." 랜드 슬러그 직원은 손가락을 관자놀이 옆에서 돌리며 말했다.

"오랫동안 먼지를 먹지 못하면 먹이 분별 센서가 고장 날 수도 있습니다. 닷새 동안 먹이를 먹지 못한 실험체가 캡슐을 녹여 삼키고 탈출한 사례가 있죠."

직원은 몇 개의 주의 사항을 일러준 뒤 떠났다.

성진은 슬리버가 들어 있는 캡슐을 보았다. 완전한 구체였다. 그는 그 구체를 책상에 올려놓았다. 캡슐은 오뚝이처럼 좌우로 흔들거리다가 곧 중심을 잡았다. 성진은 깔끔해진 바닥에 이불을 깔고 잠이 들었다. 수면 유도제가 없어도 전날보다 쉽게 잠을 이룰 수 있었다.

한 달이 훌쩍 지나갔다.

슬리버는 문제를 일으키지 않았다. 성진은 모든 쓰레기를 슬리버에게 먹였다. 녀석은 잊을 만하면 나타나는 바퀴벌레까지 처리해주었다. 성진은 연구 보고서를 작성해 랜드 슬러그에 보냈다. 회사는 약속대로 연구비를 주었다. 성진은 돈을 보고 기분이 잠시 좋아졌으나 곧 다시 불안해졌다. 디자인 회사에서 해고당한 후 재취업의 길은 험난했다. 입사 지원서는 구질구질해졌고 시간은 빠르게 흘렀다. 슬리버 연구 지원비만으로는 생활비를 충당하기에 턱없이 모자랐다. 아르바이트든 뭐든 일을 해야 했다. 성진은 인력 사무소에 전화를 했다.

"오늘 중으로 원하는 시간에 찾아오세요." 전화기 너머의 목소리가 말했다. 원하는 시간에 오라는 것은 언제 가든지 상관없지만 일찍 갈수록 대기 시간이 짧아진다는 것을 뜻했다.

대학생 시절, 인력 사무소가 어떻게 돌아가는지 모르고 찾아간 첫날은 무려 두 시간을 기다리고 나서야 일을 받았다. 그것도 일일 물류 택배 상하차 같은 중노동이었다.

성진은 전화를 끊자마자 집을 나섰다. 인력 사무소는 중년 아저씨들로 가득했다. 성진은 간단한 인적 사항을 적고 구석에 서 있었다. 삼십 분 뒤 그는 과자 공장으로 향하는 버스에 올랐다.

성진은 과자 공장 사무실에서 입사 서류에 필요한 사항들을 기재했다. 책상 건너편에는 관리 팀장이 앉아 있었다. 성진의 뒤로 몇 명의 지원자들이 줄지어 서 있었다. 다들 자기 차례를 기다리고 있었다.

천장에서 쥐가 기어가는 소리가 났다. 성진은 그 소리가 귀에 거슬렸지만 과자 공장에 쥐나 고양이가 어슬렁거려도 이상할 것이 없다고 생각했다.

"작년에 대학을 졸업한 건가?" 관리 팀장이 말했다. 그는 책상에 턱을 괴고 있었다. "졸업하자마자 회사에 취직했었군. 거기선 무슨 일을 했나?"

"디자인 시안 작업과 마케팅 관련 서류 업무를 주로 했습니다."

"디자이너셨군! 아주 좋아. 자네야말로 우리가 원하던 사람이야." 팀장은 성진과 악수를 하며 말했다. 팀장이 손을 너무 강하게 쥐어 손가락이 아팠다.

"고운 손을 공장 먼지로 더럽히자니 가슴이 아프군." 팀장은 성진을 보며 이죽거렸다. 그는 책상을 주먹으로 탁 치며 말했다.

"디자인 회사를 다녔고, 또 다른 일은? 이런 일은 처음인가?"

"학생 때는 아르바이트로 택배 상하차 일을 했습니다."

"그럼 힘 쓰는 일은 문제없겠군?"

팀장이 이를 드러내며 씩 웃었다. 그의 입 안쪽에 자리 잡고 있는 금니가 반짝거렸다.

"뭐든 시켜만 주십시오."

"아주 좋은 자세야. 자네 같은 사람은 수도 없이 보았지. 가끔씩 건방 떠는 것만 빼면 참 괜찮은 녀석들이란 말이야."

관리 팀장은 서류를 파일에 넣으면서 손바닥으로 성진의 등을 토닥거렸다.

"또 보자고." 팀장이 말했다.

성진은 사무실에서 나왔다. 공장 내부는 물류 택배 공장과 크게 다르지 않았다. 컨베이어 벨트가 뱀처럼 길게 늘어져 있었다. 가동된 지 꽤 오래된 것 같았다. 기계 사이사이에 검은 녹이 슬어 있었다. 공장 바닥에 쓰레기가 널려 있었고 먼지가 풀풀 날렸다. 쓰레기통 옆에 목적지에 다다르지 못한 깡통과 과자 봉지들이 떨어져 있었다. 천장이 높아서 공장 안이 넓어 보였다. 오래되어 빛이 간신히 새어 나오는 전등은 천장 곳곳에 가까스로 매달려 있었다.

성진은 제멋대로 쌓인 철골 더미 근처에서 서성였다. 웬만해선 눈치채지 못할 만큼 조심스럽게 움직이던 무언가가, 누워 있는 철골 사이로 얼굴을 내밀었다. 작은 쥐 두 마리가 숨어서 삼삼오오 모인 사람들을 지켜보았다. 성진이 반응을 보이기도 전에 쥐들은 쪼르르 달려가 벽 뒤로 사라졌다.

면접이 모두 끝난 후 팀장은 사람들이 모여 있는 곳으로 나왔다. 그는 손목시계를 한 번 보고 철골 더미 위로 올라갔다.

"한동안 사용하지 않은 구역이라 꼴이 아주 말이 아니지요? 기계를 가동할 수 있는 열흘 뒤까지 이곳 전체를 청소할 겁니다. 물론 여러분이 할 일이지요. 떠나는 사람 붙잡는 취미는 없으니 빈손으로 돌아가고 싶은 분은 집에 가서도 좋습니다. 다들 이의 없으시지요?" 팀장은 철골 위에 발을 얹고 큰 소리로 외쳤다. 아무도 대답하지 않았다.

"동의하는 걸로 알고 오늘은 대청소를 하겠습니다!"

사람들은 일렬로 서서 손걸레와 곰팡이 제거제, 빗자루 등을 받았다.

"이딴 걸로 반년 동안 굳어 있던 공장을 어떻게 청소하라는 거야?"

"차라리 혓바닥으로 설거지를 하는 게 더 쉽겠다."

"이런 건 청소 업체 불러서 해야 하는 거 아니야?"

여기저기서 불만이 터져 나왔다. 고등학생으로 보이는 남자아이 두 명은 욕을 하며 대열에서 이탈했다. 그중 한 명은 주머니에 손을 꽂아 넣고 시멘트 바닥에 침을 뱉었다.

성진은 줄을 서서 기다렸다. 그는 곰팡이 제거제와 손걸레를 받았다.

"디자이너 선생! 자리에 남아줘서 고맙네. 자네 자리는 저쪽에 마련해놨어. 귀하신 분을 위해 특별히 힘 좀 썼지."

팀장은 사무실에서 한참 떨어진 곳을 가리키며 말했다. 성진은 배정받은 자리로 갔다. 컨베이어 벨트 옆에 낡은 나무 상자가 켜켜이 쌓여 있었다. 한쪽에는 넘쳐서 쓰러질 것 같은 쓰레기통 세 개가 나란히 세워져 있었다. 버리기 귀찮은 쓰레기를 모아두는 공간 같았다.

"각자 자리에서 주목!" 팀장이 소리쳤다. "여러분이 할 일은 단순합니다. 먼지와 곰팡이를 말끔히 처리하고 내게 보고하는 것. 대학교 문턱도 못 밟은 저도 할 수 있는 간단한 일이죠. 청소를 끝내고 확인을 받은 사람은 먼저 퇴근해도 좋습니다."

사람들은 구시렁거리며 청소를 시작했다. 곳곳에서 빗자루로 바닥을 쓰는 소리가 들렸다. 성진은 곰팡이 제거제와 걸레로 컨베이어 벨트를 닦았다. 녹슨 벨트 라인에 먼지가 뭉텅이로 쌓여 있었다. 소복이 쌓인 먼지는 어떻게든 닦아낼 수 있었지만 겹겹이 긴 곰팡이는 아무리 문질러도 사라지지 않았다. 곰팡이 제거제를 들이붓고 반나절은 닦아내야 겨우 끝낼 수 있는 양이었다. 조기 퇴근은 꿈도 꿀 수 없었다. 성진은 젖은 걸레를 내려놓고 나무판자 위에 주저앉았다.

"어이 학생, 처음 보는 얼굴이네." 남자 목소리가 말했다.

성진은 자리에서 일어났다. 컨베이어 벨트 건너편에 중년 남성이 서 있었다. 그는 목장갑 낀 손을 벨트 라인에 짚고 몸을 기댔다.

"곰팡이가 억세서 잘 닦이지 않네요." 성진이 말했다. 그는 후드 티 주머니에서 손을 뺐다.

"그렇지? 한번 뿌리박으면 온갖 방법을 써도 버티는 게 곰팡이야. 이미 단단해진 애들은 아무리 닦아내도 소용없지. 저런 곰팡이를 닦아내는 방법은 하나밖에 없어."

"어떻게 하면 되는데요?"

"뭘 어째. 생기기 전에 없애버려야지."

중년 남성이 허리를 꺾으며 큰 소리로 웃었다. 그는 자신의 농담이 마음이 드는 모양이었다.

성진은 남자를 무시하고 스프레이를 곰팡이 핀 벽에 흩뿌렸다. 독한 약품 냄새가 벽을 타고 흘러내렸다.

"농담할 줄도 모르나? 재미없는 녀석이구먼. 난 배정만이라고 해. 용두제과에서 일하는 녀석이 날 모르면 섭섭하지. 내가 어떤 사람인 줄 알아?" 정만이 자신을 가리키면서 물었다.

"참견하기 좋아하는 아저씨?"

"어린 녀석이 말 심하게 하네. 앞으로 정만이라고 불러. 아저씨란 호칭은 지긋지긋하니까 그냥 그렇게 부르면 돼. 동년배 친구 대하 듯 편하게 불러." 정만이 히죽거리며 말했다.

"알겠습니다, 정만 씨. 이제 하던 일 계속해도 될까요?"

"끝까지 딱딱한 녀석일세. 너무 무리하지는 마, 학생. 첫날부터 무리하면 일 오래 못 해."

"감사합니다." 성진이 말했다. 그는 대답하기도 슬슬 귀찮아지기 시작했다.

"저번 주까지만 해도 이런 막노동은 하지 않았어. 굴러오는 과자들을 포장지에 담으면서 평온하게 있었지. 한동안 여기 D구역 기계는 가동하지 않았는데 갑자기 무슨 바람이 불었는지 몰라. 팀장도 제정신이 아니지. 돈 몇 푼 아끼려고 인력을 공장 대청소에 몰아넣다니 말이야. 이런 쓰레기장 청소는 우리 같은 공장 직원이 아니라 전문 청소꾼들에게 맡겨야 하지 않겠어?" 정만이 말했다.

성진은 그의 말에 반응하지 않았다. 정만은 자리를 뜨지 않고 성진에게 넋두리를 늘어놓았다. 성진이 지독한 곰팡이 제거제 스프레이를 바닥에 칙칙 뿌렸다. 그는 일부러 여러 군데에 스프레이를 뿌렸다. 고약한 냄새가 사방에 진동을 했다. 약이 곰팡이에 닿자 거품이 부글거렸다.

"약이 엄청 독하니까 조심해. 피부에 닿으면 모기 수십 마리가 문 것처럼 간지러울 거야. 혹시 일하다가 어려운 일 있으면 언제든지 물어봐." 정만이 말했다.

성진은 묵묵히 걸레질을 했다. 정만은 실망한 기색으로 뒤돌아 자리를 뜨려 했다.

"아, 정만 아저씨, 그러고 보니 할 말이 있는데요."

"아저씨는 빼라니까! 그래, 그런 건 아무래도 좋아. 아직 이런 일에 적응하기 힘든 건가? 내 도움이 필요한 거지?" 정만이 컨베이어 벨트에 기대어 기대에 찬 눈빛으로 물었다.

"저 학생 아니에요." 성진이 말했다.

"그게 다야?"

"네."

성진은 뒤돌아서 목장갑을 고쳐 끼고 걸레질을 했다. 정만은 툴툴거리며 자기 구역으로 넘어갔다. 그는 자리로 돌아가던 길에 팀장과 만났다. 팀장은 자리에서 이탈하지 말라며 면박을 줬다.

성진은 벽 아래쪽으로 흐르는 거품을 밀어내며 곰팡이를 닦았으나 끝이 없었다. 이마에서 땀이 흐르기 시작했다. 짜증이 났다. 이 짓을 계속해야 할지 의문이 들었다. 아무 의미 없는 일을 하고 있는 것 같았다. 성진은 걸레를 바닥에 던지고 목장갑을 벗었다. 그는 사무실을 지나 출구 쪽으로 걸어갔다. 사람들은 빠르게 걸어가는 그를 흘끔 보았지만 그 이상 신경 쓰지 않았다.

"화장실은 그쪽이 아니에요."

빗자루와 대걸레가 바닥을 쓰는 소리, 대화의 반이 욕지거리로 이루어진 투박한 목소리들을 뚫고 누군가 말을 걸었다. 성진은 목소리가 들리는 곳을 보았다. 성진 또래의 여자 한 명이 굵직한 남정네들 사이에 서서 그를 바라보고 있었다. 하얀 얼굴에 살포시 앉은 두 눈동자가 바라보는 시선이 잔잔히 허공을 갈랐다. 그녀는 두 손으로 대걸레를 들고 있었다. 성진은 멍하니 그녀를 보고 있었다. 그의 얼굴이 뜨겁게 달아올랐다.

"화장실 찾고 있는 거 맞죠? 급해 보이는데." 여자가 물었다.

잠시 사고 회로가 정지한 성진은 말문이 막혔다. 그는 퍼뜩 정신을 차리고 말했다.

"맞아요."

"얼굴이 빨갛게 익은 거 보니 꽤 참았나 보네. 급하게 걸어가면 뭐해요. 엉뚱한 곳으로 가고 있는데. 나도 대걸레 적시러 가야 하니까 같이 가요." 여자가 말했다.

성진은 그녀가 향하는 대로 움직였다. 누가 팔을 잡아끄는 것도 아닌데 몸이 저절로 움직였다.

"못 보던 얼굴인데, 오늘 첫 출근인가 봐요."

"한성진이라고 합니다."

성진은 얼떨결에 이름을 밝혔다.

"말투가 굉장히 사무적이네. 평소에도 그렇게 말해요?" 여자는 싱글벙글 웃으며 말했다.

"난 여희주라고 해요. 여기서 일한 지는 구 년 됐어요. 중간에 쉬었던 기간을 빼면 육 년 정도지만."

"잘 부탁합니다."

"나도 잘 부탁해요." 희주가 말했다. 그녀는 대걸레를 들고 여자 화장실로 들어갔다.

성진은 화장실 앞에 서서 공장 출구 쪽을 보았다. 한숨을 쉬며 발걸음을 돌렸다. 그는 자신이 맡은 구역을 청소했다.

다음 날 성진은 극심한 통증을 느꼈다. 전날 쭈그리고 앉아 걸레질을 했더니 온몸의 근육이 비명을 질렀다. 회색 세단에 부딪혔던 무릎은 상태가 더 안 좋았다. 다리에 쥐가 나서 걸을 수가 없었다.

성진은 개인 로커 앞에서 허리를 구부리고 신음 소리를 냈다.

"어이 디자이너 선생, 몸 상태 좀 어때?" 팀장이 말했다. 그는 튀어나온 뱃살을 주무르며 무언가를 씹고 있었다.

"근육통이 좀 있긴 하지만 괜찮습니다."

"귀하게 자라신 분께 이런 일은 자극이 좀 강했나? 하루 종일 앉아서 컴퓨터만 만지던 분이니 그럴 만도 하지. 조금만 더 힘을 내봐. 일이 빨리 끝나면 집에 일찍 갈 수 있다고 했잖아." 팀장이 말했다.

"찌든 곰팡이를 닦아내려면 근무 시간을 모두 사용해도 모자라요. 청소를 전문으로 하는 사람들이 아니라 시간이 더 걸리죠. 이런 일은 청소 업체에 맡기는 게 더 좋을 겁니다." 성진이 말했다.

"젊은 사람이 고작 하루 일하고 불평을 하는 건가? 내가 자네 나이 때는 말이야, 이런 일은 아무것도 아니었어. 먹고살려면 뭐든 해야 했지. 인생 선배로서 한마디 하겠는데 지금은 불평할 때가 아니란 말이야." 팀장이 말했다. 그는 팔짱을 끼고 고개를 저었다.

"불평할 기운으로 걸레질이나 더 하게. 꾀를 부릴 생각은 하지 않는 게 좋아. 내가 수시로 돌아다니면서 점검할 테니까." 팀장이 말했다. 그는 다른 구역으로 넘어갔다.

성진은 팀장의 뒤통수를 치고 싶었다. 그는 한숨을 쉬다가 문득 랜드 슬러그 직원의 마지막 말이 생각났다.

'주의하실 점은 매일 조금씩이라도 먼지나 쓰레기를 먹여야 한다는 겁니다. 배가 고프면 성격이 나빠지거든요.'

로커에 넣어둔 캡슐이 눈에 들어왔다. 후드 주머니에 캡슐을 넣었다. 성진은 이를 악물고 공장으로 향했다. 팀장은 전날처럼 빗자루와 걸레를 지급했다. 성진이 오늘 맡은 구역은 어제 청소한 곳처럼 곰팡이 천지였다. 그는 빗자루로 먼지를 쓸며 주변을 살폈다. 주위에 사람이 없는 것을 확인한 그는 후드 주머니에서 캡슐을 꺼냈다. 구체가 매끄러운 빛을 발했다. 성진은 캡슐 안에 들어 있는 것을 곰팡이가 심하게 핀 바닥에 쏟았다.

슬리버는 열흘은 굶은 사람처럼 먼지를 먹어치웠다. 녀석은 사방으로 촉수를 뻗어가며 먼지와 곰팡이를 흡입했다. 성진은 다른 사람이 지나가는 소리가 들리면 슬리버를 캡슐로 가렸다. 슬리버를 이용하면 청소는 일도 아니었다. 열흘 동안 할 일을 이틀 안에 끝낼 수도 있었다.

하지만 성진은 슬리버를 팀장에게 소개하지 않았다. 그런 바보같은 짓을 할 이유가 없었다. 청소가 끝나면 지겨운 과자 포장 일을 바로 시작할 것이다. 슬리버만 있으면 열흘 동안 편하게 돈을 벌 수 있었다. 슬리버를 소개하지 않은 더 큰 이유는 팀장이었다. 그는 이전 회사의 박 부장과 닮은 구석이 있었다. 꼰대의 관심은 끊지 않는 게 상책이다.

몇 분 후 슬리버가 지나간 자리가 반짝반짝 빛났다. 성진은 지나치게 깨끗해진 바닥에 쓰레기와 먼지를 비벼 일부러 얼룩을 만들었다. 그리고 물걸레로 그곳을 대충 닦아냈다.

'너무 깔끔하게 먹어치워도 문제로군. 이놈은 적당히라는 걸 몰라.' 성진은 생각했다.

그는 곰팡이가 심하게 핀 자리에만 슬리버를 올려놓았다. 슬리버가 곰팡이를 반쯤 먹어치우면 바로 다른 곳으로 옮겨놓았다. 그는 일부러 먼지도 조금씩 남겨두고 남은 시간 동안 천천히 청소를 했다. 약품과 걸레에만 의존했을 때보다 일이 수월했다.

　다른 사람이 지나가는지 경계하며 청소를 하고 있는데 앞쪽의 철골 더미 안에서 작은 쥐가 뛰어나왔다. 온몸이 먼지투성이인 회색 쥐였다. 먹이를 먹지 못해 가죽이 갈비뼈에 달라붙어 있었다. D구역은 한동안 가동 계획이 없다는 걸 몰랐던 것 같았다. 알았다면 하루에 포장하는 과자량이 다른 곳의 두 배인 B구역으로 이사했을 것이다. 회색 쥐는 붉은 고깃덩어리를 발견하고 빠르게 달려왔다. 놈은 슬리버의 몸에 앞니를 찔러넣었다. 오랜만에 나타난 먹이를 놓치지 않겠다는 듯 눈에 핏대를 세웠다.

　난생처음으로 난폭한 포식자를 만난 슬리버는 당황했다. 녀석은 하던 일을 멈추더니 몸을 꿈틀거렸다. 참새에게 밟혀 몸을 배배 꼬는 지렁이 같았다. 슬리버의 꿈틀거림이 서서히 잦아들었다. 녀석은 쥐가 앞니로 문 부위의 촉수들을 빳빳하게 세웠다. 촉수의 길이가 점차 길어지더니 곧 쥐의 몸을 감싸 안았다.

　슬리버의 투명한 젤리 같은 몸속 핵에서 쥐가 몸부림쳤다. 네 다리로 허우적대며 탈출하려 했지만 허공에 발길질하는 거나 마찬가지였다. 녀석의 핵은 음식물을 씹듯 수축과 이완 운동을 반복했다. 쥐의 몸이 무지막지한 압력에 눌려 둥글게 말렸다. 관절과 근육이 파열되어 붉은 피가 뿜어나왔다. 슬리버는 산성 물질을 분비하여 쥐의 단단한 가죽과 뼈를 녹였다. 회색 쥐는 몇 초 지나지 않아 걸쭉한 수프가 되었다. 소화가 진행된 먹잇감은 녀석의 핵 속에서 출렁거렸다.

회색 쥐를 소화하면서 슬리버의 선홍빛 투명한 몸이 회색빛으로 물들었다. 녀석의 몸체에서 피비린내가 났다. 성진은 피 냄새를 맡고 현기증이 났다. 다리가 덜덜 떨리기 시작했다. 그는 경련하는 다리를 쥐었다. 온몸에서 땀이 흐르기 시작했다. 무릎이 욱신거렸다. 성진은 컨베이어 벨트 너머 벽 위쪽을 보았다. 구석 자리에 숨어서 몰래 담배를 피우던 직원들에게 팀장이 화를 내고 있었다.

성진은 슬리버를 캡슐에 넣기 위해 손을 뻗었다. 슬리버에 손을 대자 촉수들이 손가락에 달라붙었다. 끈적끈적한 점액성 물질이 손끝에서부터 기어올라 오고 있었다.

"으악! 이게 지금 어딜 기어오르는 거야? 떨어져, 떨어지라고!"

성진은 손가락에서 녀석을 떼어내기 위해 캡슐 뚜껑으로 촉수를 쳤다. 손가락을 감싸고 있던 힘이 약해졌다. 슬리버를 떼어낸 성진은 캡슐을 두 손으로 잡고 녀석을 가둬버렸다. 무릎의 떨림은 좀처럼 멈추지 않았다. 슬리버가 캡슐에서 빠져나가려고 발버둥 쳤다.

팀장은 몰래 휴식을 취하던 직원들을 각자 구역으로 보냈다. 그는 고개를 갸우뚱하며 비명이 들린 곳으로 걸어왔다. 성진은 캡슐을 상의 주머니에 쑤셔 넣고 벽 아래 떨어져 있는 걸레를 잡았다. 팀장이 가까이 다가왔다.

"난 또 누구라고. 디자이너 선생이잖아. 자네 왜 그렇게 숨을 헐떡이나?" 팀장이 물었다.

"쥐가 갑자기 나타나서 놀랐습니다." 성진이 말했다. 그는 떨림을 멈추기 위해 다리에 힘을 꽉 주었다.

팀장은 두 손으로 배를 잡고 웃었다.

"쥐가 나타났다고? 이거 귀하신 분께 실례가 많았군. 과자 공장에서 일을 하다 보면 가끔 쥐가 나타날 수도 있다는 걸 미리 알려줬어야 하는데." 팀장이 킬킬거리며 말했다. 입에서 침이 흘렀다. "쥐새끼가 무서워서 일을 못 하겠으면 집에 가도 좋네. 하지만 하루를 못 채웠으니 일당은 없어. 우린 시급제가 아니니까."

팀장은 잇몸이 드러날 정도로 웃으며 사무실로 돌아갔다. 유난히 두드러진 앞니가 입술 위로 툭 튀어나와 있었다. 색 바랜 잿빛 작업복을 입은 그는 뒤룩뒤룩 살찐 회색 쥐 같았다.

성진은 주머니에서 손을 뺐다. 손바닥이 땀에 젖어 있었다. 떨림은 차츰 줄어들었다.

성진은 집에 돌아오자마자 캡슐을 열어보았다. 오늘따라 부쩍 돌아다니는 팀장 때문에 다시 확인해볼 순 없었지만, 쥐를 먹어치운 슬리버의 모습이 달라진 것 같았기 때문이다. 방바닥에 떨어진 슬리버는 처음 만났을 때보다 더 붉었고 회색빛이 감돌았다. 이전에는 보이지 않던 잿빛 점이 녀석의 몸통에 따개비처럼 붙어 있었다.

다음 날 성진은 삼십 분 일찍 출근했다. 사람들이 북적거리지 않는 시간에 그녀를 만나고 싶었다. 그는 잊지 않고 슬리버를 챙겼다. 팀장의 사무실을 지나 간이식당으로 향했다. 희주는 맨 마지막 식탁 끝에 앉아 있었다. 성진은 그녀에게 인사를 했다.

"말투가 딱딱한 것치곤 인사성이 좋네요." 희주가 웃으며 말했다. 무슨 생각을 하는지 알 수 없는 멍한 시선은 여전했다. 성진은 그녀 앞에 오래 서 있기 힘들었다. 긴장해서 얼굴이 빨갛게 익어버렸다. 희주를 뒤로하고 사무실 쪽으로 가던 성진은 팀장과 마주쳤다.

"디자이너 선생, 오늘 왜 이렇게 일찍 출근한 거야? 삼십 분 일찍 나온다고 추가 수당을 주진 않아. 아르바이트 공고문에 쓰여 있는 대로 일당은 고정이지. 뭔가를 기대한 거라면 미안하군."

팀장은 히죽거리며 성진을 지나쳤다. 그는 희주에게 다가갔다. 거대한 손바닥이 그녀의 어깨에 내려앉았다. 나무에 달라붙은 딱정벌레처럼, 팀장의 손은 그녀의 어깨에 붙어 있었다. 희주는 아무런 반응도 하지 않았다. 팀장이 얼굴을 가까이 대고 뭐라고 속삭인 뒤 그녀를 놓아주었다. 희주는 엷은 미소를 지으며 고개를 끄덕였다.

성진은 사람들이 모여 있는 사무실 앞으로 갔다. 과자 공장 출근 셋째 날 업무는 전날처럼 대청소였다. 이번에 성진이 맡은 구역은 나무 상자를 쌓아둔 창고였다. 창고 안쪽에서 문을 닫으면 아무것도 보이지 않았다. 천장에 전등이 매달려 있었지만 무용지물이었다. 스위치를 켜니 불이 잠깐 들어왔다가 곧 뭔가 터지는 소리가 나며 어두워졌다. 성진은 사무실에서 대형 손전등 두 개를 빌려와 나무 상자에 올려두고 바닥을 쓸었다. 팀장은 커다란 손전등을 빌려주며 "귀하신 디자이너 선생께서 일하시는 데 어려움이 있다면 힘닿는 데까지 도와줘야겠지?"라고 말했다.

성진은 차라리 잘됐다고 생각했다. 어둡고 밀폐된 공간에서는 남의 눈을 의식하지 않고 슬리버를 사용할 수 있었다. 그는 곰팡이가 심한 부분을 몇 곳 봐둔 후 슬리버를 꺼내 바닥에 내려놓았다. 기다란 촉수가 흐느적거렸고 곧 먼지와 곰팡이를 먹어치웠다.

그런데 슬리버의 움직임이 뭔가 달랐다. 성진은 녀석의 속도가 눈에 띄게 느려졌다는 사실을 깨달았다. 슬리버는 청소를 좀 하는가 싶더니 움직임을 멈추었다. 녀석은 편식을 하고 있었다. 먼지와 곰팡이만으로는 만족하지 못했다. 전날 너무나 자극적인 먹이를 먹은 녀석은 평범한 쓰레기 처리를 거부했다. 녀석에게 청소를 시키려면 어제와 비슷한 먹잇감으로 만족시켜줄 필요가 있었다. 성진은 대형 손전등 하나를 들고 주위를 비추었다. 제멋대로 쌓인 나무 상자 더미 위에 불 꺼진 전등이 매달려 있고, 의자 열댓 개가 서로를 다리로 껴안고 있었다. 그는 손전등을 벽 아래쪽으로 비추었다. 쥐구멍은 보이지 않았다. 결국 쥐를 구하지 못한 성진은 땀을 뻘뻘 흘리며 자신이 맡은 구역을 청소해야 했다.

성진은 인터넷으로 쥐덫을 주문했다. 돈이 궁했지만 슬리버에게 먹이를 먹이려면 어쩔 수 없었다. 배가 고픈 녀석이 캡슐을 녹이고 탈출하면 곤란했다. 슬리버를 회사에 반납하는 방법도 있었지만 연구비를 포기하고 싶지 않았다. 미래를 위한 투자였다. 물건은 다음 날 저녁, 집 문 앞에 놓여 있었다. 쥐덫은 나무로 된 상자 형태였다. 안에 미끼를 넣어 쥐를 생포할 수 있는 구조였다. 성진은 쥐덫으로 쥐를 잡았다. 슬리버는 하루에 한 마리, 운 좋으면 두 마리씩 쥐를 먹을 수 있었다. 쥐를 먹이로 준 이후로 녀석은 얌전해졌다. 검푸른 곰팡이든 샛노란 곰팡이든 무리 없이 먹어주었다.

과자 공장에서 일을 한 지 열흘이 지났다. 시간은 생각보다 빨리 지나갔고 대청소도 거의 끝나갔다. 용두제과 공장 D구역은 숨을 쉴 때마다 기침을 해야 했던 얼마 전과는 비교도 할 수 없을 정도로 깨끗해졌다. 아직 땅바닥에 떨어진 과자를 주워 먹을 수 있는 수준은 아니었지만 열흘 전에 비하면 큰 발전이었다.

대청소가 끝난 날, 용두제과 근로자들끼리 모이는 회식 자리가 있었다. 장소는 공장에서 멀지 않은 부대찌개 집이었다. 직원 대부분이 결혼도 하고 애도 있는 사람들이었다. 추잡한 농담을 주고받는 아저씨들 사이에서 술을 마시는 건 최악이었지만 성진은 참았다. 희주가 있었기 때문이다. 정만은 성진을 자기 옆에 앉게 했다.

"성진 학생, 나 같은 선배가 있으니까 걱정하지 마. 공장 일 별거 아니라고. 과자 부스러기에 미친 쥐새끼들만 조심하면 돼." 정만이 말했다.

"발정 난 쥐새끼도 조심해. 쥐가 좀 많아야지."

누군가가 던진 농담에 아저씨들이 큰 소리로 웃었다. 성진은 속이 답답했다. 대학 입시에 떨어지고 담배를 처음 피웠을 때처럼 메스꺼웠다. 처음 담배 연기가 기도를 타고 들어와 폐를 덮은 순간 그는 잠시 기절했었다. 깨어난 후 머릿속에서 폭죽을 터뜨리는 듯한 두통과 고열에 시달린 그는 두 번 다시 담배를 입에 대지 않았다.

"이 사람들아, 오늘은 그런 소리 자제해. 귀여운 아가씨도 이 자리에 계시니까." 정만이 말했다. 그의 코에서 담배 연기가 뿜어져 나왔다. 그 연기 끝에 희주가 앉아 있었다.

"담배 밖에서 피우라고 내가 몇 번을 말해!" 주방에서 나온 아주머니가 소리쳤다.

"오랜만에 회식하러 온 거야. 좀 봐줘." 정만이 말했다.

"담배 연기 때문에 오던 손님도 나가겠다!"

"아, 그래서 오늘 내가 이렇게 애들 데려왔잖아. 매상 팍팍 올려
준다니까."

"국자로 주둥아리 처맞기 전에 나가서 피워. 나가라고, 인간아!"

아주머니가 국자를 들고 달려오자 정만은 밖으로 뛰쳐나갔다.

성진은 앞자리에 앉은 희주를 보았다. 담배 연기가 시야에서 사
라지면서 희주의 얼굴이 또렷이 보였다. 그녀는 정만이 도망치는 모
습을 보고 웃고 있었다. 성진은 국자로 부대찌개를 떠서 작은 그릇
에 담아 희주에게 건네주었다.

"고마워요." 희주가 그릇을 받으며 말했다.

"이봐, 성진 학생. 희주는 내가 들어오기 훨씬 전부터 여기서 일
하던 베테랑이야. 고작 국물 떠준 걸로 꼬시기는 힘들 거야." 어느
새 자리로 돌아온 정만이 말했다. 주변에서 다른 아저씨들이 큰 소
리로 떠들고 있어 희주는 듣지 못한 모양이었다. 성진은 그녀가 먹
는 모습을 보다가 자신도 먹기 시작했다.

진탕 취한 아저씨들은 회식이 끝난 뒤 소용돌이치는 어둠 사이
를 휘청거렸다. 성진과 희주도 꽤 마셨지만 인사불성인 아저씨들만
큼은 아니었다. 시간을 보니 이미 열 시 반이 넘어가고 있었다.

"여기서 집까지 얼마나 걸려요?" 성진이 물었다.

"버스 타면 금방이에요." 희주가 말했다. 그녀는 새빨갛게 익은
얼굴을 찌푸리고 한숨을 쉬었다.

"조심히 들어가세요." 성진이 말했다. 그는 지하철역을 향해 가다
가 뒤를 돌아보았다. 희주는 버스 정류장에 앉아 고개를 숙이고 있
었다. 그는 발걸음을 돌려 뛰어갔다. 술이 식도를 타고 올라오는 것

같고 머리가 어지러웠다.

"괜찮으시다면 조금이라도 모셔다드릴게요. 밤이 늦었고 술도 꽤 마셨잖아요."

희주는 고개를 들었다. 그녀는 잠시 고민하는가 싶더니 살짝 미소를 지으며 말했다.

"고마워요." 희주가 말했다. 성진은 그녀의 얼굴을 똑바로 보기 힘들었다. 술을 마시지 않았다면 그 자리에 있지 못하고 도망쳤을 것이다.

"집으로 바로 가는 버스가 있어요?" 성진이 물었다.

"105번하고… 음, 뭐더라. 203-2번도 가요." 희주는 손가락을 하나씩 꼽으며 말했다.

성진은 희주가 앉은 의자에서 멀리 떨어진 곳에 앉았다. 그는 희주가 말한 번호의 버스가 오는지 고개를 쑥 내밀고 기다렸다. 전광판에는 두 버스 모두 십 분 이상 기다려야 한다고 나왔지만 그는 차도에서 눈을 떼지 않았다. 희주 못지않게 성진도 얼굴이 빨갛게 익어 있었다. 그는 추운 것도 잊은 채 버스를 기다렸다.

"대학생이신가 봐요. 정만 아저씨가 계속 학생이라고 부르던데." 희주가 말했다.

성진은 뒤를 돌아보았다. 희주가 그를 보고 있었다.

"이제 학생이 아니라고 말해도 소용없어요. 작년에 졸업했어요." 성진이 말했다. 그는 얼굴에서 열기가 조금씩 빠지는 것을 느꼈다.

"부럽다. 대학교 다녔으면 재밌었겠어요. 예전에 제 고등학교 때 친구들 대학 다니는 얘기 들어보면 저도 가고 싶더라고요. 전 고등학교 졸업하자마자 여기서 일했거든요."

"별거 없어요. 시간표를 내 마음대로 짤 수 있고, 놀거리에 술이 추가되는 것 말고는 고등학교 때랑 비슷해요." 성진이 말했다. 그는 희주의 얼굴을 똑바로 보지 못했다.

"성진 씨는 전공이 뭐였어요?"

"산업디자인 학과였어요. 덕분에 포토샵은 질리도록 배웠죠. 지금을 쓸 일이 거의 없지만."

성진은 머리를 긁적였다. 평소보다 말이 잘 나왔다. 지금이 아니면 그녀에게 더 가까이 다가갈 기회가 거의 없을 거라고 생각했다.

"실례지만 나이가 어떻게 되세요?"

성진은 말하자마자 정말 실례를 범했다고 생각했다.

다행히 희주는 기분 나빠하지 않고 답해주었다.

"스물여덟이요."

"전 스물일곱이에요. 말 편하게 하세요." 성진이 말했다. 그는 취기가 만들어낸 시각의 흔들림 속에서 희주를 놓치지 않기 위해 애썼다.

"친해지고 싶어지면 말 놓을게요." 희주가 말했다. 어디를 보고 있는지 모를 그녀의 시선은 밤의 파도를 헤엄치고 있었다.

"알겠어요." 성진이 말했다.

침묵의 시간이 다시 돌아왔다. 성진은 버스가 오는 쪽을 보고 있었지만 신경은 희주에게 쏠려 있었다. 뒤에서 그녀가 바라보고 있을 거라는 생각에 아무 생각도 할 수 없었다.

"성진아, 버스 온 것 같아." 희주가 말했다. 성진은 화들짝 놀라 대답하지 못했다. 입이 붙어서 말이 나오지 않았다. 얼굴이 붉어진 것은 술 때문이 아니었다.

"덕분에 술 다 깼어. 혼자서 갈 수 있으니까 걱정하지 않아도 돼."

"정말 괜찮겠어요?"

"괜찮아. 조심히 들어가."

희주를 태운 버스가 떠났다. 성진은 시계를 보았다. 열한 시를 막 지나고 있었다. 그는 지하철역 계단을 내려갔다. 아직 뜨거운 볼이 차가운 겨울 밤바람을 막아주었다.

회식 날 이후로 그녀와 따로 이야기를 나눈 적은 없었다. 고작해야 아침에 인사를 하는 정도였다. 이틀이나 지났지만 성진에겐 오늘 아침 일처럼 생생했다. 희주가 손을 흔들고 버스에 올랐다. 그녀를 태운 버스는 문이 닫힌 후 눈치도 없이 곧바로 출발해버렸다. 성진은 혹시라도 희주가 자신을 보고 있지는 않을까 궁금해서 버스를 뚫어지게 바라보았지만 승객이 너무 많아서 그녀를 찾기 힘들었다.

성진은 작업복으로 갈아입기 위해 탈의실로 들어갔다. 그는 끙 소리를 내며 이마를 눌렀다. 탈의실 안은 늘 먼지가 많아 숨이 막혔다. 두통이 나기 시작했다.

키는 작지만 목소리는 누구보다 큰 정만이 먼저 와 있었다. 그는 성진에게 질문 공세를 퍼부었다.

"회식 끝나고 어떻게 됐는데, 응? 나중에 따로 술이라도 마신 거야?"

정만의 통통한 눈꺼풀에 짓눌린 눈이 어두운 탈의실의 공기를 뚫고 다가왔다.

"그런 일 없었어요. 이상한 생각하지 마세요."

정만은 털이 빠져서 홀쭉해진 패딩을 벗고 앞치마를 입었다. 용두제과 공장에서 입는 작업복이었다. 앞치마 앞쪽에는 용두제과의 캐릭터인 시퍼런 용 얼굴이 그려져 있었다. 정만은 그 용을 '마약 중독 용 대가리'라고 불렀다. 예전에 한 번, 왜 그렇게 부르는지 성진이 물었지만 정만은 기분 나쁜 웃음소리를 내면서 눈을 치켜뜰 뿐이었다. 이후 성진은 용 대가리에 대해 묻지 않았다.

성진은 한숨을 쉬며 안쪽에 양털을 덧댄 후드 집업 티를 벗은 뒤 앞치마를 둘렀다. 때가 타서 노르스름해진 양털이 후드 안쪽에 바짝 달라붙어 있었다.

"남자 새끼가 돼서 아랫도리가 영 실속이 없구먼. 학생 여기서 일한 지 벌써 열흘도 넘었잖아. 요즘 여자들은 재미없는 남자를 싫어해. 술 못 하는 남자는 더더욱 싫어하고."

정만은 어깨를 들썩대면서 큰 소리로 웃었다. 그의 툭 튀어나온 배가 웃음소리에 맞춰 위아래로 흔들렸다.

"기분 좋아 보이시네요." 성진이 말했다. 그는 앞치마 주머니에 캡슐을 재빨리 넣고 로커를 잠갔다.

"학생이 그 아가씨랑 재미 좀 봤으면 더 좋았겠지."

"그런 일 없습니다. 그리고 학생 아니라고 했잖아요. 대학 졸업한 지 일 년도 넘었어요."

"솔직하지 못하긴. 하여간 재미없는 놈이야."

정만은 툴툴거리며 탈의실을 나갔다. 문밖에서 탕탕거리며 철제 계단을 내려가는 소리가 들렸다.

성진은 탈의실 불을 끄고 공장으로 내려가는 계단을 밟았다. 수 많은 컨베이어 벨트가 꼬리에 꼬리를 물고 이어져 있었다. 셀 수 없이 많은 큰 상자가 곳곳에 놓여 있었다. 그 옆에는 과자 봉지를 상자에 넣는 사람, 그 상자를 옮기는 사람, 그리고 그들을 지켜보며 코를 씰룩대는 팀장이 있었다. 팀장은 매일 다른 순서로 공장을 돌며 사람들을 괴롭혔다. 성진이 과자 봉지를 상자에 넣다가 앞치마에 땀을 닦아내고 있을 때 팀장이 다가왔다.

"디자이너 선생, 고생이 많군. 일은 좀 손에 붙었나?" 팀장이 말했다.

성진은 멈추지 않고 과자 봉지를 큰 상자에 담았다. 컨베이어 벨트가 계속해서 과자 봉지를 날랐다.

"괜찮은 것 같아요."

"괜찮은 것 같다고? 그럼 다행이네만 쓸데없는 생각은 안 하는 게 좋아. 마음이 편해지면 쓸데없는 생각을 하기 마련이거든. 얼마 전에 자네 또래인 녀석이 한 명 있었지. 포장된 과자를 쥐새끼처럼 몰래 뜯어 먹고 있더라고. 귀싸대기로 끝냈지만 다음에 누가 또 걸리면 어떻게 할지 몰라. 자네, 내가 무슨 말 하는지 아나?"

"그런 일 없을 겁니다." 성진이 말했다. 그는 팀장에게 대답하면서 상자를 날랐다.

"대학교를 졸업했다고 그랬지? 거기서 뭘 배웠나?"

"산업디자인을 전공했습니다."

"산업디자인이라. 이름도 참 멋지군. 나처럼 공부와 담쌓은 사람은 근처에도 갈 수 없는 굉장한 거겠지." 팀장이 실실 웃으며 말했다.

"요즘엔 가방끈이 길어도 먹고살기 힘들다지?"

"쉽지 않네요."

"내가 중학생 때 한 문제집을 본 적이 있어. 반에서 공부 좀 하던 녀석이 가지고 있던 거였지. 그 문제집 가격을 듣자마자 바로 공부를 때려치웠어. 이상한 그림이랑 글자가 빼곡한 책 한 권이 그렇게 비싸다니! 그걸 보느니 담배 한 갑을 더 사지."

팀장의 목구멍에서 가래 끓는 소리가 났다.

"난 대학에 다녀본 적이 없어. 옛날에는 대학 다니는 친구들이 부러웠지. 그런데 요즘 대학생들은 나한테 와서 일을 달라고 한다네. 재미있는 세상이야." 팀장이 말했다. 그는 툭 튀어나온 배를 긁적이면서 미소를 머금었다.

"열심히 하게. 그렇다고 월급봉투가 두툼해지는 건 아니지만 여기서 달리 할 일도 없잖나?"

팀장은 주머니에 손을 넣었다. 두툼한 살집 때문에 잘 들어가지 않았다. 그는 컨베이어 벨트를 멀리 돌아 정만에게 다가갔다. 정만은 부대찌개집에서보다 더 큰 소리로 웃으며 이야기를 나누었다. 팀장이 그의 목을 주무르며 "한 번만 더 요령 피우다가 걸리면 화장실을 청소해야 할 거야"라고 말할 때도 정만은 즐거운 듯 웃었다. 팀장이 자리를 뜨자 정만은 가운뎃손가락을 올리며 침을 뱉었다.

성진은 상자에 과자 봉지를 계속 담았다. 앞치마 주머니에 들어 있는 캡슐이 움직이는 것 같았다. 설마 녀석이 밖으로 나온 건 아니겠지? 성진은 주머니에 손을 넣어보았다. 캡슐 뚜껑은 잘 닫혀 있었다. 성진은 앞에 있는 컨베이어 벨트가 정만을 넘어 먼 곳까지 이어진 것을 보았다. 벨트를 따라 눈이 향한 곳에 희주가 있었다. 그녀는 작은 상자들을 나르고 있었다. 팀장이 희주에게 다가갔다. 희주는 예의 엷은 미소를 지으며 상자를 계속 날랐다. 팀장은 희주의 어깨에 손을 올렸다. 그의 손은 어깨에 이어 등으로 미끄러져 내려갔다. 희주는 아무런 반응도 하지 않고 상자를 계속 날랐다.

점심시간에 성진은 정만과 밥을 같이 먹었다.

"딸이라고요?" 성진이 물었다.

"조용히 말해." 정만이 손가락을 들어 올리며 소곤거렸다.

"이번에도 이상한 농담하시는 건 아니죠?"

"내가 항상 헛소리만 하는 줄 알아? 그리고 목소리 좀 줄여. 팀장은 그 얘기하는 걸 싫어한단 말이야. 적어도 본인 귀에 들어오는 건 참지 못할 거야." 정만이 말했다. 그는 입을 오물거렸다.

"그 인간이랑 실랑이 벌이고 싶지 않아. 지금은 본인 사무실에서 밥을 먹고 있겠지만, 그 개새끼라면 갑자기 내 등 뒤에 나타나서 식탁 위에 침을 뱉을 수도 있어."

"부녀지간이란 걸 숨길 이유가 없잖아요." 성진이 말했다. 그는 젓가락으로 콩나물 무침을 들어 입에 넣었다.

"숨기는 게 아니야. 그저 말을 안 할 뿐이지. 근데 너무 꺼림칙하잖아. 그 인간이 희주에게 하는 꼴을 봐. 그게 어딜 봐서 아버지와 딸의 모습이냐고." 정만이 말했다. 그는 한숨을 푹 쉬었다.

"학생이 희주랑 잘 지내는 것 같은데 조심하는 게 좋아. 예전에도 자네 같은 애가 한 명 있었어. 키는 작았지만 똑똑한 꼬맹이였지. 희주와도 잘 지냈어."

"그게 문제가 되나요?"

"팀장에게는 문제가 됐지. 희주와 사귄다는 소문이 돌자 팀장이 그 애를 불렀어. 팀장이 업무 시간에 누구를 사무실로 부르는 일은 거의 없어서 확실히 기억해. 얼마 후에 꼬맹이는 일을 그만뒀어." 정만이 말했다.

"꼬맹이 말고도 희주와 잘 지내는 녀석들은 오래가지 못했어. 팀장이 그 꼴을 못 보는 거지. 힘든 일을 시키고 심한 구박으로 모욕을 줘서 그만두게 하는 거야."

정만은 고개를 들어 주위를 둘러보았다. 그들이 앉은 자리는 주방에서 가까운 곳이라 온갖 소음이 가득했고 주변에 다른 사람은 없었다.

"공장 내에서도 쉬쉬하고 있지만 팀장이라는 사람, 문제가 많아. 아내와 사별하고 희주랑 둘이 산다는데, 아내가 팀장한테 맞아 죽었다는 소문이 있어. 충분히 그럴 만하지. 인간성이 지랄 맞은 놈이야. 저 인간이 자네한텐 뭐라고 하든?"

"별로 기분 좋은 이야기는 아니었어요."

"조심해. 팀장 성격 건드려서 좋을 게 없어. 개똥 같은 놈. 저런 놈이 땅에 묻혀야 하는데 아내가 먼저 가다니. 아내도 본인이 직접 묻었을 거야. 손찌검만으로는 부족했다 이거지."

정만은 젓가락으로 콩자반을 집으려 했지만 잘 집지 못했다. 그는 젓가락을 탕 소리 나게 식탁에 내려놓고 숟가락으로 콩자반을 떠먹었다.

성진은 고개를 들어 주위를 둘러보았다. 희주는 홀로 밥을 먹고 있었다. 그녀는 마치 반쯤 잠들어 있는 사람처럼 멍한 상태로 수저를 들고 있었다.

그날 저녁, 일을 마치고 옷을 갈아입은 성진은 희주를 찾았다.

"공장에서 일하는 거 힘들지 않아요?" 성진이 물었다. 희주는 두 손을 호호 불고 있었다.

"오래 해온 일이야. 난 괜찮아." 희주가 말했다. 그녀는 성진이 말을 걸어와서 조금 놀란 눈치였다.

"택배 회사 물류 센터나 건축 현장에서도 일해봤지만 또래의 여성분은 거의 없었어요. 여긴 작업 환경도 안 좋고 힘 쓰는 작업도 많아서 일하고 싶은 곳은 아닐 텐데."

"나도 하고 싶어서 시작한 건 아니야. 하다 보니 계속하게 된 거지. 달리 할 일도 없었고." 희주가 말했다. 성진은 잠시 뜸을 들이다가 주머니에 손을 넣고 물었다.

"팀장님 기다리는 거예요?"

"팀장은 남은 일이 많아서 사무실에 남아 있어. 보통은 나 혼자 돌아가. 그날 집에는 잘 들어갔니?" 희주가 말했다. 성진은 그녀가 팀장을 아버지라고 부르지 않은 것이 마음에 들면서도 한편으로 불안했다.

"술 덕분에 춥지는 않더라고요."

"다행이네."

희주는 등에 멘 가방에서 목도리를 꺼내 목에 둘렀다. 그녀의 얼굴이 목도리 사이에 파묻혔다.

"괜찮으면 한잔하지 않을래?" 희주가 물었다. 그녀의 목소리가 성진의 귀를 어루만졌다.

"좋아요." 성진이 대답했다.

어두운 대로변 위로 여러 가지 색깔의 발걸음이 지나갔다. 그중 두 개의 발자국은 주황빛 조명의 구석진 가게로 이어졌다. 한 시간 후 그들 앞에는 빈 소주병이 세 개 늘어서 있었고, 반쯤 마신 병 하나가 더 있었다.

"여기 오기 전에는 디자인 회사에 다녔어요. 야근이 많고 일거리가 넘쳤죠. 퇴근 시간이 가까워질 때쯤 부장은 자기 일을 저에게 맡겼어요. 그 사람은 늘 그랬어요. 삶의 유일한 낙이라도 되는 것처럼 사원들을 괴롭혔죠." 성진이 말했다. 그는 희주와 둘이서 술을 마시는 순간이 꿈처럼 느껴졌다. 성진은 마지막 기회라도 되는 양 나오는 대로 이야기를 꺼냈다. 그는 대학생 시절의 시시콜콜한 이야기부터 교통사고를 당해 무릎을 다친 일까지 늘어놓았다. 희주와 조금이라도 더 함께 있고 싶었다.

"그날 기다려줘서 고마워." 희주가 말했다. 그녀는 회식 자리에 있을 때와 달리 말이 많았다. 짜증을 불러일으키는 수다쟁이는 아니었다. 성진은 그녀의 이야기에 귀를 기울였다. 희주의 볼이 빨갛게 물들었다.

"누가 그렇게 걱정해준 건 오랜만이었어. 공장에서 아저씨들은 나한테 거의 말을 걸지 않아. 나와 친하게 지내거나 즐겁게 이야기하는 모습을 보면 팀장이 좋아하지 않을 테니까."

"평소에 팀장이라고 불러요?"

"그 인간은 아버지라고 불리면 안 되는 사람이야. 그 인간은…."

희주는 빈 잔에 소주를 채웠다. 그녀는 그대로 한 잔을 비우고 한숨을 푹 쉬었다.

"미안해. 그냥 좀 힘들어서 그래." 희주가 말했다. 눈물이 흐르지는 않았지만 그녀의 눈이 촉촉해졌다. 침묵이 길게 늘어졌다. 실제로는 회식 날 정류장에서 버스를 기다리며 보낸 시간보다 짧았지만 성진에게는 그때보다 훨씬 길게 느껴졌다.

먼저 침묵을 깬 것은 희주였다. 그녀는 빈 잔을 손가락으로 잡고 돌렸다. 진공 상태의 우주에 있는 것처럼 주위가 조용해졌다.

"난 고아야. 사고가 나서 부모님 두 분 다 안 계셔." 희주가 말했다. 그녀의 목소리가 가늘게 떨리기 시작했다.

"부모님은 날 이모에게 맡겨두고 여행을 가셨어. 비가 오는 날이었는데 브레이크를 잘못 밟았나 봐. 차는 전복했고 두 분 모두 돌아가셨어. 내가 초등학생 때였지. 그렇게까지 오랫동안 울어본 건 살면서 처음이었어.

작은이모가 나를 자기 집으로 데려갔어. 결혼을 했지만 아이가 없었거든. 그때는 이모에게 고마워했어. 내가 원하는 것은 뭐든지 해주고 친부모처럼 아껴줬으니까. 하지만 지금 생각해보면 이모가 날 데려간 건 이모 자신을 위해서였던 것 같아.

팀장이 이모 남편이야. 팀장은 집에 들어오면 침대에 누워서 이모를 불렀어. 난 소리를 듣고 싶지 않아서 문을 닫고 방에서 절대 나가지 않았어. 그런데 온 집 안에 소리가 들려서 아무 소용없었지. 그 자식은 안방 문도 닫지 않고 그 짓거릴 했어. 내가 집에 있는 걸 알면서 말이야.

이모는 나를 그 집에 데려가면 자신을 지킬 수 있을 거라 생각했나 봐. 어린 내가 집에 있으면 팀장도 그만둘 거라고 생각했겠지. 이모는 내가 집에 있다면서 완강히 거부했지만 팀장은 아랑곳하지 않았어. 집에만 오면 원숭이처럼 발가벗고 침대에 누워서 이모를 방으로 불렀어."

희주가 앉아 있는 곳 주위가 어두워지고 있었다. 성진의 시야가 흐려졌다.

"그런데 어느 날 이모가 집에 들어오지 않았어. 새벽 세 시쯤 팀장이 집에 들어왔는데 그는 아무 말도 하지 않았어. 그저 술만 계속 마셔댔지. 난 이모가 어디 있는지 알고 싶었지만 묻지 않았어. 그 인간, 눈이 완전히 풀려 있는 게 무슨 짓이든 저지를 것만 같았거든. 다가가기 무서웠어.

그리고 며칠 후 팀장이 직접 말해줬어. 실종된 이모가 발견되었다고 말이야. 바닷가에서 찾았다는데 물속에 얼마나 오래 있었는지 몸이 풍선처럼 부풀어 올라 있었대."

희주가 소주병을 기울였으나 병은 비어 있었다.

"풍선처럼 말이야. 그 인간이 그렇게 말했어. 그날도 술에 떡이 돼서 들어왔는데 정신이 나간 건지 이모 얘기만 계속했지. '부풀어

올랐어. 크게, 크게. 그 여편네 말 안 듣더니 꼴좋다. 그 정도 말했으면 알아처먹어야지. 내 말을 듣지 않으면 어떻게 되는지 이제 알겠지?' 그는 끊임없이 중얼거렸어.

팀장은 거실 식탁에 앉아서 중얼거리다가 내 방으로 와 문을 두들겼어. 난 문을 잠그고 방에서 절대 나가지 않았어. 매일 밤 꿈을 꿔. 물속에서 풍선처럼 부푼 이모가 떠올라 천장에서 날 내려다보고, 침대 위에선 팀장이 날 부르고 있어. 난 싫어. 난, 나는."

희주가 잔을 조용히 내려놓았다. 그녀는 구토를 할 것처럼 손으로 입을 막았다. 조금씩 숨을 고르며 그녀는 눈을 감았다.

"너무 많이 마신 것 같아. 이제 나가자."

둘은 밤거리로 나왔다. 형형색색의 정신 나간 네온사인이 눈길을 주고받고 있었다. 성진은 희주의 손을 잡았다. 그녀는 거부하지 않고 더 강하게 그의 손을 움켜쥐었다. 그들은 누가 먼저랄 것도 없이 모텔로 향했다. 작은 방 안에서 둘은 따뜻한 온기를 느끼며 서로의 등을 쓰다듬었다.

성진은 어두운 심연의 구멍 속에서 허우적댔다. 팀장이 거대한 팔로 희주를 끌어안고 있었다. 그녀는 아무 힘도 쓰지 못했다. 팀장의 손이 움직이는 대로 그녀는 반응했다. 희주는 두꺼운 털로 덮인 덫에 걸려 옴짝달싹하지 못했다. 팀장의 허리 아래서 희주의 몸이 아이스크림처럼 녹아내렸다. 그녀는 흔적도 없이 사라졌다.

잠에서 깬 성진은 숨을 헐떡였다. 시계를 보니 밤 열한 시 이십오 분이었다.

"무서운 꿈꿨어?" 희주가 물었다. 그녀의 보드라운 살갗이 성진의 팔과 다리에 닿았다.

"괜찮아요. 요새 일이 좀 힘들었나 봐요." 성진이 말했다. 그는 이마를 잡고 머리를 눌렀다. 두통이 가라앉았다.

"같이 있고 싶어." 희주가 말했다. 그녀는 성진의 가슴에 손을 얹었다.

"우리 집에 와요."

성진이 말했다. 희주는 그의 옆에 누워서 천장을 보고 있었다.

"집에 들어가지 않으면 나도 이모처럼 죽을 거야."

"팀장이 죽이고 바닷가에 던진 게 틀림없어요. 경찰에 신고해요. 그런 놈이랑 같이 살면 안 돼요."

"경찰이 해결해주는 것은 아무것도 없어. 그들이 줄 수 있는 건 궁상맞은 희망뿐이야."

희주는 옷을 입었다. 성진은 그녀의 등에 있는 검은 멍 자국을 보았다.

"그만 들어가자. 오늘은 버스 기다려주지 않아도 돼. 혼자 갈게."

희주가 미소를 지으며 말했다.

성진은 지하철을 탔다. 희주가 보고 싶었다. 그녀에게 안기고 싶었다. '무서운 꿈꿨어?' 꿈이라면 좋겠다고 생각했다. 머릿속에서 울리는 수많은 목소리가 각각의 파장으로 뇌를 후벼 팠다.

성진은 가까스로 집에 도착했다. 그는 빌라 계단을 천천히 올라갔다. 삼 층에서 문이 열리고 옆집 아주머니의 까랑까랑한 목소리가 머리를 때렸다.

"오구오구 우리 쫑이, 지금은 집에 있어야 해요. 그래야 착한 아이지? 너무 늦어서 옥상에는 못 올라가요. 착하게 있으면 내일 또 옥상 구경시켜줄게. 어이구, 그렇게 나가고 싶어요?"

주변에 불이 켜진 집은 한 곳도 없었다. 하늘에 어둠이 깔리고 모두가 잠든 시간이었다. 개는 아주머니가 웃을수록 더 짖어댔다. 개 짖는 소리가 커질수록 아주머니의 깔깔거리는 웃음소리도 더 높아졌다. 성진은 난간을 잡고 계단을 올라갔다. 아주머니는 계단을 내려오다가 성진을 보고 코를 잡았다. 그녀의 품 안에 작은 슈나우저가 안겨 있었다.

"어유, 술 냄새! 총각, 좀 적당히 마시고 다녀요. 다른 사람들 사는 데 피해 주지 말고."

아주머니는 고개를 저으며 계단을 내려갔다. 개는 한시도 쉬지 않고 짖어댔다. 성진은 난간에 몸을 기대고 그들이 내려가는 것을 지켜보았다.

집에 들어온 성진은 화장실로 달려가 구토를 했다. 머리가 깨질 것처럼 아팠다. 그는 옷을 벗고 물을 틀었다. 샤워기에서 물이 흘러나왔다. 성진은 자연스럽게 어깨를 어루만지는 거대한 손과 저항하지 않는 여자의 가녀린 몸을 떠올렸다. 안개 속을 활강하던 작은 질투의 불씨는 팀장의 손바닥을 장작 삼아 활활 타올랐다.

성진은 책상 서랍 두 번째 칸을 열어 수면 유도제를 꺼내 한 알 삼켰다. 목구멍을 타고 흘러가는 레돌민은 모빌이 달린 요람 속으로 그를 인도했다.

성진은 일주일에 한두 번 희주와 만났다. 둘은 저녁을 먹고 사랑을 나누었다. 첫 번째 만남 이후 둘은 성진의 집에서 시간을 보냈다. 그날도 둘은 사랑을 나누고 침대에 누워 서로의 피부를 느끼고 있었다.

"전부터 궁금했는데, 저게 도대체 뭐야?" 희주는 책상에 있는 둥근 물체를 보며 물었다.

성진은 자리에서 일어나 바지를 입었다. 그는 책상으로 다가가 캡슐을 열었다. 커다란 고깃덩어리처럼 생긴 슬리버가 바닥에 떨어졌다. 희주는 깜짝 놀랐다.

"신기술로 만든 슬리버라는 생물이에요. 먼지나 곰팡이 제거에 아주 효과적이죠."

성진은 장갑을 끼고 슬리버를 책상 위에 올려놓았다. 슬리버가 움직이자 책상에서 광택이 났다. 녀석이 지나간 자리에 놓여 있던 핸드폰은 새것처럼 반짝거렸다.

"그런 건 보여주기 전에 미리 말해줄래? 깜짝 놀랐어."

"놀라는 모습이 보고 싶었어요."

성진이 말했다. 희주는 슬리버에게 가까이 가지 않았다. 그녀는 검붉은 고깃덩어리를 경계했다.

성진은 장갑을 끼고 슬리버를 캡슐에 넣었다. 녀석의 덩치가 커진 이후 캡슐 안에 들여놓는 게 쉽지 않았다. 성진은 낑낑대며 캡슐을 닫았다.

"슬리버는 먼지 외에 해로운 동물도 처리해줘요. 바퀴벌레 같은 해충은 물론 큰 쥐도 먹어치우죠."

"그럼 너도 위험한 거 아니야? 얘가 널 먹어버리면 어떡해."

"캡슐 안에 잘 담아두면 안전해요."

성진은 캡슐을 손으로 톡톡 두드렸다.

"굉장한 점은 흔적이 전혀 남지 않는다는 거예요. 이 녀석은 먹이를 완전히 녹여서 소화하거든요." 성진은 두 손을 꽉 쥐며 말했다. 희주는 역겨워하며 토하는 시늉을 했다. 그녀는 사랑스러운 미소를 지으며 웃었다.

성진은 침대로 돌아와 그녀를 품에 안았다. 희주는 성진의 가슴에 얼굴을 묻고 책상 쪽을 올려다보았다. 그녀는 슬리버가 들어 있는 캡슐을 응시했다.

희주는 성진의 허리를 껴안고 눈을 감았다.

"디자이너 선생, 우리 희주랑 사귀는 사이인가?"

컨베이어 벨트에 눈을 고정하고 과자를 포장하던 성진에게 팀장이 물었다.

성진은 무의식적으로 그렇다고 대답할 뻔했다.

"아닙니다."

"둘이 요새 자주 붙어 다니는 게 보이더라고. 내 눈이 잘못된 게 아니라면 꽤 친해 보이던데. 그 애가 아무나하고 장난을 치는 성격은 아니거든. 나 외에 다른 사람이랑 웃고 떠드는 걸 본 적이 없어."

'당신이랑도 그런 적 없어. 웃고 떠드는 건 너뿐이지.' 성진은 생각했다.

"아무튼 아니면 됐네. 아 참, 그리고 할 말이 있는데, 자네 오늘 오후부터는 다른 일을 하나 더 하게 될 거야." 팀장이 말했다. 그는 손가락으로 이 사이에 낀 반찬을 빼냈다.

"그동안은 정만이 이 일을 해왔지만 이제는 자네가 해줬으면 해. 과자 상자를 창고에 옮기는 거야. 어때, 간단한 일이지?" 팀장이 말했다. 말이 쉽지 상자를 나르는 건 힘든 일이었다. 하루에 포장하는 과자만 수백 상자가 넘었다. 그걸 모두 창고에 옮기고 쓰러지지 않게 잘 쌓아야 했다. 성진이 있는 곳에서 창고까지는 거리가 꽤 있어서 몇 번 오가기만 해도 진이 빠질 것이다.

"과자 포장이랑 창고 정리는 두세 명이 분담해서 하는 거 아닌가요?" 성진이 물었다.

"원래는 그랬지. 그런데 요 며칠 사이에 일곱 명이 일을 그만뒀어. 일손이 부족하다는 거지. 자네 혼자 힘든 게 아니야."

성진은 컨베이어 벨트 너머 작업자들을 둘러보았다. 다른 사람들은 모두 짝을 지어 일을 하고 있었다. 성진 외에 혼자서 구역을 담당하는 사람은 없었다.

"힘들면 언제든지 말해. 자네 말고도 일할 사람은 넘쳐나니까. 자네 하나 자르는 건 아무것도 아니라는 거야." 팀장은 바닥에 가래침을 뱉으며 말했다.

며칠 동안 홀로 포장과 창고 정리를 한 성진은 몸이 부서질 것 같았다. 무릎이 욱신거려서 견딜 수가 없었다. 다른 사람들은 요령껏 서로 일을 봐주면서 쉴 수 있었지만 성진에게는 휴식 시간이 없었다. 점심시간이 되어야 화장실에서 볼일을 보며 한숨 돌릴 수 있었다.

팀장은 그 후에도 성진이 맡은 구역으로 와 그를 괴롭혔다. 일부러 힘든 구역으로 보내 일을 시키기도 하고, 군이 청소하지 않아도 되는 구역을 닦으라며 걸레를 쥐여주었다. 특히 희주와 함께 있을 때는 정도가 심했다. 그녀와 얘기라도 할라치면 어디선가 나타나 훼방을 놓았다. 그날도 그는 희주의 어깨를 주무르며 성진에게 웃어 보였다.

"어제 잠 못 잤니?"

희주가 식판을 들고 있는 성진에게 물었다.

"밤에 옆집 개가 심하게 짖어서 잠을 좀 설쳤어요. 괜찮아요."

성진이 주걱으로 식판에 밥을 가득 푸며 말했다. 몸을 계속 움직였더니 배가 너무 고팠다. 그는 희주의 얼굴을 보았다. 그의 눈이 커졌다.

"얼굴이 왜 그래요?" 성진이 물었다. 희주는 얼굴을 가렸다.

"아무것도 아니야."

"잠깐 손 치워봐요. 얼굴 좀 봐요."

"아무것도 아니라니까."

성진은 희주의 팔을 잡고 그녀의 얼굴을 보았다. 눈 밑에 검푸른 멍이 나 있었다. 입술도 부어 있었다.

"그 자식이 때렸어요?"

"가끔 있는 일이야. 별거 아니야." 희주가 말했다. 그녀는 불안해하며 주위를 둘러보았다. 팀장이 점심시간에 식당에 올 일은 없었지만 그녀는 불안해했다.

"오늘부터는 혼자 먹는 게 좋을 것 같아. 미안해." 희주가 말하며 구석진 식탁으로 갔다. 그녀는 맨 끝자리에 홀로 앉아 밥을 먹었다.

공장 일이 끝난 후 둘은 성진의 집으로 갔다. 희주는 샤워를 하고 수건으로 몸을 닦았다.

"앞으로 여기에 오지 못할 수도 있어." 희주가 욕실에서 걸어 나오며 말했다. 상처는 얼굴에만 난 게 아니었다. 옷을 입었을 때는 몰랐던 상흔이 보였다.

"이해해줄 수 있지?" 희주가 웃으며 말했다. 그녀는 집으로 돌아갔다. 성진은 밤새 한숨도 잘 수 없었다.

날이 갈수록 희주의 얼굴은 초췌해졌다.

"얼굴은 가능하면 때리지 않으려고 하더라. 본인도 들키고 싶지는 않은 모양이지."

희주가 말했다. 성진은 그녀의 얼굴에 난 상처들을 보았다. 희주의 말과 달리 팀장은 힘 조절을 잘하지 못했다.

"예전에도 이런 적은 많았어. 술에 취해서 때리고, 다음 날 미안하다고 빌어. 며칠 이러다가 곧 그만둘 거야."

희주는 웃음을 잃지 않았다.

성진은 자기 구역으로 갔다. 숨겨둔 덫에 회색 쥐가 잡혀 있었다. 평소라면 슬리버에게 바로 주었겠지만 오늘은 그러지 않았다. 성진은 어깨가 저릴 때까지 상자를 흔들었다. 작은 쥐가 상자 안쪽에 부딪히는 느낌이 손을 타고 전해졌다. 그는 덫을 바닥에 던졌다. 쥐는 추락하는 엘리베이터에 갇힌 것처럼 보였다. 찍찍 소리가 들리지 않았다. 성진은 캡슐을 열어 슬리버에게 먹이를 주었다.

성진은 갈수록 쥐 사냥에 흥미를 느꼈다. 그는 자신보다 작고 약한 쥐를 내려다보았다. 회색 쥐는 아무런 힘도 쓰지 못하고 슬리버의 먹이가 되었다. 디자인 회사에서 일할 때는 꿈도 꿀 수 없었던 희열이었다. 힘 있는 자는 힘없는 자를 밟을 수 있었다. 한번 맛보면 빠져나올 수 없는 희열이었다. 박 부장이 그에게 한 번도 미안해하지 않고 일거리를 넘기던 게 이해가 갔다. 덫에 걸린 쥐는 아무것도 못 하고 슬리버의 위장으로 빨려 들어갔다. 성진은 인정하지 않았지만 사실 알고 있었다. 그는 쥐를 잡는 행위를 기대하고 있었다.

슬리버는 회색 쥐를 먹어치우면서 점점 변해갔다. 색은 불에 반쯤 탄 석탄가루처럼 검회색이 되었고 촉수의 길이가 조금 더 길어졌다. 생김새가 갈수록 흉측하게 변했다. 그리고 녀석은 미세하지만 점점 커지고 있었다. 쥐를 삼킬수록 녀석의 변화는 두드러졌다.

성진은 용두제과에 출근해 탈의실에서 옷을 갈아입었다. 전날 잠을 제대로 자지 못해 눈이 무거웠다. 정만의 농담을 받아넘기고 철제 계단을 내려갔다. 그는 간이식당으로 갔다. 희주는 식당에 없었다. 성진은 사무실 주변과 창고에도 가 보았다. 희주는 보이지 않았다. 그날 하루 종일 일이 손에 잡히지 않았다. 쥐덫에 쥐가 잡혔지만 슬리버에게 먹이를 주는 것도 잊어버렸다.

"희주 누나 일 그만뒀어요?"

점심시간, 성진은 앞자리에 앉아서 국물에 밥을 말고 있는 정만에게 물었다.

"어디 아픈가 보지. 예전에도 가끔 일을 쉴 때가 있었어. 예쁜 얼굴 또 볼 수 있을 테니 그때까지 좀만 참아."

성진은 정만의 말에 웃을 수 없었다. 피로가 한꺼번에 몰려왔다. 정만이 뭐라고 말하고 있었지만 들리지 않았다. 주위 소리가 아주 멀리서 들리는 것처럼 희미해졌다. 의식의 바구니가 깊은 우물 바닥을 파고 내려갔다. 성진의 멍한 얼굴 앞에서 정만이 손가락을 흔들었다.

"학생, 듣고 있어? 요즘 쥐 때문에 일하다가 깜짝깜짝 놀란다고. 갑자기 확 나타나서 과자 부스러기를 훔쳐 가더라니까. 한주먹거리도 안 되는 것들이 알짱대는데 귀찮아죽겠어." 정만이 숟가락을 국물에 담그며 말했다.

"그래도 팀장 새끼보다는 정감 가는 얼굴이야. 쥐는 병균은 퍼뜨리지만 비꼬는 말투로 사람을 돌아버리게 하지는 않잖아."

"그건 그래요." 성진이 말했다. 그는 주위를 한 번 더 둘러보았다. 희주는 보이지 않았다.

예전에 정만이 말한 대로 팀장이 근무 시간에 작업자를 사무실로 부르는 일은 극히 드물었다. 문제를 일으킨 직원을 해고할 때 외에는 사무실에 아무도 들이지 않았다. 그런 팀장이 점심시간이 막지났을 때 성진을 불렀다. 성진은 마약 중독 용 대가리가 붙은 작업복을 입고 있었다. 사무실은 조용했다. 문밖에서는 컨베이어 벨트가 돌아가고 커다란 상자를 옮기는 사람들의 짜증 섞인 열기가 오갔지만 사무실 안은 고요했다. 방음 처리가 아주 잘 된 공간이었다. 책상 위에 여러 개의 볼펜과 서류가 널브러져 있었다. 책상 뒤쪽 벽면에는 하키 채가 세워져 있었다. 성진은 하키 채를 힐끔 보았다.

"일하는 도중에 내가 누군가를 부르는 일은 거의 없어. 작업 시간이 줄어들었다고 해서 월급을 줄일 수는 없으니 말이야." 팀장이 말했다. 흙탕물에서 사는 메기 같은 얼굴이 커다란 몸 위에서 낄낄거렸다.

"얼굴 좀 펴, 학생. 자네를 해고하려는 게 아니야. 그럴 거였으면 오늘 일이 다 끝난 다음에 불렀겠지."

"어제 다 못 한 일이 있어서 빨리 작업대로 돌아가야 합니다."

"바로 그거야. 어제오늘 일 처리가 엉망이더군. 내가 분명 창고에 남는 자리가 없도록 채워 넣으라고 했을 텐데."

"혼자서 그걸 다 채우는 건 무립니다. 전 휴식 시간도 갖지 않고 일했어요." 성진이 말했다. 그의 주먹에 힘이 들어갔다.

"우리 공장에 휴식 시간은 따로 없어. 주어진 일을 마치면 자유롭게 쉴 수 있지. 열심히 하고 쉬면 된다는 말이야. 대학에서 공부한 친구라 해서 기대했는데 의외로 별거 없군그래."

"중요한 얘기가 아니면 작업대로 돌아가고 싶은데요." 성진이 말했다. 주먹을 너무 세게 쥐는 바람에 통증이 몰려왔다. 손가락뼈가 반대 방향으로 어긋난 것 같았다.

"자네 희주랑 무슨 일 있었나?" 팀장이 물었다. 그는 담배를 깊게 들이마시고 탁한 연기를 성진의 얼굴에 뿜어냈다.

"희주 일을 왜 자네에게 묻느냐는 얼굴이군. 이상한 소문이 돌더라고. 희주랑 자네가 사귀는 게 아니냐고 말이야. 둘이 너무 친근하게 지냈던 탓이겠지. 음, 너무 친근하게 지냈어." 팀장은 얼굴을 찡그리며 말했다. 그는 손가락으로 책상을 툭툭 쳤다.

"나도 설마 그렇진 않을 거라고 생각했지. 그 아이의 가장 친한 친구는 나였으니까. 그래서 희주의 배신이 더 놀라웠어. 딸아이가 방에서 신나게 전화를 하고 있더라고. 자네 이름을 부르면서 아주 기쁜 듯이."

"나이가 비슷하다 보니 친해지기 쉬웠습니다. 그 외에는 아무 일 없어요." 성진이 말했다.

"이상한 일이야. 애가 얼마 전부터 기분이 좋아 보여. 집에도 늦게 들어오고. 누군가와 전화를 해도 소리 죽여서 하던 아이였지. 이번에는 약간 실수를 한 것 같아."

팀장은 담뱃재를 재떨이에 털어냈다. 그는 한 번 더 길게 담배를 빨고 연기를 내뿜었다.

"난 희주에게 반성할 기회를 줬어. 아버지라면 응당 그래야지. 희주가 내 양녀인 건 알고 있지? 아주 예쁜 아이야. 나라면 그런 딸은 죽어도 못 낳았을 거야. 죽은 아내 상판도 그다지 볼만하진 않았거든."

"아내 되시던 분 일은 안됐어요." 성진이 말했다.

팀장은 미간에 깊은 주름이 잡히는 걸 참고 있었다. 성진은 뒤로 물러서진 않았지만 언제라도 피할 수 있도록 다리에 힘을 주었다.

"남의 집 사정에 일일이 신경 쓰지 않는 게 좋아. 사람 사는 방식은 다 다르니까. 우리 집에서는 내가 법이지. 여편네가 없으니 딸이 대신 일을 할 수도 있는 거 아냐? 밥하고 빨래하고 청소하는 게 아버지한테 반항할 정도로 힘든 일은 아니잖아?"

팀장은 몸을 돌려 하키 채를 잡았다. 성진은 움찔하며 뒤로 물러났다. 팀장은 웃으며 하키 채로 바닥을 긁었다.

"그 작은 아이가 아버지인 내게 대들었어. 단 한 번도 그런 적이 없었는데 이상하잖아. 사춘기를 겪기에는 너무 늦었고, 생리할 시기도 아니고 말이야. 그 애 주기는 내가 잘 알거든. 굳이 폭발 직전의 상태에 다가가서 좋을 건 없지. 안 그래?"

"아버지란 사람들이 딸의 생리 주기까지 외우지는 않아요." 성진이 말했다.

팀장은 담뱃불을 비벼 끄고 관자놀이를 긁었다. 그는 잠시 후 고개를 들어 성진을 보았다.

"학생, 충고 하나 할까. 아직 어려서 잘 모르는 모양인데 괜히 찔러대다가 험한 꼴 볼 수 있어. 세상일이 그렇게 단순하지는 않다는 거야."

팀장은 살찐 배를 어루만지며 히죽거렸다. 그는 손가락으로 이를 쑤셨다. 초록색 시금치 조각이 튕겨 나왔다. 팀장은 쩝쩝 소리를 냈다.

"알아들었으면 나가서 일 봐." 팀장이 말했다.

사무실에서 나오자 공장의 소음이 다시 시작되었다. 성진은 문앞에 서서 심호흡을 했다. 주먹으로 해결될 일이었다면 팀장이 담배를 재떨이에 놓았을 때 그의 두껍고 기름진 이마가 깨지고 피가 솟아났을 것이다. 성진의 주먹에서 피가 뚝뚝 떨어졌을 것이다.

성진은 작업대로 돌아갔다. 시간이 얼마나 지났는진 모르지만 성진은 하루가 너무 긴 것 같다고 생각했다. 쥐덫에 회색 쥐가 들어가 있었다. 성진은 나무 상자를 옷 속에 숨기고 화장실로 들어갔다. 그는 칸막이 문을 닫고 변기 속에 쥐덫을 던져 넣었다. 쥐는 필사적으로 헤엄쳤다. 무거운 나무 상자는 점점 가라앉았다. 성진은 쥐덫을 건져 올렸다. 쥐는 축 늘어져 있었다.

성진은 레돌민을 두 알 먹었다. 잠은 오지 않았고 눈이 붉게 물들었다. 아무것도 할 수 없었다. 답답한 마음에 심장이 터질 것 같았다. 그는 쓰러지듯 방에 누웠다.

희미한 의식 속으로 거대한 회색 쥐가 들어왔다. 쥐의 몸이 점점 커졌다. 살이 너무 쪄서 배가 땅에 끌렸다. 놈이 이를 드러내자 초록색 이물질이 보였다. 시금치 조각 같았다. 회색 쥐는 입맛을 다시며 성진을 요리조리 살펴보았다. 성진은 눈앞이 침침해지는 걸 느꼈다. 시야가 흐려졌다. 술이 들어갔을 때처럼 머리가 어지럽고 구토가 올라오는 것 같았다. 쥐의 머리통이 찌그러진 봉제 인형처럼 움푹 파였다. 파인 부분에서 다른 얼굴이 모습을 드러냈다. 팀장은 늘어진 볼이 잔뜩 밀려 올라갈 정도로 크게 미소 지었다. 팀장은 빳빳한 털을 곤두세우고 네 발로 바닥을 훑었다. 귀에 거슬리는 마찰음에 소름이 돋았다. 거대한 회색 쥐가 희주에게 다가갔다. 녀석은 긴 꼬리로 희주의 목을 휘감았다. 팀장은 그녀의 어깨와 등을 타고 허리로 내려갔다.

성진은 주머니에서 캡슐을 꺼냈다. 버튼을 누르자 슬리버가 바닥에 떨어졌다. 그는 장갑을 끼지 않은 채 슬리버를 집어서 팀장의 등에 던졌다. 슬리버가 팀장의 머리를 끌어안았다. 검회색 고깃덩어리에서 촉수들이 튀어나와 팀장의 얼굴과 몸통을 더듬거렸다. 슬리버는 점점 커져서 팀장을 완전히 삼켜버렸다. 녀석은 위아래로 꿈틀거리면서 연동 운동을 시작했다. 움직일 때마다 팀장의 얼굴이 일그러졌다. 코가 뭉개지고 눈이 파였다. 빨간 핏물이 분수처럼 쏟아져 나왔다.

성진은 자신의 손을 보았다. 슬리버를 만졌던 자리가 녹고 있었다. 손톱이 떨어졌고, 벗겨진 피부 아래서 무수한 모세 혈관들이 수채화 물감처럼 번져나갔다. 뼛조각이 바닥에 떨어지며 이상한 울음소리를 냈다.

머나먼 어둠 속에서 희주가 그를 지켜보았다. 그의 눈과 코가 녹아내렸다. 성진의 눈동자에 박힌 희주가 바닥으로 떨어졌다.

성진은 비명을 지르며 자리에서 일어났다. 익숙하지 않은 햇빛이 방 안을 비추었다. 출근 시간이 삼십 분이나 지나 있었다.

"무슨 낯짝으로 왔는지 모르겠군. 자넨 해고야." 팀장이 말했다. 땀 냄새에 전 지방 덩어리가 이죽거리고 있었다. 성진은 용두제과 사무실 문 앞에 서 있었다.

"지각해서 죄송합니다만 그렇다고 바로 해고할 수는 없을 텐데요."

"자네가 어제까지 일을 엉망으로 처리했지만 해고까진 안 하려고 했어. 하지만 무단결근에 근무 태만인 근로자를 해고하는 건 책임자로서 마땅히 해야 하는 일 아닌가. 그 외에도 자네를 자를 구

222

실을 얼마든지 있어. 내가 서류에 조금만 손을 대면 간단한 일이지. 아직 잠이 덜 깬 모양인데 집에서 예능 프로나 보면서 쉬는 게 어때?"

"결근이 아니에요. 늦었지만 나왔습니다. 일할 수 있어요."

"그거야 자네 사정이지." 팀장이 말했다.

"난 이미 자네를 잘랐어. 그건 바뀌지 않을 거야. 내겐 자네를 해고할 만한 충분한 사유가 있어. 더 볼일 없으면 나가주게."

성진은 사무실에서 나왔다. 그는 공장 안을 둘러보았다. 희주는 보이지 않았다.

'사무실은 방음 시설이 완벽해. 희주는 오늘도 보이지 않아. 원숭이처럼 발가벗고 침대로 불렀어.'

그는 정만에게 다가갔다.

"희주 누나 오늘도 안 나왔어요?" 성진이 물었다.

정만은 상자를 나르던 손을 멈추고 성진을 보았다. 그는 깜짝 놀랐다. 성진의 얼굴은 검은 유막으로 둘러싸인 것처럼 어두워 보였다. 눈이 풀려 있었다.

"오늘도 못 나온 것 같아. 그런데 학생, 얼굴이 말이 아니야. 괜찮은 거야?"

"괜찮아요. 저 먼저 들어갈게요."

"들어간다니. 자네 일은 어떻게 하고."

성진은 정만을 뒤로하고 공장을 빠져나왔다.

집에 들어온 성진은 희주에게 전화를 걸었다. 그녀가 전화를 받았다.

"희주 누나! 지금 어디예요?"

성진은 전화가 행여 끊길까 봐 두 손으로 핸드폰을 쥐고 말했다. 심장이 두근거렸다.

"집에 있어. 연락 못 해서 미안해. 몸이 좀 안 좋았어." 희주가 말했다. 그녀의 목소리는 방금 잠에서 깬 사람의 것처럼 잠겨 있었다.

"목이 많이 잠긴 것 같네요. 연락이 안 돼서 걱정했어요." 성진이 말했다. 아무 소리도 들리지 않았다. 성진은 핸드폰에 얼굴을 가까이 대고 귀를 기울였다. 그녀는 울고 있었다.

"나… 더는 못 버틸 것 같아. 하루도 그냥 지나가는 날이 없어. 이대로 가다간 정말 미쳐버릴 거야."

"어리석은 생각하지 말아요. 내가 구해줄게요. 지금 밖으로 나올 수 있어요?" 성진이 말했다. 기나긴 침묵이 이어졌고 훌쩍이는 소리가 들렸다.

"보고 싶어."

희주의 목소리는 눈물에 잠겨 바닥으로 가라앉았다. 그녀는 전화를 끊었다. 성진은 다시 전화를 걸었다. 아무리 전화를 걸어도 희주는 받지 않았다. 그는 핸드폰을 던져버렸다. 성진은 주먹으로 허벅지를 내리쳤다. 무릎이 비명을 질렀다. 그는 "끄응" 하는 소리를 내고 욕지거리를 내뱉었다. 숨이 차고 심장이 빠르게 고동쳤다.

그때 옆집에서 철제문이 열리는 소리가 들렸다. 성진은 숨을 참고 소리를 죽였다. 그는 조용히 책상으로 다가가 캡슐을 손에 쥐었다.

"쫑이야, 우리 귀여운 아기! 엄마 지금부터 나가봐야 해요. 오늘

집 잘 볼 수 있지? 안 돼, 안 돼. 엄마 지금 나가봐야 한다니까." 옆집 아주머니가 말했다.

슈나우저가 짖어댔다. 아주머니가 자신의 집 문을 연 채 소리쳤다.

"애, 나 지금 좀 급해서 그러니까 쫑이 옥상에서 산책 좀 시켜줘라."

"아, 그런 건 엄마가 좀 해!"

"쫑이 산책은 매일 내가 시켰잖아. 가끔은 너도 좀 거들어!"

옆집 아주머니는 문을 쾅 닫고 계단을 내려갔다. 성진은 문을 살짝 열어두었다. 잠시 후 옆집 딸이 개를 데리고 옥상으로 올라갔다. 그녀는 슈나우저를 가슴에 안고 있었다. 성진은 조심스럽게 집에서 나왔다. 주머니에 애완동물용 싸구려 육포가 들어 있었다. 쥐덫 미끼로 사용하기 위해 대량으로 사둔 것이었다. 그는 슬리버를 잡을 때 쓰는 장갑을 손에 꼈다.

옥상 문은 닫혀 있었다. 성진은 조심스럽게 문을 열었다. 옆집 딸은 옥상 난간에 기대어 담배를 피우고 있었다. 그녀는 귀에 이어폰을 끼고 있어서 옥상 문이 열리는 소리를 듣지 못했다. 그녀는 누군가와 통화를 하고 있었다. 슈나우저가 마구 짖어대며 야단법석을 피웠다.

성진은 육포 포장지를 뜯었다. 개는 고기 냄새를 맡고 더 심하게 짖기 시작했다. 성진은 옥상 문 안쪽으로 몸을 숨겼다. 여자는 짜증을 내며 이어폰의 음량을 최대로 올렸다. 성진은 육포를 개에게 들이댔다. 여자는 뒤돌아 있어서 그 모습을 보지 못했다. 슈나우저는 흥분해서 뛰어올랐다. 개는 성진에게 달려들어 육포를 입에 물었다. 성진은 슈나우저의 작은 입을 손으로 움켜쥐고 삼 층으로 내려갔다.

성진은 집으로 뛰어 들어가 문을 잠갔다. 슈나우저는 낯선 공간에서 벗어나기 위해 발악했다. 성진은 한 손으로 개가 입을 열지 못하게 쥐고, 다른 손으로 캡슐 뚜껑을 열었다. 검회색 슬리버가 바닥에 떨어졌다. 녀석은 어제오늘 먹이를 먹지 못해 성질이 나 있었다. 슈나우저가 성진의 손아귀를 벗어나 그의 손목을 물었다. 개의 이빨이 장갑을 뚫고 피부에 박혔다. 성진은 비명을 지르려다가 어금니를 꽉 깨물었다. 바닥에서 먹이를 찾아 배회하는 슬리버를 들어 올려 시끄럽게 짖어대는 슈나우저의 입을 막았다.

슬리버는 자기보다 큰 먹잇감에 흥분했다. 녀석은 몸을 크게 키워 조금씩 개의 얼굴과 몸통을 덮었다. 슈나우저의 네 다리가 헤엄치듯 바닥을 긁다가 움직임을 멈추었다. 커다란 고깃덩어리가 슬리버의 핵으로 들어갔다. 슬리버는 차가운 빗방울을 맞은 달팽이처럼 잔뜩 움츠러들었다가 커지면서 소화액을 분비했다. 그리고 조금씩 핏물을 음미했다. 녀석은 커다란 먹잇감이 마음에 든 것 같았다. 쉴 새 없이 짖어대던 개의 입이 슬리버의 핵으로 들어가 둥글게 말렸다. 녀석은 순식간에 개를 소화했다.

슬리버의 색이 더욱 검게 변했다. 녀석의 모습은 이전보다 흉측해졌다. 촉수들은 더 길어졌고 사이사이에 작은 잔가시가 박혀 있었다. 촉수들이 사방으로 뻗어 나갔다. 성진은 슬리버에게 닿지 않기 위해 뒤로 물러났다. 슬리버가 그에게 다가왔다. 녀석에게 눈은 없었지만 냄새를 맡거나 피를 감지하는 감각 기관이 있는 것 같았다. 저 촉수들이 더듬이 역할을 하는 건지도 모른다.

"커다란 고기 맛이 어때. 끝내주지?" 성진이 말했다. "오늘은 이만 참아. 내일은 이것보다 몇십 배는 더 큰 고기를 먹게 해줄 테니까."

성진은 발광하는 슬리버를 집어서 간신히 캡슐 안에 넣었다. 녀석은 안에 들어가서도 움직임을 멈추지 않았다. 캡슐의 틈새가 조금 벌어졌다가 닫혔다. 성진은 두 손으로 캡슐을 눌렀다. 몇 초 후 슬리버는 움직임을 멈추었다.

슈나우저가 문 손목에서 핏방울이 떨어졌다. 성진은 구급상자에서 소독약을 꺼내 손목에 발랐다. 하얀 거품이 뽀글거리며 올라왔다. 그는 붕대로 상처를 지혈했다.

성진은 희주에게 다시 전화를 걸어보았다. 발신음의 단조로운 울림이 뇌 주름을 어루만졌다. 희주는 전화를 받지 않았다.

그는 캡슐을 머리맡에 두고 누웠다. 잠이 쉽사리 오지 않았다. 그는 레돌민 한 알을 삼켰고 곧 잠이 들었다.

성진은 용두제과 공장으로 갔다. 점심시간이라 사람들은 모두 식당에 몰려 있었다. 성진은 사무실로 가서 문을 열었다. 그는 과자 봉지를 나를 때 쓰는 목장갑을 끼고 있었다.

"자네랑 할 말은 더 없는 걸로 아는데."

팀장은 청바지 위로 늘어진 아랫배를 드러내고 혼자 밥을 먹고 있었다. 성진은 문을 닫았다. 사무실 안은 조용했다.

"이봐, 지금 이게 무슨 짓이야?" 팀장은 젓가락을 내려놓고 성진에게 소리쳤다.

"회주 누나에게 무슨 짓을 한 겁니까?" 성진이 말했다.

"자네 지금 해고당했다고 이러는 거야?"

"그건 이제 상관없어요. 회주 누나가 공장에 왜 안 나오는 건지 말해요." 성진이 말했다.

팀장은 자리에 앉은 채 성진을 올려다보았다.

"내가 말했지? 남의 집 일에 사사건건 신경 쓰는 거 아니라고. 자네가 뭔데 참견이야."

"회주 누나 때문만은 아니에요. 아내가 당신 손에 맞아 죽었을지도 모르는 일이니까요. 전 이 일을 신고할 겁니다. 다시 조사가 이루어지면 사무실이 아니라 감옥에서 밥을 먹어야 할 수도 있어요." 성진이 말했다.

"그 얘기 어디서 들었지?" 팀장이 물었다.

"알 거 없어요." 성진이 대답했다.

"회주 그년이 말했군. 나쁜 년. 먹여주고 키워준 은혜도 모르고 멋대로 나불거리다니."

팀장의 목소리가 높아졌다. 그는 피부가 하얗게 질릴 정도로 주먹을 쥐었다가 조심스럽게 힘을 뺐다.

"자네 덕분에 그년이 해야 할 과제가 더 많아졌어. 이 과제 목록을 만드느라 얼마나 고생했는지 자네는 모를 거야. 하지만 그만큼 중요한 일이니까. 아내에게도 만들어줬던 건데 그년은 몇 가지를 미루곤 했어. 희주도 다를 거 없더군. 그래서 방으로 불렀지. 처음에는 반항하더라고. 덕분에 목이랑 등에 살 껍질이 벗겨졌어." 팀장이 말했다. 그는 목을 긁적이면서 책상을 톡톡 쳤다. 그의 목에 생긴

지 얼마 안 된 상처가 있었다.

"희주가 옛날에 몇 번 도망치려 했어. 처음에는 봐주었지. 그저 방으로 불러들이는 횟수를 늘리는 걸로. 하지만 말을 듣지 않더라고. 그래서 배를 갈렸어. 등하고 엉덩이도. 그런 곳은 옷을 입으면 아무도 모르니까."

팀장이 책상을 두드리는 소리가 점점 커졌다. 그는 이 사이로 침을 삼키며 요란한 소리를 냈다.

"디자이너 선생, 듣고 있나? 사람은 말이야. 무엇이든 할 수 있을 것처럼 보이지만 사실 아주 약해. 눈물, 콧물 다 쏟아내고 나면 도망칠 기력을 잃고 말아. 말을 순순히 듣는 아이는 아주 사랑스럽지."

"당신 같은 인간은 살아 있으면 안 돼."

"자네도 울며불며 빌 때까지 맞다 보면 알게 될 거야."

팀장이 자리에서 일어났다. 그는 책상 뒤쪽 벽면에 세워져 있던 하키 채를 집었다.

"중학생 때 하키를 좀 했거든. 실점을 막기 위해 나한테 달려든 놈이 있었어. 난 넘어졌고 이마가 찢어졌지. 시합 후 탈의실에서 그놈 대가리에 이 하키 채를 먹여줬어. 둔탁하고 경쾌한 소리가 들리더군. 경기장 탈의실은 아주 깊숙하고 조용한 곳이야. 비명 소리가 새어나가는 걸 걱정하지 않아도 돼. 그 돼지 녀석이 오줌을 지리며 빌게 만들어줬지."

성진은 책상 위에 널브러진 펜을 여러 개 잡았다. 그는 뾰족한 펜촉을 팀장에게 휘둘렀다.

날카로운 펜 두 개가 팀장의 얼굴을 긁고 지나갔다. 팀장이 성진에게 달려들어 하키 채로 내리쳤다. 성진은 왼팔로 하키 채를 막았다. 무릎에서 경련이 일기 시작했다. 팀장은 아랑곳하지 않고 계속내리쳤다. 성진의 왼팔이 힘없이 늘어졌다. 순식간에 부풀어 왼팔에 힘이 들어가지 않았다. 팀장이 하키 채를 휘둘러 성진의 머리를내리쳤다. 성진은 쿵 소리를 내며 앞으로 쓰러졌다. 그러나 그는 정신을 잃지 않고 오른손으로 펜을 휘둘렀다. 여러 개의 날카로운 펜촉이 두꺼운 지방으로 덮인 팀장의 몸을 뚫고 들어갔다. 팀장은 신음하며 배를 움켜잡았다. 성진은 손아귀에 힘을 주고 몇 번 더 찔렀다. 공중을 가르던 하키 채에 힘이 빠졌다.

"너 지금… 무슨 짓을 하는지 알고 있는 거야? 난 네놈 신상 정보를 알고 있어. 여기 다 적혀 있다고, 이 새끼야. 감옥에 가는 건 너야." 팀장이 말했다. 그는 배를 움켜잡고 신음했다. 온갖 신경이 끊어지는 고통 속에서 그는 비명도 지르지 못하고 숨을 헐떡였다.

"자신이 어떻게 될지 안다면 큰소리칠 수 없을 텐데." 성진이 말했다. 그는 가방에서 캡슐을 꺼냈다. 버튼을 누르자 무언가가 바닥에 떨어졌다.

"우리나라 법은 믿을 수 없어. 십오 년간 여동생을 성폭행한 친오빠에게 징역 오 년을 주는 곳이니까. 입양한 딸을 건드린 당신도그리 큰 벌은 받지 않겠지."

성진은 목장갑을 벗었다. 그 속에 또 다른 장갑을 끼고 있었다. 슬리버를 잡을 때 사용하는 장갑이었다.

"너 지금 무슨…"

성진은 청테이프로 팀장의 입을 막았다. 팀장은 펜촉에 찔린 배에서 손을 떼 테이프를 뜯으려고 했다. 성진이 하키 채로 팀장의 양쪽 어깨를 내려쳤다. 팀장은 절규하며 바닥에 고꾸라졌다. 그는 성진을 노려보며 웅얼거렸다. 성진은 팀장의 어깨와 쇄골을 하키 채로 갈겼다. 뼈가 부러지고 조각나는 소리가 들렸다. 팀장의 비명 소리가 사무실에서 울렸다.

성진은 바닥에 떨어진 슬리버를 들어 팀장의 얼굴 위에 올려놓았다. 슬리버는 피 냄새를 맡고 흥분해 평소보다 훨씬 많은 촉수를 내뿜었다. 녀석의 크기가 점점 커지더니 순식간에 팀장의 얼굴과 가슴을 덮었다. 사방으로 요동치는 연동 운동 속에서 팀장의 피부가 녹아내렸다. 팀장은 얼굴에 올라앉은 분홍빛 덩어리를 떼어내려 했지만 팔을 올리지 못했다. 하키 채가 그의 어깨를 모두 부숴놓았기 때문이다. 입을 막고 있던 테이프는 녹아내렸지만 그는 이제 비명을 지를 수 없었다.

성진은 펜과 캡슐을 가방에 넣고 사무실에서 나왔다. 점심시간은 아직 많이 남아 있었다. 평소에도 이 시간에는 아무도 사무실 근처로 오지 않았다. 식사를 마치고 나온 팀장의 사냥감이 되고 싶은 사람은 없으니까.

성진은 사무실 문 앞에 주저앉았다. 손이 떨리고 눈물이 나왔다. 그는 연신 흘러내리는 콧물을 들이마셨다. 다리가 미친 듯이 경련을 일으켰다. 성진은 무릎을 움켜잡았다. 하키 채로 맞은 왼팔을 구부릴 수가 없었다. 그는 고통과 희열 속에서 숨죽여 울었다. 눈물이 잦아들 때쯤 성진은 시계를 보았다. 점심시간이 끝나려면 아직 십 분 정도 남아 있었다. 그는 자리에서 일어나 사무실 문을 열고 들어갔다.

사무실 안은 고요했다. 성진은 팀장이 쓰러져 있던 곳을 보았다. 슬리버가 몸을 조금씩 흔들면서 사무실 한가운데로 미끄러져 왔다. 녀석은 썩은 고깃덩어리처럼 변해 있었다. 먼지 속에 숨으면 녀석을 찾을 수 없을 것 같았다. 성진은 슬리버를 들어 올려 캡슐 안에 넣었다. 녀석이 배가 불러서 얌전할 거라고 생각했다. 하지만 슬리버는 난생처음 즐긴 진수성찬의 여운을 잊지 못하고 꿈틀거렸다. 슈나우저를 삼켰을 때와는 비교도 할 수 없을 정도로 반응이 격했다. 성진은 캡슐로 녀석을 때리며 억지로 넣었다. 슬리버를 내리친 충격으로 캡슐 뚜껑과 몸통 사이가 벌어졌다. 틈새로 녀석의 숨소리가 들리는 듯했다. 성진은 캡슐을 가방에 넣고 탈의실에서 옷을 갈아입었다. 손과 다리에 묻은 피가 굳기 시작했다. 비릿한 쇠 냄새가 났다. 성진은 손목에 감은 붕대가 헐거워지는 기분이 들었다.

집에 도착한 성진은 희주에게 전화를 걸었다. 그녀는 받지 않았다. 희주에게 문자를 보냈다.

'흔적도 없이 사라졌으니 걱정하지 않아도 돼. 전화 줘. 보고 싶어.'

그는 캡슐을 꺼내 책상 위에 올려두었다. 캡슐을 바라보면서 말했다.

"희주가 전화를 할 거야."

캡슐은 조용히 그를 올려다보았다.

"너도 그렇게 생각하지?"

머리가 어지러웠다. 성진은 그 자리에 풀썩 누웠다. 샤워를 하지 않아 몸 구석구석에서 피 냄새가 진동했다. 하지만 그는 일어나고 싶지 않았다. 성진은 상체만 세운 채 책상 서랍에서 레돌민을 한 알 꺼내 먹었다. 침에 녹은 약 성분이 목구멍을 타고 내려갔다.

극심한 피로가 장대비처럼 쏟아졌다. 성진은 뒤척이다가 책상에 발등을 찧었다. 수면 유도제는 고통에 그다지 도움이 되지 않았다. 그는 신음 소리를 내며 이를 악물었다. 책상에 놓여 있던 캡슐이 바닥으로 굴러떨어졌다.

캡슐 안에서 무언가가 꿈틀대고 있었다. 벌어진 틈새로 성진의 몸 주위를 배회하는 피 냄새가 스며들어 갔다. 캡슐의 틈새가 점점 크게 벌어졌다. 그 사이로 슬리버가 스멀스멀 기어 나왔다. 문어가 좁은 바위틈을 뚫고 나오듯 슬리버는 여러 개의 촉수를 이용해 밖으로 빠져나왔다.

성진은 방문이 열렸다가 닫히는 소리를 들었다고 생각했다. 그는 목을 조금 들었다가 힘이 빠져 자리에 풀썩 드러누웠다. 두 눈은 방에 난 작은 창문처럼 닫혀 있었다. 방에는 은은한 달빛조차 들지 않았다. 성진의 방은 어둠에 갇혔다. 굳게 닫힌 창문 밖에서 길을 잃고 리어카 아래 숨은 새끼 고양이가 울었다. 냉장고 모터가 규칙적인 소음을 내며 돌아가고, 물방울이 욕실 바닥으로 떨어졌다.

슬리버는 공장 사무실에서 만끽한 진수성찬과 비슷한 냄새를 맡았다. 붕대 속의 벌어진 상처에서 피 냄새가 진동했다. 녀석은 방바닥을 밀어내며 기어갔다. 맛있는 피 냄새가 이정표 역할을 했다. 기어간 자리에는 먼지 한 톨 남지 않았다. 슬리버는 촉수를 뻗어가며 길을 만들었다. 녀석은 쉬지 않고 냄새가 나는 곳으로 나아갔다.

성진은 희주를 생각했다. 그녀가 보고 싶었다. 레돌민은 그의 몸을 바닥 아래로 가라앉혔다. 무거운 추를 매달고 바다에 빠진 것 같았다. 묘한 평온이 다친 몸을 어루만졌다.

성진의 핸드폰이 진동하며 울렸다. 핸드폰에 희주의 이름이 떠 있었다. 그녀의 이름이 가녀린 깃털처럼 둥실둥실 떨어졌다. 벨소리가 흘러나왔다. 노랫소리는 끊이지 않고 이어졌다.

강남 파출부

203호.

현관문 앞에 선 윤금이 씨의 손바닥에 땀이 돌았다. 어차피 다시 앞으로 내려올 앞머리를 옆으로 넘기며 어깨에 있을지 모를 비듬을 털어냈다. 을이란 걸 항상 유념하되, 결코 주눅 든 티를 내지 말라던 소개소 박 소장의 말대로 짐짓 콧대를 높이니 턱이 따라 올라왔다.

견고한 현관문 너머로 누군가 이쪽으로 오는 소리가 커지고 있었다. 문이 열리자 윤금이 씨는 어제 거울을 보며 연습한 대로 미소 지으며 "사모님, 안녕하세요. 강남 직업소개소에서 온 윤금이입니다" 하고 고개를 조아렸다. 아까 괜히 올렸던 콧대와 턱이 자연스레 숙여졌다.

"어서 오세요. 들어오세요."

박 소장이 일러준 대로 사모님은 삼십 대 후반이었으나, 사모님으로서의 말투와 표정은 오백 년을 전해 내려오는 것 같았다. '저들은 태어날 때부터 저렇게 태어난 것일까?' 사모님들에게 나이는 적용되지 않았다. 사모님 그 자체일 뿐이다.

"사진과 좀 다르시네요. 옛날에 찍은 사진을 제출하셨나 봐요."

이건 윤금이 씨의 실제 모습이 예상보다 늙었다는 핀잔일 것이다. 남의집살이하면서 중요한 것 중 하나가 대답할 것과 그냥 웃어 넘길 것을 구분하는 것이다. 그걸 누구보다 잘 아는 윤금이 씨는 살짝 웃어 보일 뿐 대꾸하지 않았다. 주름과 기미를 다 없애주겠다며 요구하지도 않았던 친절을 베푼 사진관 아가씨가 잠시 원망스러웠을 뿐이다.

"이쪽으로 오세요. 여기가 지내실 방이에요."

사모님이 안내해준 현관 옆 도우미 방은 윤금이 씨가 살았던 반지하 원룸보다 크기는 작았으나 벽지가 은은하니 고왔고, 창문으로 들어오는 빛이 구석까지 미치고 있었다. 방 한구석에 짐을 풀고 편한 옷으로 갈아입으려다, 오늘 하루는 계속 이렇게 입고 있어야 할 것 같아 옷매무새를 다시 다듬었다. 파운데이션을 꺼내고 거울을 보니 민망하게도 립스틱이 앞니에 묻어 있었다. 손수건으로 앞니를 닦고 있는데 현관문 열리는 소리가 들려 나가보았다.

현관에서 오른쪽 신발로 왼쪽 신발을 밟아 벗으려던 아이는 윤금이 씨와 눈이 마주치자 동작을 멈추었다. 윤금이 씨는 이게 신발 벗는 걸 도와달라는 뜻인가 하여 얼른 다가가 아이의 신발을 벗기려 했다. 사모님이 손을 내저으며 정색했다.

"얘는 자기 만지는 걸 싫어해요. 처다보는 것도 싫어하고."

아이는 엄마가 다가와 자기에 대해 설명하자 그제야 재생 버튼이 눌린 로봇처럼 다시 움직여 신발을 벗었다.

아이의 이름은 현진이라 했다. 표현진. 열 살. 삼 학년이라 했지만 또래보다 작고 왜소해 일이 학년이라 해도 믿을 것 같았다.

'현진이, 우리 준영이 같구나.'

순간 손자 준영이 생각이 헛구역질처럼 튀어나왔다.

돼지고기와 김치를 육수에 자작하게 끓여 당면을 넣어 파는 짜글이 찌개로 유명한 주유소 옆 기사 식당은 윤금이 씨의 고향 선배가 운영하는 식당이었다. 규모는 크지 않았지만 맛으로 꽤 알려져 있었다. 윤금이 씨는 주방에서 음식을 만드는 찬모였다.

아침 장사를 끝내고 식당 아주머니들이 TV 앞에 앉아 믹스커피를 즐기고 있을 때였다. 누가 무슨 말을 했는지 윤금이 씨는 그날따라 유난히 박수를 치며 박장대소했다. 얼마나 웃었는지 눈물이 찔끔 났을 정도였다. 오랜 주방 찬모 생활로 마디가 굵어진 손가락을 들어 눈가에 눈물을 닦으며 TV를 켰을 때였다. 여자 앵커가 뉴스 속보를 전하고 있었다.

"저기, 형님 아들 다닌다는 데 아니에요?"

"엄마야, 얼른 전화 한번 해보세요."

전화를 해야 하는데 방법이 생각나질 않았다. 난데없이 카메라가 켜졌다. 카메라를 끄니 덩달아 핸드폰이 꺼졌다. '전화기를 다시

켜야 하는데… 비밀번호가 뭐더라.' 손이 바들바들 떨리기 시작했다. '아무 일 없을 거야. 아무 일 없을 거야. 뉴스에만 나오는 일이 잖아. 뉴스에는 저런 일이 하루에도 몇 번씩 나오지. 나한테 일어날 일은 아니잖아. 특히 우리 아들에게는….'

충전 중이던 무슨 가스가 폭발했다고 한다. 윤금이 씨의 아들을 포함한 작업자들이 안전 규정을 무시하고 작업한 결과라고 했다. 죽은 자들을 위한 슬픔과 위로는 잠깐이었고, 안전 규정 위반에 대한 비난과 질타가 쏟아졌다. 윤금이 씨의 아들을 포함해 죽은 세 명의 작업자들이 가장 큰 책임을 지게 되었고, 중상을 입은 자, 경상을 입은 자 순으로 책임의 무게가 달라졌다. 회사에서 찾아와 그것을 일주일간 설명하니 나중에는 그녀의 아들이 정말 큰 잘못을 하여 그 대가로 죽음을 받게 된 것처럼 느껴졌다. 더욱 당황스러웠던 것은 그녀의 아들이 그 회사의 직원이 아니라 협력 업체 직원인 관계로 사실상 회사는 아들의 죽음에 책임이 전혀 없다는 것이었다. 그들은 대기업으로서 도의상 책임을 지는 것뿐이라 했다. 알겠다고, 우리 아들이 안전 규정을 위반해서 그런 사고가 터진 건 알겠는데, 그러면 어떻게 해야 하느냐고 말했을 무렵부터 회사에서는 더 이상 윤금이 씨를 찾아오지 않았다.

대신 다른 곳에서 사람들이 찾아왔는데, 무슨 노동자 인권 연대라고 했다. 이들의 의견은 이전에 찾아온 사람들과는 전혀 상반됐다. 사고가 일어난 것은 작업자들의 책임이 아니라 회사의 구조적 문제 때문이라고 했다. 반드시 뿌리 뽑아야 할 이 사회의 병폐라고

하며 주먹을 불끈 쥔 젊은이는 마치 사망한 작업자들의 유족 같았다. 윤금이 씨는 그들이 고마웠다. 형체도 없이 찰나에 죽어간 아들에게 잘못이니, 책임이니 따지는 사람들보다는 한편이 되어주겠다며 같이 싸워나가자는 그들이 한없이 고마웠다. 어떻게 싸워나가야 하는지는 모를지언정.

얼마 후 그녀는 든든한 편이 되어 주겠다던 그 노동자 인권 연대 사람들, 그리고 다른 사망자 유족들과 함께 회사 인사팀을 찾아갔다. 회의실로 안내받아 둥근 탁자에 주욱 둘러앉았다. 인사팀 책임자라고 하는 사람이 노동자 인권 연대에서 하는 얘기를 찬찬히 들었다. 그는 이따금 책상을 볼펜으로 두드리곤 했다. 누군가 이를 참지 못하고 신경질적으로 인사 팀장에게 볼펜 좀 치우라고 언성을 높였다. 인사 팀장은 볼펜을 치우는 대신 의자를 당겨 앉으며 말을 시작했다.

"최성민 씨의 아내, 즉 윤금이 씨의 며느님께서 이미 보상금 문제에 합의를 하고 가셨습니다" 하며 누군가의 도장이 찍힌 서류 몇 장을 흔들어 보였다. 누구의 도장인가는 확인할 필요도 없었다. 안전 규정을 위반한 아들 때문에 지난 몇 주 동안 회사에게, 그리고 지역 사회에게 죄인이었다. 이제는 보상금에 합의하고 서류 몇 장에 도장을 찍은 며느리 때문에 자식을 잃거나 남편을 잃은 비극으로 한편이 되어 싸우자 했던 이들에게 죄인이 되었다.

집으로 돌아온 그녀는 아들의 영정 사진을 끌어안고 울었다. 보는 이도, 듣는 이도 없었지만 흐르는 눈물을 막으려는 양 눈을 꾹 감고, 북받쳐나오는 소리를 삼키려 입술을 꽉 깨물며 울었다. 왜 그

돈을 받으려 했느냐고, 왜 나한테는 상의 한마디 없었느냐고 며느리에게 전화해서 묻지 않았다. '그래, 며느리도 무슨 생각이 있었겠지.' 아들 잃은 슬픔도 크지마는 남편 잃은 슬픔 역시 크다는 걸 누구보다 잘 알고 있는 그녀였다. 딸도 아닌 며느리가 자신의 뒤를 따르는 것 같아 이번에는 며느리에게 죄인이 된 것 같았다. 죄인 된 자가 눈물 흘리며 소리 내어 울 수 있을까.

윤금이 씨가 꾸역꾸역 살아갈 수 있게 해준 단 하나의 희망은 손자 준영이었다. 준영이는 아들보다 며느리를 더 닮았지만, 이제 이 세상에 유일하게 남은 그녀의 피붙이였다. 준영이를 안으면 아들 냄새가 났다. 그 냄새를 맡으며 준영이를 안고 준영이와 얘기하고 싶었다. 그러나 며느리와 준영이는 그녀를 찾아오지 않았다. 한 번쯤 전화해서 괜찮으시냐고, 잘 지내시냐고 물어올 법도 한데, 간단한 인사말을 문자로 보내고는 윤금이 씨의 대답을 듣기도 전에 준영이 사진을 보내는 것이 전부였다. 시어머니와 긴 대화를 나누고 싶지 않다는 뜻이리라. 굵은 손가락으로 하고 싶은 여러 말들을 꾹꾹 눌러썼다가 지우고는 늘 '고맙다. 건강 잘 챙기거라'라고 답장했다. "그래, 나도 그랬었지. 나도 그랬었지." 기도문처럼 중얼거려야 했다. 며느리를 이해하기 위한 기도문이었다. 그녀 역시 아들이 준영이만 했을 때 남편을 잃었다. 남편 잡아먹은 년이라며 머리채를 잡고 악을 쓸 때는 물론이고 아무 말 없이 스쳐 지나갈 때조차도 시어머니가 보기 싫었다. 좋든 싫든 시어머니를 보면 언제나 죽은 남편이 떠올랐고, 남편 없이 홀로 아들을 키워야 하는 자신의 막막한 처지를 다시금 확인하게 되는 것이었다.

'그래 나도 그랬었지, 나도 그랬었어.'

차로 사십 분, 멀지 않은 거리에 살고 있었지만 아들이 죽기 전에도 아들 내외와는 자주 만나지 않았다. 홀시어머니에 외아들이라 유별나다는 소리를 들을까 아들, 손자 보고 싶은 마음도 꾹 참고 살았다. 대신 아들이 보내오는 준영이 사진을 매일같이 들여다보았다. 식당에서 같이 일하던 아주머니들에게 하도 보여주어 "손자 사진을 보여주려거든 한 번 보여줄 때마다 천 원씩 내라"는 말을 들을 정도였다.

아들이 죽고 몇 달이 지났을 무렵, 며느리는 윤금이 씨에게 준영이 사진 보내는 것을 그만두었다. 며느리의 SNS에 들어가 준영이 근황을 살피곤 했는데, 그마저도 비공개로 바뀌어 볼 수 없게 되었다. 손자 잘 있는지 할머니가 전화도 못 할까 하여 짐짓 용감한 체하며 며느리에게 전화를 걸었다. 없는 번호라는 안내 메시지가 나오고 전화가 끊겼다. 다른 사람에게 전화를 걸었나 통화 목록을 확인했다. 분명 '준영 어미'라고 되어 있었다. 귓불이 벌겋게 달아올랐다. 다시 전화를 걸었다. 마찬가지였다. 일순 그녀의 세상이 모든 소리를 거두었고 움직임을 멈추었다. 준영이를 더 이상 볼 수 없는 건 아닐까 하는 두려움이 그녀의 심장을 짓눌렀다. 안사돈에게 전화를 걸었다. 모든 두려움과 서운함을 억누르고 밝은 목소리로 안부를 건넸다.

"며느리랑 연락이 안 되어서요."

"…"

"여보세요? 들리세요?"

"네, 말씀하세요."

"준영 어미랑 연락이 안 돼서요."

"걔, 준영이 교육 때문에 서울로 이사 간다고 합니다."

"그런 소리 못 들었는데요."

"이제 그만 애들 놔주셨으면 하는데요."

"제가 언제 붙잡았습니까? 준영이만 간혹 만나고 싶어서 그럽니다."

"새 출발 하려는데, 죽은 남편 어머니가 와서 만나자 하면 불편하지 않겠습니까?"

"아니, 일 년이 지났습니까, 십 년이 지났습니까? 뭐가 그리 급합니까?"

"젊은 사람들에게는 하루하루가 소중하지 않겠습니까?"

"하루하루가 소중하긴 늙은 사람도 마찬가지입니다."

"준영 할머니의 하루가 아무려면 준영이의 하루보다 더 소중하겠습니까?"

"…"

"제가 준영 어미에게 전화 왔었다고 전하겠습니다. 부디 몸 건강히 잘 지내시길 바랍니다."

부디 잘 지내시란 말은 부디 앞으로는 연락할 일 없도록 하자는 의미로 들렸다.

서울, 서울…. 그곳은 영원히 닿을 수 없는 먼 곳처럼 느껴졌다.

핸드폰에 저장된 준영이 사진을 보며 하루하루를 버텨냈다. 길거리에 지나가는 아이들이 모두 준영이 같았다. 세상의 모든 아이들이 준영이의 모습을 하고, 준영이의 목소리로 말하고, 준영이의 표정으로 웃고 있었다. 길 가다 아이들과 마주칠 때면 아이들의 머리를 쓰다듬으며 주머니에 늘 준비해서 다니는 사탕을 건네줬다. 그럴 때면 아이 옆에 있던 엄마가 정색을 하고 "우리 애는 사탕 안 먹어요. 사탕 주시면 안 돼요" 하며 아이를 데리고 가버렸다. 아니라는 걸 알고 있으면서도 아이만 보이면 번번이 그러길 반복하며 '준영이가 아니었구나' 하고 새삼스레 정신을 차리곤 했다. 그렇게 몇 달을 지냈다. 노인들의 '얼른 죽어야지'라는 말은 거짓말이 아닌 진심이라는 것을 깨달을 즈음이었다.

식당이 지역 방송을 탄 후로 손님이 부쩍 많아졌다. 맛집이라고 연인들이나 젊은 엄마들이 삼삼오오 재미로 찾아오는 일이 잦아졌다. 손님이 많아져도 식당에서는 사람을 더 뽑을 생각을 하지 않아 일손이 바쁠 때는 윤금이 씨도 홀에 나가 서빙을 도와야 했다.

전날과 다름없는 어느 날이었다. 한 무리의 젊은 엄마들이 여러 인기 메뉴들을 주문해 나눠 먹으며 자리에서 일어날 줄 모르고 이야기꽃을 한창 피우고 있었다. 손님이 계속 밀려들어 오고 있는 터라 그들이 빨리 일어나길 바라며 힐끔힐끔 쳐다보는데 그중 한 엄마와 눈이 계속 마주쳤다. 밥을 다 먹을 때까지도 별말 없던 그 엄마가 계산을 마치고 일행과 함께 나가다가 발길을 돌려 윤금이 씨에게 와서 인사를 했다.

"준영이 할머니 아니세요? 맞네. 잘 지내셨어요?"

낯선 이의 인사에 평소 같았으면 '어디서 봤더라' 하고 머리를 굴려 생각했을 텐데, 직감적으로 무조건 아는 체해야 한다는 생각이 들었다.

"네, 잘 지냈어요. 아기 엄마도 잘 지냈어요?"

"네, 저도 잘 지냈죠. 준영이 서울 가서 적적하시겠어요. 그래도 좋은 학교 다닌다고 해서 엄마들이 다들 부러워하고 있어요."

"그렇죠. 그 학교가 좋다고 하더라고요. 그래서 며느리가 굳이 갔잖아요. 그 학교 이름이 뭐더라. 말하려고 하니 갑자기 생각이 안 나네."

"세화 초등학교요. 강남에서도 유명하다고 하더라고요."

"아 맞다. 세화 초등학교. 몇 번을 얘기해줘도 자꾸 생각이 안 나, 나는."

"어머니, 그럼 건강하시고요. 또 올게요. 맛있었어요."

밖으로 나간 그 엄마는 일행에게 준영이 할머니를 봤다고 얘기하는 것 같았다. 일행이 식당 쪽으로 일제히 고개를 돌려 유리문 너머에 있는 윤금이 씨를 쳐다봤기 때문이다. 정작 자신이 제일 티나는 것은 모르고 쳐다보지 말라는 제스처를 하는 여자도 있었다. 사고로 남편을 잃은 며느리에게 저런 시선들은 매우 불편했을 것이다. 그러나 지금 윤금이 씨에게 그런 시선들 따위는 문제가 아니었다. 평생을 걸려도 못 풀 것 같이 엉켜 있던 실타래의 한끝을 잡은 듯했다. 잡아당기면 금방 스르륵 풀릴 것 같았다. 그날, 식당 일을 끝내고 선배에게 말했다.

"저 서울 갑니다. 그동안 정말 고마웠습니다."

세화 초등학교 주변은 집값이 너무 비싸 반지하 원룸 구하기도 쉽지 않았다. 일단 고시원에 임시로 거처를 정하고 직업소개소를 찾아갔다. 박 소장이라 소개한 이가 그녀를 맞았다. 일자리 찾기도 쉽지 않기는 마찬가지였다. 요즘은 가사 도우미로 연변에서 온 조선족이나 한국말을 아예 모르는 필리핀 사람을 선호한다고 했다. 지역 범위를 조금만 넓히면 되는데 꼭 세화 초등학교 주변이어야 하냐는 박 소장의 질문에 꼭 그래야만 한다 했다. 고개를 갸우뚱하는 박 소장에게서 자리 나는 대로 연락을 주겠다는 다짐을 받고 고시원으로 돌아왔다. 연락 없는 며칠 동안 동네 놀이터와 슈퍼마켓을 돌아다녔다. 이러다 준영이와 만나는 건 아닌가 하는 설렘과 긴장감으로 며칠을 보냈다.

박 소장에게서 연락이 왔다. 세화 초등학교에서 멀지 않은 24시 노래방에서 야간에 일할 주방 아줌마를 구한다는 것이었다. 원했던 가사 도우미 일은 아니었지만, 일단 생활비를 벌어야 했기에 나가기로 했다. 그러나 곧 그만두었다. 야간에 일하고 낮 동안 집에서 잔다는 건 준영이와 마주칠 확률이 적다는 뜻이었다. 박 소장은 이렇게 짧게 일하다 그만둘 거면 시작을 말았어야 한다고 핀잔을 주긴 했지만, 가사 도우미 일이 나오면 바로 연락을 주겠다고 했다. 며칠 후 박 소장에게서 연락이 왔다.

젊은 사모님은 냉동고를 열어 보이며 윤금이 씨에게 아들 현진이가 먹을 음식에 대해 알려주었다. 냉동고는 백 퍼센트 천연 재료로 만들었다는 유기농 냉동 만두로 가득 차 있었다. 그 많은 양에 놀라 나오는 작은 탄성을 들키지 않게 몰래 삼켰다. 윤금이 씨가 일하던, 만두 전골이 인기 메뉴 중 하나였던 식당에도 만두가 이렇게 많지는 않을 것이다. 아이가 배고프다고 하면 일곱 개씩 꺼내 쪄주거나 에어 프라이어에 요리해주면 된다고 했다. 단, 프라이팬에 기름을 둘러 굽는 건 안 된다고 했다. 반드시 식탁에 앉아서 먹게 하고, 만두를 다 먹기 전까지는 일어나선 안 되며, 냉장고에 주스가 있기는 하나 되도록 우유나 물을 주라고 했다. 별것도 아닌 것들을 대단한 규정인 양 심각하게 말하는 사모님의 입술을 보고 있자니 학교 다녀온 후로 한 번도 방에서 나오지 않은 현진이가 떠올랐다. 사모님은 그녀만의 기준과 잣대로 이 집안에 수많은 울타리를 쳐왔을 것이다. 울타리가 어느새 벽이 되고 집이 되어 아이는 그 안에 갇혔을 것이다.

윤금이 씨가 사모님의 대단한 규정을 숙지하며 현진이를 떠올리는 동안, 젊은 사모님은 충분히 예쁘게 입고 있던 복장을 더 예쁘게 바꿔 입고 나갈 채비를 해 거실로 나왔다. 사모님은 사장님이기도 했는데, 천연 재료로 만든 비누 사업을 하고 있다고 했다. 본사, 즉 사모님의 사무실이 이 집 근처였는데, 그렇다고 집에 수시로 들어오는 것은 아니라 했다. 주로 아홉 시를 넘겨 퇴근할 것이고, 남편도 사업이 바빠 늦게 퇴근한다고 했다. 집안에 사장이 하나이기도 어려운데, 이 집엔 사장이 둘이나 됐다. 왠지 양가 부모, 형제, 친척들도 다 사장일 것만 같은 느낌이 들었다.

젊은 사모님이 나가자, 옆집 현관문 여닫는 소리가 들릴 정도로 집 안이 고요했다. 닫힌 방문 너머에 있을 현진이의 안부를 확인하는 것이 윤금이 씨의 의무인 것 같아 방문을 두드렸다. 대답이 없었다. 한 번 더 노크를 했다. 역시 대답이 없었다. 노크를 더 한다고 해서 대답을 하거나 문이 열릴 것 같지는 않아 짐을 풀어놓은 방으로 돌아와 편한 옷으로 갈아입었다. 옷을 갈아입고 주방으로 나오자, 식탁에 현진이가 앉아 있었다.

"학교 갔다 와서 배고프지? 뭐 해줄까?"

아이는 대답이 없었다.

"할머니, 뭐든지 다 잘해. 먹고 싶은 거 있으면 말해봐."

목소리를 한층 밝게 해서 얘기했다. 아이가 밖으로 나왔다는 것은 가사 도우미의 의무를 처음으로 수행할 수 있다는 것을 의미했다. 그리고 그 의무가 음식 만들기라면 누구보다 잘 수행할 수 있는 고로 윤금이 씨는 소매를 걷어 올리고 주문받을 준비를 했다.

"엄마가 만두 주라고 얘기했잖아요."

다소 맥이 빠지기는 했지만 어쨌든 주문은 주문이었다. 냉동실에 들어앉은 만두의 양으로 봐서 이 만두를 잘 쪄내는 것이 앞으로 윤금이 씨의 중요한 일과가 될 것이라는 점엔 의심의 여지가 없었다. 냉동실에서 만두 일곱 개를 꺼내 찜기에 쪄냈다. 에어 프라이어는 어떻게 사용하는지 알 수가 없었다. 조그만 종지에 간장을 담고 깨소금을 솔솔 뿌려 만두 옆에 놔뒀다. 아이는 간장을 찍지 않았다. 일곱 개의 만두를 다 먹은 아이는 다시 방으로 들어가 문을 닫았다. 이 집에 와서 첫 번째 의무를 완수한 윤금이 씨는 아이가 떠난 자리에 앉아 밥과 김치로 끼니를 대충 때웠다. 어느 집이나 가사 도우미들의 주된 메뉴는 물에 만 밥과 김치였다. 간혹 식탐 많은 이들은 잘 챙겨 먹기도 한다는데, 그것이 주된 불만이 되지는 않겠지만, 혹여나 집주인과 가사 도우미 간에 갈등이 생겼을 때에는 불만 사항으로 발전할 소지가 있다고 박 소장이 귀띔해주었다.

주방을 말끔히 정리하고 달리 할 일이 없어 거실에 앉아 TV를 켰다. 전원은 켜졌는데 방송이 나오질 않았다. 거실 테이블에 놓인 리모컨 세 개는 각각의 기능이 있겠으나 그것을 윤금이 씨가 알 리는 없었다. 'TV를 괜히 켰구나.' 후회하며 끄려 했으나 이번에는 끌 수가 없었다. 주책없이 켜져 있는 TV를 망연자실 바라보다 할 수 없이 아이의 방으로 가서 노크를 했다. 역시 아까처럼 대답은 없었다.

"아가, 할머니가 TV를 켰는데 어떻게 안 되네."

안에서 움직이는 소리가 났다. 아이는 문을 열고 나오더니 리모컨을 들고 TV 앞에 섰다.

"텔레비 볼 거예요?"

보고는 싫었지만 아이가 방으로 들어가면 리모컨을 조작하다 또 실수할까 싶어 그냥 꺼달라고 했다. 아이는 TV를 끄고 자기 방으로 다시 들어갔다. 윤금이 씨도 그녀의 방으로 들어갔다. 첫날부터 TV를 보려 했던 자신의 주책없음을 원망하면서.

벽에 기대어 앉아 핸드폰을 꺼내 준영이 사진들을 넘겨 봤다. 가방에는 준영이를 만나면 줄 팬티와 양말, 장난감들이 들어 있었다. 사이즈가 잘 맞겠지? 좋아하겠지? 설레며 고민하다가 과연 준영이를 만날 수 있을지 먼저 생각해봐야 하는 것이 아니냐며 스스로에게 묻고 머쓱해졌다.

🍙 🍙🍙

203호에서 윤금이 씨의 일상은 별 탈 없이 지나가고 있었다. 부부가 모두 일로 바빠 별로 마주칠 일이 없었고, 집에서 식사하는 일이 거의 없으니 하루 종일 주방에서 힘들게 일하지 않아도 되었다. 다만 아이와의 거리가 좀처럼 좁혀지지 않는 것이 약간 신경 쓰였다. 아이는 배고플 때면 만두 일곱 개를 먹었고, 별다른 말을 건네지 않았을 뿐만 아니라 그녀가 하는 질문에도 잘 대답하지 않았다. 그저 방문을 닫고 방 안에 틀어박혀 있었다. 아이가 안에서 무엇을 하는지는 알 수 없었으나 정기적으로 과학 관련된 책과 교구들이 택배로 오는 걸로 봐서 그걸 하고 있겠거니 추측했다. 아이는 외출을 거의 하지 않았고 학원에도 가지 않았다. 과외 선생이 일주일에 두 번 찾아와 전 과목을 다 봐주는 것 같았다. 아이는 과외 선생을 별로 좋아하는 눈치가 아니었는데, 그건 과외 선생도 마찬가지였다. 그들은 가르쳐야 하는 의무와 배워야 하는 의무를 충실히 이행할 뿐이었다. 그 의무는 분명 젊은 사모님으로부터 부여받았을 것이고.

처음 과외 선생을 만나던 날, 윤금이 씨는 내심 반가웠다. 이 집에 고용된 외부자라는 일종의 동질감을 느꼈는데, 그건 윤금이 씨만의 생각이었다. 과외 선생은 "새로 오셨구나"라고 한 마디 했을 뿐 윤금이 씨와 잡담을 나눈다거나 하는 부가 행위는 일절 하지 않았다. 주유소 옆 기사 식당 아줌마들이 그리웠다. 심각한 얘기를 하다가도 남의 눈에 붙은 눈곱을 발견하면 손가락으로 떼어주고, 반찬을 만들다가 맛있으면 맛보라 손으로 집어 남의 입에 넣어주는 사람들이었다. '이 집에서는 사람 간에 온기가 오가지를 않는구나' 하며 애초에 기대가 없었으면 할 필요도 없었을 실망을 곱씹었다.

준영이도 만나지 못했다. 하굣길에 마중 나가면 학교에서 나오는 아이들 중에 준영이를 발견할 수 있을 거란 막연한 계획이 있었는데, 하굣길 마중을 젊은 사모님도, 현진이도 원하지 않았다. 현진이가 하교 후 밖에 나가질 않으니 준영이를 만날 가능성도 없었다. 놀이터에라도 나가 놀면 좋으련만 아이는 자기 방에 늘 틀어박혀 거실에도 나오질 않았다. 이 집에서 가사 도우미 일을 계속하는 것이 맞는 일인지 고민이 되었다.

여느 날과 마찬가지로 아이에게 찐만두 일곱 개를 먹이고 방으로 돌아와 쉬고 있을 때였다. 만두를 찌고 먹고 정리하느라 잠시 소란했던 집은 다시 원래대로 적막하고 고요해졌다. 벽에 기대 핸드폰으로 뉴스 몇 개를 읽고 난 뒤, 맨바닥에 팔을 베고 옆으로 누웠다. 어느 순간, 머리맡이 간질간질하여 일어나보니 현진이가 방문 앞에 서 있었다. 처음 있는 일이라 윤금이 씨는 내심 놀라 물었다.

"무슨 일 있어, 아가?"

아이는 미간을 찌푸리며 곤란한 걸 말하듯 대답했다.

"숙제를 해야 하는데요, 달걀에 가족을 그려야 해요."

윤금이 씨는 누워 있느라 흐트러진 머리 매무새를 만지며 일어났다.

"달걀에 그림을 그리려면 삶아야겠네. 삶아줄게, 아가."

둘은 주방으로 갔다. 아이는 고개를 숙인 채 식탁에 앉아 있었지만, 흘깃흘깃 윤금이 씨의 동선을 눈으로 좇고 있었다. 윤금이 씨는 냉장고에서 달걀 여섯 개를 꺼내어 삶았다. 그녀의 행동을 유심히 보던 아이가 물었다.

"우리 식구는 세 명인데요."

왜 달걀을 식구 수보다 더 많이 삶느냐는 질문일 터였다.

"그리다 맘에 안 들 수도 있고, 실패할 수도 있고. 그리고 나도 하나 그리고 싶어서."

삶은 달걀을 식혀 아이 앞에 내놓았다. 달걀을 들고 자기 방으로 가겠거니 했는데 아이는 방으로 가서 사인펜 통을 가지고 나왔다. 여기서 그리려나 보다 하는데 펜을 하나 꺼내 윤금이 씨에게 말없이 건넨다. 그녀가 누구를 그리려 하는지 궁금한 것 같았다. 펜을 건네받은 윤금이 씨는 아이 옆에 자리를 잡고 달걀에 얼굴을 그리기 시작했다. 아이 역시 달걀 하나를 집어 그림을 그리는 듯했지만, 손놀림을 멈추고 윤금이 씨의 모습을 곁눈으로 보고 있었다. 그녀는 투박하지만 정성스레 달걀에다 눈, 코, 입을 그려 넣었다. 아이가 "풉" 하고 웃었다. 고개를 돌려 아이의 얼굴을 보니 참으려 했는데 저도 모르게 웃음이 튀어나온 것 같았다. 윤금이 씨가 그린 얼굴의 주인이 아이인지 어른인지, 여자인지 남자인지 구분할 수 없었기 때문이다. 그녀도 이리저리 살펴보니 그 달걀 속 인물이 우스꽝스러워 민망하기도 하고 웃기기도 하여 소리 내어 웃었다. 웃음을 억지로 참으려 했던 아이도 그제야 마음 놓고 웃기 시작했다.

"누구예요?" 다 웃은 아이가 물었다.

"우리 준영이. 할머니 손자야."

아이가 고개를 그녀 쪽으로 휙 돌리며 말했다.

"준영이는 우리 반에도 있는데?"

뜻밖의 소식에 가슴이 뛰었다.

"준영이가 너희 반에 있다고? 정말?"

아이가 빨리 대답해주길 바랐다.

"네, 우리 반에 준영이 있어요."

당장 문을 열고 나가면 준영이를 만날 수 있을 것 같았다.

"그래, 준영이. 세화 초등학교 다닌다고 했어. 너처럼 요렇게 앞머리를 일자로 잘라서 귀엽고 잘생겼어."

아이가 의미를 헤아릴 수 없는 미소를 얼굴에 만들었다.

"우리 반 준영이는 여자예요. 송준영."

하마터면 눈물이 나올 뻔했다. 아이의 한마디에 괜한 기대를 한 것 같아 민망함과 속상함이 밀려왔다. 달걀을 만지작거리며 쓸쓸해진 마음을 진정시켰다. 그리고 전부터 물어보고 싶었던 질문을 던졌다.

"학교에 최준영이라는 친구가 있어?"

아이는 고맙게도 그림 그리는 것을 멈추고, 학교에 최준영이 있는지 진지하게 생각했다.

"모르겠어요. 내가 아는 준영이는 송준영밖에 없어요. 할머니 손자 말하는 거예요?"

"응, 할머니 손자 이름이 최준영이야. 세화 초등학교에 다닌댔어."

"다닌다고 했으면 다니고 있겠죠. 내가 애들을 다 아는 건 아니니까요. 그런데 할머니 손자라면서 할머니가 그걸 몰라요?"

윤금이 씨가 아무 대답이 없자 아이도 더 이상 말하지 않았다. 아이는 그녀의 눈치를 살피는 것 같더니 이내 자기의 달걀 가족에 몰두했다. 그녀는 괜히 머쓱해져 달걀 속 인물이 아이의 아빠라는 걸 알면서도 물었다.

"그건 누구야?"

아이의 대답은 의외였다. 아빠를 가리키고 있는 건 분명했지만.

"표 서방이요. 바람난 표 서방."

윤금이 씨는 선뜻 대꾸하지 못하고 이게 무슨 말인지 헤아려야 했다.

더 이상의 대화는 서로에게 득이 되지 않을 것 같았다. 팔베개를 하고 방바닥에 모로 누워 있던 조금 전의 적막함으로 돌아가는 게 나을 듯싶었다.

가게에 가서 밀가루를 사 왔다. '밀가루 없는 집도 있구나.' 집에서 음식 만들어 먹을 일이 없으니 이해가 되는 일이었다. 칼국수를 만들 생각이었다. 젊은 사모님은 아이가 먹는 만두에 모든 영양소가 다 들어 있다고 했다. "요즘 세상엔 믿고 먹을 수 있는 게 하나도 없잖아요" 하며 울상을 짓기도 했다. 오랜 시간 고민하고 알아본 끝에 누군가의 소개로 이 만두를 알게 되었다는데, 이것을 아무에게나 파는 것은 아니라 했다. 아무에게나 파는 만두가 아닌데 냉동고 한가득 차 있는 걸 보면, 이 집에서 그 만둣집의 만두를 다 사 오는 바람에 팔 게 없어 그런 게 아닌가 하는 생각에 웃음을 참았다. 무슨 음식이든 손으로 만들어 자식 입속으로 들어가는 것이 최고의 행복이었던 윤금이 씨에게는 이해 못 할 상황이었다. '그래, 요즘 젊은 엄마들은 많이 그런다고도 하더라마는…'

자식에게 만두만 먹이는 엄마도 이해가 안 갔지만, 그렇다고 만두만 먹는 아이도 이해가 안 가긴 마찬가지였다. 저 나이엔 슈퍼마켓에서 파는 온갖 과자들과 라면, 떡볶이 등을 좋아하는 게 정상이 아닌가. 고기 맛도 먹어본 놈이 안다고, 그런 음식을 먹어본 적이 없어 먹고 싶어 하지 않는 것일까. 아닐 텐데. 학교에서 친구들과 교류하면서 모를 리가 없을 텐데. 오늘은 꼭 칼국수를 만들어 먹여보고 싶었다. 아이가 만두를 먹을 때 같이 내어놓을 요량이었다.

밀가루를 반죽하여 둥그렇게 만들고 랩으로 싸서 냉장고에 넣어 놨다. 우유 먹으러 방에서 나온 아이가 냉장고를 열었다. 그리고 둥그런 모양을 하고 냉장고에 들어앉아 있는 밀가루 반죽과 마주했다. 아이는 우유 마실 생각은 않고 냉장고에서 나오는 찬김을 맞으며 밀가루 반죽을 쳐다보고 있었다. 냉장고 문이 오래 열려 있어

경보음이 나자 아이는 손가락으로 반죽 덩어리를 꾸욱 눌렀다. 아이가 묻지는 않았으나 궁금해하고 있는 것이 분명해 윤금이 씨는 칼국수를 만들 것이라고 얘기해줬다. 반죽 밀대가 없어 뒷베란다에 재활용품 모아두는 곳으로 가서 적당한 와인 병 하나를 찾아와 깨끗이 씻었다. 이번에도 아이가 묻지 않았으나, 이 와인 병으로 반죽을 밀어 칼국수 면을 만들 것이라고 알려줬다. 아이는 우유를 다 먹고도 방에 들어가지 않고 식탁에 앉아 있었다. 둥그런 밀가루 반죽이 납작하게 변한 뒤 면발로 탄생하는 것을 궁금해하지 않을 아이가 어디 있으랴. 어른도 궁금한데.

　윤금이 씨는 장 봐온 다시용 멸치와 황태를 넣어 국물을 만들었다. 국물이 끓는 동안 면을 만들기로 했다. 싱크대에서도 할 수 있었지만, 아이가 보기 쉽게 식탁에 도마를 올려놓고 와인 병으로 반죽을 밀었다. 그것을 흥미롭게 지켜보던 아이가 눈으로 웃고 있었다. 아이의 동그란 어깨가 들썩거리고 있었다. '나도 해볼게요' 하고 팔을 주욱 뻗지 못하는 모습이 안타까웠다. 와인 병을 주며 밀어보라 했다. 아이는 쭈뼛쭈뼛, 보는 사람도 없는데 부끄러워했다. 그러나 이내 언제 그랬냐는 듯 씩씩하게 와인 병을 반죽 위에서 굴렸다. 와인 병이 뒤로 빠지기도 하고 앞으로 굴러나가기도 했다. 그럴 때마다 아이는 자기가 실수한 줄 알고 윤금이 씨를 쳐다봤다. 그녀가 괜찮다는 뜻으로 고개를 끄덕이며 웃으면 아이도 따라 웃었다. 아이가 신나게 다 굴리고 나서 그녀가 이어받아 면 만들기를 마무리했다. 완성된 면은 한 번 삶아 체에 받쳐두었다. 멸치를 건져낸 국물에 바지락을 넣어 부루룩 끓이고, 애호박과 당근 등의 채소를 채

썰어 넣고, 마지막으로 면을 넣어 칼국수를 완성했다. 국그릇에 살포시 퍼서 아이에게 내놓았다. 아까 신나게 반죽을 굴릴 때는 언제고 아이는 고개를 절레절레 흔들었다.

"진짜로 안 먹어? 현진이가 만들었잖아." 재차 물어봐도 아이는 안 먹는다며 고개를 흔들었고, 손으로 입을 막는 시늉까지 했다. 할 수 없이 냉동고에서 만두 일곱 개를 꺼내어 찜기에 안쳤다. 식탁 위에는 칼국수 한 그릇이 외로이 자리 잡고 있었다. 면발이 불어 못 먹게 되면 아까우니 나라도 먹자 싶어 윤금이 씨가 식탁에 앉아 칼국수를 호로록 먹기 시작했다. 면발은 쫄깃했고 국물은 시원했다. 아이가 그 모습을 보고 입을 다시 막았다. 그러나 이번에는 먹기 싫은 것이 아니라 침 넘어가는 게 겸연쩍어 그런 것 같았다. 누구라도 그랬을 것이다. 칼국수에 원수진 사람이 아닌 이상.

칼국수를 한 젓가락 집어 아이에게 내밀었다.

"아가, 이거 한입 먹어봐."

아이가 입 막은 손을 떼고 말했다.

"저 아가 아닌데요."

그녀가 달래듯 다시 얘기했다.

"알았어, 아가 아니야. 이 칼국수 한입 먹어봐."

아이는 협상을 해야겠다는 듯 똑똑한 표정을 짓고서 말했다.

"아가라고 안 하면 먹을게요."

"알았어, 미안해. 앞으로 아가라고 안 할 테니까 이거 먹어봐. 할머니가 현진이 예뻐서 아가라고 그랬지."

다소 미안하다는 듯한 표정을 연출하며 윤금이 씨는 칼국수 한 그릇을 다시 퍼왔다. 행여 뜨거울까 해서 식혀 먹게끔 작은 그릇에 먹을 만큼만 일단 덜어주었다. 아이는 호록호록 소리를 내며 먹었다. 작은 그릇이 빌세라 그녀는 얼른 먹을 만큼 다시 덜어주었다.

"국물 마셔도 돼요?"

"마셔도 되지. 왜? 맛없을까 봐?"

"국물에는 소금이 많이 들어가 있잖아요."

"소금 얼마 안 들어갔어. 다 해물에서 나온 맛이야."

"칼국수 말고 또 잘하는 거 있어요?"

"짜글이."

"음식 이름이 짜글이라고요? 웃기다. 하하."

아이는 기분이 좋아 짜글이를 핑계로 연신 웃었다.

아이가 한 그릇을 다 비울 때까지 윤금이 씨는 곁을 떠나지 않고 칼국수 먹는 것을 도와주었다. 식탁에 국물이 떨어지면 얼른 훔쳐내고, 아이의 땀이 송송 맺힌 이마를 닦아주었다. "아유, 잘 먹네" 하며 추임새도 연신 넣었다. 안 먹겠다던 아이는 국물까지 다 비워냈다. 칼국수를 다 먹고는 괜히 민망했는지 방으로 들어가면서 다짐을 받았다.

"이제는 아가라고 부르지 마세요."

"알았어, 아가라고 안 부를게. 현진이라고 부를게."

방으로 들어가는 아이의 뒷모습을 보며 늘 무표정하던 아이가 웃고 있다는 것을 느낄 수 있었다. 이번에는 쪄낸 만두 일곱 개가 식탁 위에 외로이 남겨져 있었다.

어느 날 밤이었다. 안방 쪽에서 소란스러운 기미가 있어 잠을 깬 윤금이 씨는 핸드폰을 켜 시간을 확인했다. 새벽 세 시가 넘은 시각이었다. 예전에도 부부가 새벽에 싸운 적이 몇 번 있었다. 희한하게도 다음 날 둘은 아무렇지 않은 척했다. 싸운 거 뻔히 아는데 그러는 것도 웃겼다. "아유, 쟤들은 에너지가 넘쳐나나. 잠 안 자고 뭐 하는 거야"라고 중얼거리며 다시 잠자리에 들려 했다. 소리는 점점 커지더니 뭔가가 벽에 부딪혀 깨지는 소리가 났다. 일 났구나 싶어 일어나 자리에 앉았다. 젊은 사모님이 앙칼지게 외쳤다.

"죽어버려. 나가 죽어버리라고!"

'아이고, 남편더러 죽어버리란다.' 잠이 홀딱 깼다. 젊은 사모님은 남편 죽는 게 뭔지나 알고 저런 소리를 하는 걸까. 윤금이 씨는 "아유, 속 시끄러워. 이 집구석" 하며 머리를 벅벅 긁었다. 다시 누워 잠을 청할까 하는데 문득 안방 맞은편 방에 있는 현진이가 생각났다. 일어나 문을 살짝 열어 아이 방 쪽을 살폈다. 어두운 거실 건너편 아이의 방문 앞에 희끄무레한 검은 형체가 보였다. 언제부터 저기 서 있었을까. 이리 오라 손짓했다. 아이는 기다렸다는 듯이 빠른 걸음으로 다가왔다. 아이를 방으로 들이고 소리가 안 나게 조심해서 문을 닫았다. 아이의 얼굴은 눈물, 콧물 범벅이었다. 이미 눈두덩이는 벌게져 퉁퉁 부어 있었고, 입을 반쯤 벌린 채로 헉헉거리며 슬픔을 토해내느라 작은 어깨가 들썩거렸다. 그러나 여느 아이들처럼 소리 내어 엉엉 울지는 않았다. 아이는 슬픔을 토해내는 동시에 억누르고 있었다. 아이가 그냥 울고 있었다 해도 속상한데 소리 내지 못하고 울었다고 생각하니 가슴이 미어졌다. 순간 안방 문이 쾅 하고 세게 닫히는 소리가 났다. 울던 아이는 깜짝 놀라 몸을 움찔했다. 아이를 꼭 안았다. 쿵쿵쿵, 발소리가 커지더니 이윽고 현관문도 쾅 하고 닫혔다. 집 안이 다 흔들리는 것 같았다. 다시 안방 문이 열리는 소리가 나고 누가 달려 나오는가 싶더니 악에 받친 소리로 욕을 하며 괴성을 질러댔다. 젊은 사모님이 소리를 지르는 걸로 봐서 남편이 집을 나간 모양이었다. 이제 아이는 온몸을 바들바들 떨고 있었다. 윤금이 씨는 아이를 밤새도록 안고 있었다. 아이가 깊이 잠든 것을 확인한 후에도 아이를 놓지 않았다. 해뜨기 전에 사모님이 나가는 소리를 들었다. 살면서 기막힌 일들을 많이 겪었다고 생각했는데, 이 상황도 못지않았다.

전날 잠을 설쳤던지라 아침에 일어나니 머리가 무거웠다. 유기농 식빵에 유기농 잼을 발라 역시 유기농인 우유와 함께 아이에게 차려주었다. 아이는 고개를 들지 않았다. 고개를 푹 숙인 채로 안방 쪽을 쳐다봤다. 엄마가 있을까 궁금해하는 것이었다. 아이의 마음을 눈치챈 윤금이 씨는 엄마가 급한 볼일이 있어 아침 일찍 나갔다고 얘기해줬다. 고개를 숙이고 빵을 먹고 있던 아이가 말했다.

"오늘 학교 운동회인데요, 엄마가 오기로 했었어요."

젊은 사모님이 운동회에 나타날 가능성은 없어 보였다. 아이 운동회라는 걸 기억이나 하고 있으면 다행이었다. 사모님에게 전화를 걸었다. 받지 않았다. 세 번째 걸었을 때 수화기 너머로 건조한 목소리가 들려왔다. 혹시나 아이 듣는 데서 운동회 못 간다는 소리를 할까 봐 베란다로 나가 통화를 했다. 전화를 끊고 주방으로 가자 아이는 여전히 고개를 숙이고 있었다.

"엄마 가실 거야. 걱정하지 말고 학교 가. 그런데 운동회에 할머니가 가도 돼? 꼭 엄마가 가야 해?"

생각하기도 전에 입 밖으로 말이 먼저 튀어나왔다.

"할머니가 갔다가 엄마가 운동회에 오시면 할머니는 그냥 집으로 오면 되잖아."

엄마가 안 올 운동회를 작은 속으로 복잡하게 걱정하고 있을까 하는 마음에 그녀는 서둘러 해결책을 얘기해주었다. 빵을 삼키지 않고 우물우물 입에 물고 있던 아이가 고개를 숙인 채로 대답했다.

"할머니, 오세요. 삼 학년 오 반이에요. 아홉 시 반에 시작이에요."

아이를 학교에 보내고 부산하게 준비를 했다. 샤워를 하고, 이 집에 처음 왔을 때처럼 옷을 차려입고, 머리에는 헤어 롤러를 말고, 열심히 화장을 했다. 촌스럽든 어떻든 최선을 다했다. 세화 초등학교에 간다. 그녀가 준영이를 만나기 위해 다다라야 할 목적지였다. 늘 그 목적지를 두고 주변을 맴돌았다. 그곳을 바로 지척에 두고도 용기가 없었는지 기회가 없었는지 불분명한 이유들이 그녀의 발목을 잡아 준영이를 만나러 가지 못했다. 그런데 오늘 그곳에 가야 한다. 다만 단 한 번도 품에 안고 재워보지 못한 피붙이 준영이 때문이 아니라, 전날 밤새 다독여 안고 재웠던 생판 남인 현진이 때문이었다.

집을 나설 때만 해도 크게 동요하지 않았는데, 학교가 가까워질수록 심장이 방망이질을 해댔다. 분명 아까 준비를 하는 동안에는 어젯밤 사장 내외의 부부싸움과 그 앞에서 소리도 못 내고 울던 현진이를 떠올리며 '나라도 엄마 대신 가줘야지' 하고 생각했는데, 사람 마음이 간사해서 이제 현진이 생각은 온데간데없고 준영이 생각뿐이었다. 온 학교를 헤집고 다니며 준영이를 찾아내고 싶었다. 교문을 들어서자 운동장 저쪽에 삼 학년 오 반이 자리 잡은 곳이 보였는데, 어느새 그녀의 발길은 운동장을 지나 학교 건물로 들어가 행정실로 향하고 있었다. 조심스레 문을 열고 직원에게 다가갔다.

"오늘 손자 운동회가 있다고 해서 왔는데, 몇 반인지 알 수가 없네요. 전화기도 안 가져와서 애들이랑 연락도 안 되고…"

행정실 직원은 별다른 의심이나 확인 없이 손자 이름과 나이를 물었다.

"지금 열 살, 삼 학년이고, 이름은 최준영입니다."

직원은 키보드를 두드리고 모니터를 한참 쳐다보더니 고개를 갸우뚱했다.

"이름이 최준영 맞죠? 삼 학년이고요?"

"네, 맞아요."

"우리 학교에 최준영은 오 학년에 한 명 있네요. 삼 학년에는 송준영이라는 학생이 있고요. 근데 여학생이에요."

"그럴 리가 없는데…. 다시 한번 찾아봐 주시겠어요?"

"전산으로 확인한 거라 확실합니다."

삼 학년에 최준영이 없다는 사실을 믿지 못하는 윤금이 씨 쪽으로 직원이 모니터를 돌리며 재차 확인시켜주었다.

윤금이 씨는 행정실을 나와 삼 학년 오 반이 있는 운동장으로 향했다. 각 반이 모여 있는 곳 뒤에 학부모들 자리가 마련되어 있었다. 아이의 뒷모습이 보였다. 아이들이 삼삼오오 모여 떠들고 장난치고 있는데, 아이는 옆 친구와 얘기하거나 장난치지 않았다. 혼자 쪼그려 앉아 있다가 괜히 고개를 이리 돌렸다 저리 돌렸다 했다. 고개를 돌리는 척하고 누군가를 찾고 있다는 것을 윤금이 씨는 알 수 있었다. 누군가를 찾고 있다는 걸 들키지 않기 위해 태연한 척 고개를 이리저리 돌리는 저 가여운 행위를 그녀는 알아볼 수 있었다. 아이는 이 넓은 운동장에서 수많은 아이들 중 혼자였다. 그리고 또 다른 혼자인 윤금이 씨가 아이를 바라보고 있었다. 문득 뒤를 돌아본 아이는 자기를 보고 있는 윤금이 씨를 발견했다. 아이는 그녀와 눈이 마주치자 별다른 기색 없이 아무렇지 않은 듯 고개를 돌려 앞을 바라봤다. 더 이상 이리저리 괜히 고개를 돌리는 짓도 하지 않았다. 운동회 중반 무렵 사모님에게서 문자 메시지가 왔다. 사모님이 늘 그랬듯 이번에는 윤금이 씨가 문자 메시지를 읽고서 답하지 않았다.

'엄마랑 달리기' 종목에서 윤금이 씨는 아이의 손을 꼭 잡고 심장이 터져라 최선을 다해 달렸다. 결승선을 꼴찌로 통과했을 때 지켜보던 이들이 박수를 치며 환호했다. 윤금이 씨와 아이는 서로를 부둥켜안았다. 그들이 울고 있다는 것을 아무도 눈치채지 못했다. 최고 노력상으로 문화 상품권을 받았다.

더 이상 203호에 있을 이유가 없었지만, 떠날 이유도 없었다.

언제까지나 머무를 계획은 아니지만, 한동안 머물기로 했다.

세상에 혼자인 윤금이 씨가 보살펴야 할 또 다른 혼자가 저 닫힌 방문 뒤에 있었다. 만두 일곱 개를 찌러 주방에 나가려는데, 아이가 방문 앞에 서 있었다.

"달걀 좀 삶아주세요. 한 명을 더 그려야 하거든요."

소설가 김이환

이번 공모전에는 더 섬세하게 구조를 다듬었으면 아이디어가 잘 살아났을 글이 많았다. 어떤 구조를 통해 이야기를 풀어낼 것인가 하는 고민은, 독자가 글을 읽으면서 어떤 경험을 하길 원하는가, 이야기를 통해 독자와 어떻게 만날 것인가 같은 중요한 고민과 연결되어 있다. 작가의 머릿속에만 존재하는 아이디어를 글이라는 형식을 통해 세상에 어떻게 선보일 것인가를 집필 과정에서 더 생각해보았으면 한다.

〈루와 인간〉은 황당한 블랙 코미디 설정을 알차게 잘 풀어낸 작품이다. 이런 글은 소재의 신선함만을 믿는 얄팍한 글이 되기 쉬운데, 〈루와 인간〉은 재치 있는 전개로 독자의 흥미를 끌어서 이런 한계를 넘었다. 독자들이 상상을 초월하는 결말을 확인해보기 바란다. 즐거워하는 독자도 있고 취향에 맞지 않는다고 생각하는 독자도 분명 있겠지만, 결말까지 흥미진진하게 읽으리라고 확신한다.

〈코의 무게〉는 전쟁이라는 처절한 상황에서 종교가 어떤 가치를 갖는가를 탐구한 진지한 글이다. 불교 교리에서 큰 죄로 여기는 살인이 적극적으로 자행되는 전쟁터에서 여러 인물이 겪는 갈등을 무겁고 잔인한 사건을 통해 보여준다. 탄탄한 문체와 치밀한 고증 등 인상적인 장점이 많다. 오랫동안 준비한 좋은 글이라는 생각이 들었으며, 세상에 자신의 필력을 선보일 준비를 마친 작가를 만나서 반가웠다.

〈쿠오바디스〉는 잘 쓴 SF 단편이다. 인간과 비슷한 로봇을 다룬 SF는 이미 많기 때문에 선뜻 선택할 만한 소재는 아니다. 하지만 어두운 주제를 치밀하게 탐구해 완성한 점이 돋보였다. 설정을 진지하게 밀어붙여 다양한 갈등을 만들었고, 이를 통해 익숙한 설정에서 새로운 감정을 끌어냈다. 잘 다듬어진 문장으로 풀어낸 주인공의 기억과 감정이 독자를 때로는 불편하게 만들고 때로는 놀라게 한다.

〈먼지를 먹어드립니다〉는 판타지적인 소재와 호러 장르를 잘 조화해 구성한 글이다. 무겁고 우울한 분위기를 만들어내는 단단한 문장이 매력적이다. 내내 어둡고 답답한 분위기로 흘러가지만 탄탄한 구조가 독자의 호기심을 끌어낸다. 기괴한 시작과 비극적인 결말까지 주인공이 겪는 일련의 사건에는 우리 현실의 어두운 면이 담겨 있다. 문장, 인물, 구조 등 모든 면에서 솜씨 좋은 작가의 단편이다.

〈강남 파출부〉는 좋은 단편 소설이 갖춰야 하는 장점을 고루 갖춘 글이다. 매끄러운 흐름, 밀도 높으면서도 과하지 않게 절제한 묘사, 풍부한 감정, 흥미로운 인물, 인상적인 결말까지 모든 면에서 깔끔하게 잘 쓴 작품이다. 특히 가사 도우미의 일상을 잘 관찰해 주인공 캐릭터를 살렸고, 이를 통해 글의 감성을 풍부하게 만든 점이 돋보였다.

　이제 다섯 명의 작가가 자신의 글을 세상에 선보인다. 모두에게 축하를 보내고, 앞으로의 집필 활동에 건투를 빈다.

소설가 박애진

신인 작가와 기성 작가를 가리지 않는 공모전이었던 만큼 심사작들에는 미숙한 글과 수작이 섞여 있었다. 시작하는 작가들에게는 어깨에 힘을 빼라고 조언하고 싶다. 이 글이 남들은 결코 상상하지 못할 특별한 이야기라거나 이 인물이 남들은 평생 모를 깊은 불행을 겪는다는 생각에서만 벗어나도 절반은 성공했다고 볼 수 있다.

최종작이 심사 위원들에게 무난한 평가만을 받은 것은 아니지만, 다섯 작품 모두 심사 기준이었던 구성의 완성도, 문장력, 대중성, 오락성, 소재와 주제의 참신함, 인물 표현력 부분에서 뛰어났다.

〈루와 인간〉은 독특한 설정과 상상력을 극대화해 끝까지 잘 밀고 나가 반갑고도 인상적인 글이었다. 정차식은 상사의 강요로 커피 체리를 먹는다. 그리고 소화되지 않고 배설된 커피 생두는 야생 사향 고양이가 만든 생두 이상의 풍미를 낸다. 엽기적인 발상을 토

대로 한 풍자 소설로 마무리까지 나무랄 데 없다.

〈코의 무게〉는 조선을 침략한 일본군, 즉 살육자의 시각에서 죽음의 무게와 깨달음을 다룬 묵직한 주제 의식이 돋보이는 글이다. 방대한 자료 조사가 필요했을 글로 작가의 노고가 고스란히 와닿았다. 심사 과정에서 여러 번 읽었는데 매번 다른 부분이 새롭게 마음에 닿았다. 맹목적이고 왜곡된 믿음, 깨달음을 얻은 뒤 무뎌졌던 이가 재차 마주한 모습, 자기 죽음으로 전달해도 닿지 못하는 마음까지, 곱씹으며 생각할 거리를 주는 글이다.

〈쿠오바디스〉는 수십 편의 예심 심사작을 연이어 읽은 뒤에도 기억에 남은 글이다. 안드로이드를 언니라고 부르며 자란 화자는 불임으로 괴로워하다가 안드로이드를 입양한다. 사람들은 자기가 창조한 걸 두려워하고 망가뜨리려 든다. 화자는 그 창조물과 자신의 차이는 결국 미미한 표시밖에 없다고 말함으로써 그 차이를 깨려 한다. 인공 지능 로봇을 소재로 한 다른 작품들과 명확한 차별성이 있는지에 대한 논의가 있었으나, 서정적인 문장과 진정성이 느껴진다는 점에서 좋은 평을 받았다.

〈먼지를 먹어드립니다〉에는 달팽이와 비슷한 생물체 '슬리버'가 등장한다. 이 생물은 먼지와 곰팡이를 먹어 집을 깨끗이 청소한다. 성진은 사람에게 곰팡이처럼 파고들어 삶을 황폐하게 만드는 자를 슬리버를 이용해 제거하려 한다. 최종 심사 때 슬리버의 존재가 너무 편의에 맞춰 사용되었다는 의견이 있긴 했으나, 작품이 주는 무게감과 실감 나는 인물 묘사, 안정적인 문장과 일관성 있는 이야기가 돋보였다.

〈강남 파출부〉는 예심에서 읽으며 최종 다섯 작품에 들어가리라 예상했다. 젊은 사람도 살던 곳과 익숙한 일을 떠나 새롭게 시작하기 어려운데 나이 든 이는 오죽할까. 삶의 희로애락을 겪고 노년기를 보내는 윤금이 씨는 손자를 만나고 싶다는 일념으로 낯선 서울로 가서 가사 도우미 일을 시작한다. 그리고 거기에서 외로운 아이를 만난다. 이 작품에서 가장 돋보이는 부분은 세부 묘사다. 과하지 않으면서 정밀한 세부 묘사가 자칫 신파로 흐를 수도 있는 이야기에 생명력을 부여했다.

수상한 분들께 아낌없는 축하와 격려의 말을 보낸다. 부디 이 수상이 작가로서 걸어갈 길에 날개가 되길 바란다.

교보문고 스토리공모전
단편 수상작품집 2019

초판 1쇄 발행 2019년 4월 16일

지은이 강한빛 이중세 최난영 김웅기 김진아
발행인 박영규
총괄 한상훈
편집장 김기운
기획편집 김혜영 정혜림 조화연 **디자인** 이선미 **마케팅** 신대섭

발행처 주식회사 교보문고
등록 제406-2008-000090호(2008년 12월 5일)
주소 경기도 파주시 문발로 249
전화 대표전화 1544-1900 **주문** 02)3156-3681 **팩스** 0502)987-5725

ISBN 979-11-5909-961-8 03810
책값은 표지에 있습니다.